Some of Us Just Fall

On Nature and Not Getting Better

静止的蓝色

与无法治愈的疾病共存

Polly Atkin

[英]波莉·阿特金 | 著

黄尹甲子 | 译

http://press.hust.edu.cn
中国·武汉

图书在版编目(CIP)数据

静止的蓝色：与无法治愈的疾病共存 / (英) 波莉·阿特金著；黄尹甲子译. -- 武汉：华中科技大学出版社，2024.10. -- ISBN 978-7-5772-1377-4

Ⅰ.I561.55

中国国家版本馆 CIP 数据核字第 2024K8H801 号

Copyright © 2023 by Polly Atkin
This edition arranged with Portobello Literary
through Andrew Nurnberg Associates International Limited

湖北省版权局著作权合同登记　图字：17-2024-026 号

静止的蓝色：与无法治愈的疾病共存　　　　　[英] 波莉·阿特金　著
Jingzhi de Lanse: Yu Wufa Zhiyu de Jibing Gongcun
　　　　　　　　　　　　　　　　　　　　　黄尹甲子　译

策划编辑：董　晗
责任编辑：董　晗　李可昕
封面设计：伊　宁
责任校对：林宇婕
责任监印：朱　玢

出版发行：华中科技大学出版社（中国·武汉）　电话：(027) 81321913
　　　　　武汉市东湖新技术开发区华工科技园　邮编：430223
录　　排：华中科技大学出版社美编室
印　　刷：湖北恒泰印务有限公司
开　　本：787mm×1092mm　1/32
印　　张：10.25
字　　数：194千字
版　　次：2024年10月第1版第1次印刷
定　　价：68.00元

本书若有印装质量问题，请向出版社营销中心调换
全国免费服务热线：400-6679-118　竭诚为您服务
版权所有　侵权必究

献给跌倒的人

病人的王国没有民主。

——希内德·格利森

为了重新在身体里安居,我写作。

——杰奎琳·阿尔尼斯

免责声明

本书是作者个人就医经历和对治疗方法的评价,不构成医学建议以及对任何疗法的支持。

目　录

序曲	/1
骨折	/8
脱臼	/43
诊断	/92
基因	/134
慢性病	/178
维持	/218
节奏	/262
鸣谢	/308
注释	/311

序　曲

我站在湖里，湖水及膝，蓝而静谧。我闭上眼，张开双臂，指尖触碰湖面。我身体拼命汲取阳光。我感到，倘若能吸收足够阳光，便能挨过这个冬天。我积蓄能量，把光存进骨头。

这是格拉斯米尔①谷底最后一片湖，一只安安静静的蓝眼睛，郁郁葱葱岛中央一枝绿鸢尾。丘陵环绕，宛若一座巨大石阵，一只做捧状的手。威廉·华兹华斯②描述格拉斯米尔是"巨大凹陷"③，叫它纳凉之处，庇护之所，隐匿之地，世外之境，寺庙，港湾，安全的隐居，一处圣地。[1] 他写道，"自己被白云缭绕的群山护佑"，他请求它们拥抱他，包围他。[2]

---

① 格拉斯米尔是位于英格兰湖区的一个村，附近就是格拉斯米尔湖。它原属于威斯特摩兰郡，1974 年划入坎布里亚郡。（本书脚注如无特殊说明，皆为译者注。）

② 威廉·华兹华斯，英国浪漫主义诗人，1843 年获得"桂冠诗人"称号。1799 年 12 月，华兹华斯与家人搬到位于英格兰湖区的格拉斯米尔，在这里住了 14 年。1880 年，诗人撰写长诗《安居格拉斯米尔》。

③ 出自长诗《安居格拉斯米尔》。

那是十月中旬，第一个整天能见到太阳的日子，温和但潮湿——特别是湖区也太潮湿了。众所周知，湖区多雨，天气变幻莫测。在其境内，英格兰有人居住的最潮湿山谷就在丘陵那边，离我在格拉斯米尔的家不过十六公里。这个夏季，英格兰人大多在干旱中煎熬，而我们则要被雨水溶解了。风暴席卷峡谷，山谷一天天在雾里消失又重现。在这里，连日阴雨令人感到不祥，就像干旱之于别处。这是天气到了极限。

而今天，阳光灿烂——光照出乎意料强烈——天空湛蓝。

我要好好珍惜，竭尽所能寻求抚慰。我不想未来，不想即将来到的冬季以及之后的一切。

直到双腿麻木，直到脸和胸脯吸满阳光，我才缓缓游起来。我小心翼翼，不搅扰平静的湖面。我伸展双臂，如两支箭，指向光亮处，吐气。我收回双臂，吸气。这是一种冥想，是御寒的咒语，我游得飞快，数着划水次数，身体适应了运动，适应了寒冷。

我沿着绿树成荫的湖畔游，尽可能延长光照时间。下午四点，太阳已经落到西边的迪尔博特树林，几乎要碰到树梢。阴影笼罩树林，在远远的湖面投下即将降临的黑暗，不祥的预兆。

隆冬时节，十一点钟太阳便隐入丘陵背后，只在中午短暂现身，整座山谷仿佛宇宙时钟。

序曲

我手臂划到第六十下，肌肉开始放松，动作慢下来，可以稍作休息了。

我张开双臂，转动双腿，身体旋转起来，村庄融进了田地、树林、南边长长的石滩、细细的天线。树木模糊成一条条琥珀色、铁锈色的线。我喜欢这样看着格拉斯米尔，从水中看，是罗杰·迪金①所谓的"青蛙视角"。这是一种不同的观照。我看着一辆辆车绕着邓梅尔石堆上上下下，这条宽阔的"U"形路是从北边出村的路。"邓梅尔"是古代一位战王，据说就葬在山口。一只秃鹰盘旋在赫尔姆山崖，明亮的斜阳勾勒出丘陵凌厉的棱角。

我面向山脉，在波光粼粼的湖面下活动脚趾，欣赏着水光映射在皮肤上的花纹。或许这是我今年最后一次光腿赤脚游泳了，得尽情享受。不久，我就得套上氯丁橡胶衣才能游得舒适，舒适游泳是我的头等大事。

我不是那种享受寒冷的户外游泳者。恰恰相反，寒冷会刺痛我，让我无法兴奋，也无法放松。如果感到太冷，我就再无法暖和过来。寒冷中，我的肌肉系统逐一僵住。气温只消稍稍降低，手、脚、鼻子便统统失去知觉。我不是为冷而游，是哪怕冷也要游。我怕冷，怕即将袭来的冷气。整个冬季，我都在渴望夏季。然而，我一年四季都在

---

① 罗杰·迪金，英国作家、纪录片导演、环境主义者。他发起过"野外游泳运动"。

湖里游泳，如果非要选择，我宁肯在湖里受冻，也不愿留在温暖的陆上。

如果可能，我想住在水里，做水生生物。在水里不会跌倒。接受寒冷，是我对湖的妥协。我咬紧牙关，吸进冷气。湖信守承诺，只要我踏进去，便帮我负担沉重的身体。它承托我，我承受它。

今天，湖呈现出我最喜爱的状态，如一面宁静的占卜镜，映照着丘陵、树木和天空，阳光在湖面上跳跃。大部分时间，我蛙泳，双手合拢，手臂扎入水中，我觉得仿佛游在天空里，游在丘陵间，双臂劈开森林，打开山脉，将天空包裹其中。我反转手掌，打开山脉，将身体包裹其中。这是接近飞翔的感觉。

我漂浮着，在水里也能尽情享受阳光的抚摸。要是一直有这感觉就好了。

我是峡谷蓝眼睛里的一粒尘。从这望出去，我家依傍着的那座山如同在夏季般油绿。然而，太阳渐渐沉入西边丘陵，阴影自山脚下蔓延开来，裹住南边整片湖面。

我万分感激脸上的阳光，感激环抱我的水，感激我得以在这里的一切，感激我能重建生活，以身体为重——天气好便游泳，不好便休息，感激帮我实现这种状态的一切人和事，感激劝我以身体为重的人，感激教我如何照料自己的人，感激我伴侣的耐心和支持。我像一只海豹在湖里欢快翻腾，他则在树下安静读书。感激他今天等在这里，帮我背浸满湖水的装备,免得我肩膀、脖子受苦。感激十六年前让我第一次来到这村子的种种机缘,感激让我重返这里并住下。我感激,恰恰在我最需要住处时,湖边一座村舍正要出租。感激止痛药,让我走完从村舍到树木繁茂的湖畔这十分钟路。

湖上飘着点点落叶,倒映在湖面,一片变作两片。艳阳下,它们五颜六色,熠熠生辉,是秋的徽章。我游向一片巨大的橡树枯叶,它卷曲的样子让我想到古代木船——船首高高翘起,弯向船身——是三列桨战船。静谧、湛蓝的湖面完美映照出船体——高高的,抛过光的赭红木船身。叶脉像帆的骨架。我突然想到大卫·赫伯特·劳伦斯①的几句诗,是二十多年前做学生时念过的,我还以为已经忘了。"时值秋天,掉落的水果;通向湮灭的漫长的征途。"每到这时节,我都要生出这般心绪,空气里弥漫着死亡气息。想到"严酷的霜冻就要降临",我便不寒而栗。像诗里落下的苹果,"撞破自己,打开一个出口"②,我的身躯亦是"已然在跌落,受伤,遍体鳞伤"。夏季,我能暂时忘记,忘记我身体有多脆弱。每个夏季,我像不负责任的孩

---

① 大卫·赫伯特·劳伦斯,二十世纪英国作家,作品包括小说、诗歌、戏剧、散文等。
② 本段引用诗句均出自劳伦斯的诗《灵船》。

子一样自欺欺人,告诉自己,阳光让我强壮,这个冬天肯定好过些。

大多数日子我都去游泳,有时一天游好几回,有时还有余力做点别的。我在漫长的黄昏中走回家,暖融融的夕阳缩短了长路。我几乎像正常人一样走路,感到身体更轻快了。这几周里,我的四肢拍击粼粼的水面,仿佛在生产能量而不是消耗能量。但是秋天击落了一切幻象,仿佛萧萧落下的果子。

我踩着水,面对橡树叶小船,问它,问湖,问变幻的树和小鸟,问天空那唯一一朵云,问盘旋的黑头鸥,也问我自己——"你造好自己的灵船了吗?哦,造好了吗?"我翻身,躺在水面上,喃喃自语"造一艘灵船吧,你需要它。"①

苍鹭冲破西岸树丛,划过林子俯冲而下。近岸洒满阳光的树林间,一群长尾山雀在枝头飞来飞去,被夕阳镀上一层金黄的树叶沙沙响,嘹亮的鸟叫声传遍水面。

我蹚着水往岸上走,一只灰鹡鸰掠过头顶,落在靠岸一块露出湖面的岩石上,踱着步,脑袋一点一点。有一回,我和朋友 E 在一处幽深峡谷的瀑布里游泳,一只灰鹡鸰望着我们。天地间再无其他生物,只有在赭红岸边踱步的灰鹡鸰和水里的我们。向上望,河流在晴朗的蓝天下流淌,跌进阴影,裹挟着阳光。我觉得一旦踏出这条路,就会离

---

① 本段引用诗句均出自《灵船》。

开我们的世界,进入她的世界,她会迎接我们。我们称她游泳之神、瀑布卫士,纤细,永远流动,熠熠发光的水之女神。那以后,我但凡见到灰鹟鸰便想起那个下午。在一片不起眼的树林里,在一条寻常路上,仿佛施了魔法,瞬间绽裂一条缝隙。

那灰鹟鸰——有着乌云般灰色翅膀下嫩黄色的小肚子,对我唱冬日明媚的歌,它在那里,陪伴着,守护着,每次抖动尾羽,都是快乐,那快乐仍然在。

劳伦斯诗里,躯体必得沉进黑暗,"完完全全沉进去",才能获得光明。你必得沉进遗忘,唯有走穿它,一切方可重新运转。

一只褐色猫头鹰,不知在树林何处叫着,仿佛宣告夜晚降临。我向着它游,游进不断蔓延的阴影里。

山间暮色中,我上岸,站稳身子,重新适应直立行走。海滩上、树林间,阳光消失了,几缕余光剩在湖上。湖面雾气蒸腾,仿佛寒天冻地里呵出的气。胖嘟嘟的橡子、红叶、绿叶铺在浅滩灰石头上。枝头所剩无几的叶子在黄昏里摇曳。我换上衣服,浑身发抖。

回家路上,我离开主路,穿树林向上爬,追逐最后的光线,但我终要输给地球自转。最后半公里,蝙蝠掠过我,俯冲向古道沟壑,天空褪去颜色。猫头鹰一路跟我到家门口,呼朋引伴。我在这儿,你也在吗?它们似乎在我家窗台上坐了一宿,召唤我步入黑夜。

骨　折

尚未得知自己患病，我便知道自己很脆弱。第一次骨折发生在我记事前。一个蹒跚学步的小孩的骨头愈合、组织长好要多久？总之，那么长时间之后，我仍然没什么记忆。

我们家流传着一个故事，是被反复提起的故事之一——要是旁人说起，我妈妈准说是低级笑话。故事是这样的：

我十八个月大时，哥哥把我撞倒了。

或者：

我还是个走不稳的孩子，哥哥把我撞倒，我折了一条腿。

或者：

我还是个走不稳的孩子，哥哥把我的腿弄折了。

我每每讲这个故事，大家要么倒吸一口冷气，要么一副难以置信或错愕的表情，或者，只尴尬地笑笑。

我病历上写着胫骨、腓骨——两根长腿骨——远端闭合性骨折。这是另一番叙事了。

骨折

*

骨折后几周,我整条腿打着石膏。我用力挪动身体,笨拙但奏效。我仍然跑来跑去,石膏不知坏了多少次。医生不停地帮我打石膏,终于失去耐心。爸爸把一双魔术贴运动鞋改造成了石膏保护鞋。

家里保存很多张我这时期的照片,滑稽的,笑着的,丝毫不受身体新状况——打着笨重、硬邦邦石膏的影响。在那些普普通通家庭照片里有两个留蘑菇头的男孩和一个蹒跚学步的小孩,小孩腿上打着石膏。

每张照片,我都是一副模棱两可的表情,好像要微笑,又好像在出神,就像正集中精力思考、做事,突然被打断——听见有人叫自己名字,抬起头,心不在焉。

其中一张照片,我站在一组带抽屉的组合衣柜前,穿着淡蓝色连体婴儿服,胸前印着似白云似绵羊的图案。一条裤管裁掉了。衣服和石膏间露着一截大腿,衣服、石膏构造诡异,都与皮肤有两厘米的空隙。石膏底部乱糟糟散开。我冲着镜头,要笑不笑,举着一只胳膊,就是那一副做事被打断的表情。我哥哥——撞倒我的哥哥,站在我左前方,半朝向我,目光越过我左肩,正对镜头。他一袭白色,白色板球服,白色短裤,白色衬衫、套头衫以及白色及膝袜。他比我离镜头近,双臂伸向我,一副展示的样子。我俩的位置关系,隐约透着一种"原型"意味,像威廉·

布莱克①画里的场景。在我们的版本中，他像是天使，地毯像是厚厚的粉棕色泥污。

另一张照片，我坐在胖墩墩粉色玩具车里，这车在我们兄弟姐妹间传了一代又一代。我那条完好的腿在蹬踏板，骨折的腿翘在车边小小红色垫子上，以免弄坏石膏。我喜欢那个垫子——柔软、红色的天鹅绒，小小的，圆圆的——我的童年挚爱。我跟妈妈聊起小垫子，妈妈说那是她妈妈为我做的，为保护石膏。这小东西源于那场麻烦，可爱、柔软，独属于我，是我多年来的欢乐之源。

那段时间的事我几乎什么也记不得，我体会不到寓于那身体的感觉。一周复一周，膝盖固定在别扭、半弯曲状态，我不记得做那样的孩子是什么感觉。直至今日，人生大半，我对她的感受、她的愿望一无所知，我记得的不是我的故事，是别人的。

*

腿痊愈，石膏拆除后，我像其他孩子一样生活。在我成长中，这个故事是"事实"，不是"记忆"。关于它以及之前一切，我什么也不记得了。

------

① 威廉·布莱克，出生于英国伦敦，毕业于皇家艺术研究院，诗人、画家，被认为是浪漫主义诗歌和视觉艺术史的开创性人物。他的绘画作品大都以宗教故事为题材。

骨折

这个故事同样影响了哥哥。他从小到大总听人讲他撞倒了我。介绍他时别人也要说这就是撞倒我的那位哥哥。

这是种次生事故,有自己的暴力。我们讲的关于彼此的故事乃至讲述方式,塑造了我们,改变了我们。

我的家人们胸怀宽广,但口不择言。他们沉迷于小聪明、小幽默,是他们自己所谓"快嘴快舌"之人——当然,他们绝不会这么形容自己。他们喜欢讲故事,期待别人回应。

然而,但凡故事便免不了夹杂个人倾向。

最近,我在写作班上拿我骨折的事当例子。我讲那个重复了无数次的版本:"我十八个月大,哥哥把我撞倒了,我的腿骨折了。"我问:"听这个故事,你们想到了什么?"学生们会提到一辆车,提到意图、动因,或者撞我幼小的身体是种主动行为。然后,我会补充一些细节,故事和人们的认知就会开始变了。我哥哥还不到七岁,听起来是"他把我撞倒",然而,事实却并非如此。我晃晃悠悠地穿过花园,他骑自行车,我们撞上了,就是这样。当时,我们谁也不知道,我的骨密度跟正常人不一样。所以,一撞上,我的腿便折了。

我会对学生们讲,在我家,这个故事以这种方式讲了太多遍。直至二十岁,我才意识到哥哥的处境。这不是故事,而是指控。让他有负罪感的不是事情本身,而是我们的讲述。

通过这个故事,我想说明,我们是如何为了效果夸大其词,为了实现最大冲击力调整内容,每次无意识的细微改动——措辞、语法,或省掉关乎语境的细节——已经改变了故事的意涵。骨折故事里缺失的关键细节——我的骨头太脆弱——几十年来无人知晓。事故发生时,乃至发生数年后,它的讲述方式逐渐固定下来,终成历史,我们都不知晓。

*

我在连自己的名字也不会写时就知道自己很脆弱。我不记得自己曾是一个拖着一条骨折的腿的小孩。无论去哪儿,我始终背负着她。跌倒、骨折塑造了我的自我意识。

世界是危险的,布满障碍,它们随时随地向你袭来。身体是危险的,充满诡计,它毫无预兆地把自己摆倒。世界和身体都是危险的,这是我从记事起便明白的道理。

从九、十岁到青少年,我但凡要跌倒便干脆双膝跪地,不会只是踉跄一下又站稳。就像有人推我,有人剪断我的线,一下子掉下来。我猛地向前倒,跪在地上。现在记起那剧痛,还有些不适。少年时代,我护膝上永远染着消毒液,膝盖上留下永远的疤,很长时间我还以为人人膝盖上都有坑坑洼洼灰泥沙砾涂料般的花纹。

跌倒成了家族特色。我们常开玩笑,某某能把自己绊倒。错不在我们:是地板。别把包放地上,我们会绊倒;

有人一只脚缠进塑料袋,跌倒摔伤;还有人无缘无故跌倒。几年前,我住在伦敦,回想起来仿佛别人的生活。我跟几个朋友走在街上,走得飞快,我们要赶去"路易斯公主"酒吧①与其他朋友会合,跳舞。那天很冷,我穿着短裤,亮闪的紧身裤和小巧的银鞋子。J聊起一位不在场的朋友,讲她跌倒的丰功伟绩:"你认识M吧,她总跌掉,好像就为跌倒走路!"J边走边讲,我却已不在她身旁,我掉进了下水道。这时机。

因为老是跌倒,我那些童年事故貌似必然,而非病态。我们当时都没意识到那是病态。

四十多年,我一直背负着那个折了条腿的孩子。然而,直到如今,我才开始稍稍理解她,理解我们,理解我们何以成为我们。

我试着放松些,少些她的痛苦,多些她松弛、欢快的韧劲儿。我努力倾听。

*

我常常沿着一条固定的路线散步,从我们——我、我的伴侣W和选择了我们的猫——住的村舍,顺着一条朝南的古道,走出乱糟糟的村子边缘,进入树林。

这屋子,曾经住着农工,属于一家农场。门前这条死

---

① 该酒吧位于中伦敦霍本高街,始建于1872年,至今仍完好保有维多利亚时期室内装潢。

路,是旧日一条车行道仅存的部分。从起居室窗子望出去,不时看见羊群走过,这条路,它们走了一代又一代。

村舍建在古道边,衰败但坚固。石板足足六十厘米厚,表明它已颇有些年岁。我们在一张地图上发现,早在1646年这村舍就在了,也许更早。我很难想象村子旧貌——只有农田、斜坡上的一间间村舍和村中心伫立的教堂,如洪荒中一座孤岛。

古道两旁立着长满苔藓的石墙,峡谷一般。唯有在一扇篱笆门间,闪烁着湖光,暴露了天气。

在格拉斯米尔和莱德尔山谷间崎岖的公地上,我或顺时针或逆时针绕着圈散步,这取决于我的情绪,天气变化、我的疼痛和疲劳程度。

沿着这片公地,哪儿也到不了,不断绕回来,但永远不必走重复的路。我喜欢这儿,因为它满是惊喜,也因为我信任它。我知道什么天气走哪条路安全。我知道往哪走不会受伤。我知道,只要信任它,它便会向我展现一些我从没见过的景象:沐浴在冬日斜阳里的火红雄鹿,泛着波浪的风信子海洋,一只在本地早已绝迹的鸟。

在这里,我可以度过一整个下午。在橡树与花楸间,银桦叶沙沙作响,仿佛一只红隼盘旋在村子上空。

树缝间,圣奥斯瓦尔德教堂的石灰塔楼若隐若现,在一片灰岩中格外醒目。过去,它是罗塞河畔唯一的建筑。

奥斯瓦尔德的右手因受赐福而不朽。我想象他边演讲,边挥舞完美的右手,左手则日渐衰老、枯朽。我想知道这赐福象征什么,如何解释。奥斯瓦尔德病了?残疾了?

奥斯瓦尔德是位战王,是辽阔的诺森布里亚王国①的统治者。在神话故事中,他战死疆场,头颅、四肢被砍下。乌鸦衔走一只断臂,划过一棵白蜡。那之后,这树的叶子,乃至树荫都能治病。乌鸦丢下断臂的地方涌出一口井,井水也能治病。一年后,人们发现了奥斯瓦尔德的头颅。一束光从荒野墓地里直冲云霄,标识他的葬身之处。

传说,多年以后,旅人不经意来到他的死亡之地,竟被治愈。这里成了疗愈场所。人们纷纷造访,带走一抔土。久而久之,太多土被挖走,现出一个深坑,足有一个站立的人那么深。

他身体每一部分都有治愈能力,不止于此,他生前触碰过的每件事物也一样,包括格拉斯米尔的土地、水、河流、湖泊、礁石。

*

搬到格拉斯米尔的第一个冬天,大雪纷飞,我在公地迷路了。我选了一条走过上百次的路,从古道到"棺木小径",沿最后一段柏油路到小湖另一端,从马道拐弯,顺着细细的马车辙,绕到悬崖后,走上公地。漫天大雪,小路

---

① 中世纪早期盎格鲁-撒克逊人的一个王国,位于现在的英格兰北部和苏格兰东南部。

清澈如河流，然而，一旦转弯到达高原，它便消失在无人涉足的一片白茫茫中，许多小路都是这样。与其说它通向四面八方，不如说它哪也到不了。离家还不到一英里，我知道自己已到了极限，我会摔倒，会骨折。我得靠仅存的能量走回家。我想到华兹华斯诗里的露西·格瑞①，那个融在雪里的女孩。我飞快回想我认识的山地救援队员。我沿着来时脚印往回走。我本不情愿原路返回，那年月，我觉得走回头路是种失败。我尚有许多东西要学，这片公地帮了我。

第二次踏上这条路已是晚春时节。洋地黄一串串长了出来。雨下得很大，我不想走太远。原本以为小径应是干干净净地露出来了，找路轻而易举。不承想，疯长的植物改变了一切，雪天里横七竖八的小路消失在齐腰的蕨丛里。我绕来绕去，绕来绕去，终于作罢。

两次我都因为天气不好选择了这条路。我不知道它的名字，它的历史。多年以后，我才弄清楚公地边界，它有多辽阔，它蕴藏着多少形形色色的小世界。我本就想在家附近走走，这条路总能引我回家，又全然不在我计划之内。

2015年，W和我搬进了这座村舍。八年前，我迷路时

---

① 指华兹华斯叙事诗《露西·格瑞》中的主人公。在华兹华斯死亡主题诗歌中，常出现"露西"这个名字，诗人以她象征美好却终将逝去的人。

住的房子就在它旁边。我回到了老地方。我们的起居室对着旧宅厨房。旧宅阁楼,仿佛挑着眉毛俯视我们现在的卧室窗户。曾经,我坐在阁楼的窗前,望着平坦的小山顶。我的床紧临屋檐,仿佛睡在翻转的飞船里,在天空航行。我们的新家坐落在古道下,地势极低,像在半地下。我叫它穴屋,我们的洞穴。我们住得低低的,一年大部分时间都栖居在阴影里。

住在农舍的第一个秋天,我日复一日地看花园里阳光一点一点褪去。在夏天,我多感恩这明媚阳光。我上山寻找阳光。从"阁楼"到"洞穴"这些年,我病得愈发重,能走的路愈发短。我想到当年在雨里、在雪里让我困惑不已的路。冷冽的秋季,我发现了一片苔藓和琥珀色树影驳杂的"仙境"。如此壮观,如此触手可及,以前我竟没发现,多荒唐。

"仙境"成了我散步的终点。很长一段时间,我走到那里便折返。多年来,我只认得公地这一小块角落——我在雪中发现的第一个去处。我不敢再往前走,不知道这些小径通往何处,不知道在这终将融于白茫茫的小径上,要耗掉多少能量。我一旦不再有把握,便找回熟悉的路,安全第一。我不再以违背自己心性为耻,不再怕走回头路,我只怕还没到家便灯尽油枯。这是公地教我的,我得尊重。

我一点一点扩大活动范围,来到新路口,发现新风景,找到更多安全线路。

我知道从湖到古道肯定能穿过公地,但不知道怎么走。某个冬日,我以为找到那条路了。我沿墙走,我肯定这墙会与古道交会。然而,围墙里花园植物太茂盛,高高低低蔓延出来,我迷路了。一年大部分时间,宅子无人居住,这花园属于鸟和动物——狍子、马鹿、红松鼠、黄褐色猫头鹰。地面湿透了,我靴底打滑,怕跌倒,便回去了。我无数次从这里往回走。

最终为我指路的是一头鹿。2018 年 11 月末的一个下午,天色渐暗,我在古道上发现了这头西方狍。我盯着它,看它转头望向我,看它绕到墙后,直到它从视线消失,我才沿着它在潮湿地面踩出的蹄印走。

就这样,我终于明白了怎样绕,怎样过,也明白了要花多少时间。

*

关于我第一次骨折还有另外一个故事。我妈妈坚信我骨折了,但当天值班的年轻医生在 X 光片上没看出来,要打发我回家。这个故事我听了一遍又一遍。我用后来得知的房间布局重现当年场景:没窗户的米白色墙,灯箱上的 X 光片。四个人物:医生、母亲、女护工、啼哭的小孩。

我妈妈以前在放射科工作,她能看到骨折。她也了解她的孩子,知道她骨折了。工作了几十年的护工也发现了。但医生没看出来,两位女士不好开口。妈妈和护工十分默契。按照妈妈的说法,护工直接转向医生:"瞧,医生,我帮您通知石膏室吧?"

这故事讲的是,病人,尤其女病人,不能显得比医生懂得多。下属,尤其女下属,也不能显得比医生懂得多。要表达想法,你必须让它听起来是上级想到的。只有如此,才能被接受、被理解。通过这个故事,我发现医生也会犯错,但你不能直接讲出来。

*

倘若能回到那一天,做那次事故的旁观者,我会寻个视野好的位置——隔壁楼上的窗户,树后,或者干脆是隐藏摄像头的地方。我深谙穿越时空叙事必须记住两点:不要阻止事情发生,不要被年幼的自己发现。

我不想阻止,只想弄明白——弄明白到底发生了什么。仿佛这是一切的起点,倘若能理解它,便能理解自己的一生。但我无法理解,哪怕回去一百万次也不会比现在多知道多少:它发生了,不是任何人的错,它是一连串事件中的一件,这一连串事件也不是任何人的错,但它们改变了我,由里到外地改变。

我毕竟不能穿越时空,只好求助父母。问父母、问在场成年人是了解这一事件的唯一途径。然而,好几个月以后,我才在谈话中提到它。我在格拉斯米尔给他们打电话,坐在窗边我工作的折叠桌前。我对他们说,我想问几个关于事发当天和之后的问题。他们知道我在写自己的生活、疾病，我们的疾病。过去几年，我为了了解自己的过往，问过他们关于我童年和他们家庭的其他问题。2019年，我差不多是我妈妈事发当年的年纪，我试着对调角色，看看会有什么感受。我不知为何迟迟不愿谈起它，不知为何问一件过去许久的事让人害怕，它明明一直是我生活里的一个事实。你不想知道的是什么？你觉得什么会让生活天翻地覆？

"第一次，我们在花园，戴维斯路。"妈妈开始讲述。

我打断她，问谁在场，是不是都在。

"你爸爸……""我不在。"爸爸插话。妈妈接着讲："我记得你在，在花园另一头。A骑自行车，我在……我们在草坪上。不知道T在哪儿，但你开始跑起来，"——这个"你"是指我，不是爸爸。我开始跑起来——"这时，A骑上车子，避免不了，没人能阻止。"

他们把我哄睡。我醒来后，发现站不起来了。"你不能承重，"她使用医学术语，显示自己不是外行，"你的腿一弯，又倒了。"

他们带我去医院，不是后来常去的那家大医院，是马珀利路附近的老儿童医院。我父母又开始争论儿童医院的具体位置。所有记忆皆如此，相互间很难对上。"不管了，这不重要。"妈妈终于说道。然而爸爸又开始问他在哪里出生，是不是同一家，问妈妈记不记得他妈妈是否说到过，因为他不记得了。我们绕进那些谁也不知道的事里。

爸爸又开始问我那时多大。我们计算着年龄，应该比我现在最小的侄女还小。那是夏天，我们都赞同，对，是夏天。然而，我后来查病历发现并不是，那是四月，只不过天气很好，我们都在花园里。

他们轮流讲，我听着，像听别人的故事，适时发出表达同情的声响，好像他们说的不是我的腿。

妈妈继续讲。她详细叙述每一个环节，生怕漏下什么。爸爸则在电脑里查他几年前数字化保留下的旧录像，他找到那一年，把屏幕转向我。我出现在录像里，戴维斯路过花园，拖着打白色石膏僵直的腿，推一辆卡车形状的学步车。我穿过露台，面对面遇上开卡丁车的A，我只得掉头。我们出现在录像里，妈妈、T和我，铺着毯子坐在露台上。我靠在一个豆袋上，像甲虫一般四仰八叉，我看着自己一次次仰面歪倒，又扭动上身直起来。另一段录像，我坐在推车上，摇晃着僵硬的白腿，胳膊指向男孩子们。他们在干草铺成的轨道上驾驶迷你摩托。T骑得太慢，终于被拽了下来，他把刹车都弄冒烟了。A骑得太快，总在同一个弯撞上。有一段录像里，我们都泡在戏水池，我腿上的石膏已经拆掉了。

"所以，我带你去医院了。医生执意给你膝盖拍片。我觉得不是膝盖的问题，是脚踝。片子出来了，医生说没大碍，吃点止痛药，让她睡觉。女护工很老道地把我拉到一边，说，阿特金太太,万一出现问题,你们再来。"

我们不禁唏嘘,我们都清楚那是什么意思。护工看到了医生所忽略的。止痛药没用。他没找到症结。

我们回家了。他们喂我吃止痛药,我睡着了。早上醒来,我试着在床上站起来。我腿一弯,跌坐下去。

妈妈开车带我去医院。又拍了一次X光片,范围更大。妈妈说:"我觉得你拍的位置不对。"她的直率让我惊讶。接下来的事我们就知道了,正如我记忆中那般。

"片子出来了,我看到裂缝了,护工也看见了,但这年轻人还是坚称没有骨折。我看着护工,正要开口,护工便说道:'瞧,医生,我帮您通知石膏室吧。'"

我记得故事的高潮是两个女人围着医生旁敲侧击,医生看不到明摆的事实,然而我忘记的是,或者干脆不知道,这种事发生过两次——我在一条腿骨折的情况下被打发回家。医生对着我,对着明摆着的骨折迹象,就是看不到。我的就医生活从此开始,一直这般继续下去。

*

我第一次骨折,所有人都觉得不过是平常事故,不是什么征兆。被自行车撞倒骨折十分正常,无人起疑。

1982年,一个普普通通的孩子,在一次普普通通的游戏中,发生了普普通通的事故。

意义是累积出来的。单个事件说明不了什么，一连串事件才形成有规可循的意义，构成可以得出结论的叙事。

我的人生故事，完全可以以骨折、疑似骨折、扭伤、脱臼为主线叙述。

我小时候，家里有专门收纳X光片的文件夹，搁在存放重要文件的柜子里。哗哗作响的棕色X光片装在灰色、褐色文件袋里。文件越来越厚，不光有四肢的，还有牙齿——错位的牙齿、长在一起的牙齿、牙齿拔掉后的洞。你可以取出X光片看看，对着光，看到定格在某个时间的内部构造，有断裂，或者没裂。

*

我第二次骨折发生在四岁。

我停三轮车时摔倒了。那是五月初，我之所以还记得是因为"患者通道"网站①。1984年5月9日。不知为何，我始终觉得是夏天。童年骨折总发生在夏季般的天气里。

我在一座房子前"L"形车道上骑车，我们将要搬进这房子。厨房窗下有块空地，在敞开的大门边，我想把车停进去。我能听到大人们交谈，是我妈妈和几个朋友。当时，餐厅墙壁正在粉刷，我哭闹着被抱进屋时，瞥见杰莫

---

① 一种英国医疗服务，用户可以通过网站、手机应用程序联系医生，预约就诊、开药、查就诊记录等。

林膏①一般湿润、鲑鱼色的墙壁。

我不清楚我究竟怎么摔的。记忆里,我骑的是小羊三轮车。粉蓝色车座上画着一只小羊脸,白车把,白轮子,喷红颜料的辐条。当时,这辆车子对我来说太小了,但我执意不换。骑着它我很安心,它是抚慰,稳固又牢靠。然而,事实是我要停下的是一辆巨大的红色罗利牌三轮车②。这是另一家人刚淘汰下来的,它原本的主人是个男孩,已经大到不能再骑它。车子很大,看不出新旧,车把很宽,但最好的是后面的方形大筐,大大的金属盒,能装任何东西。我们住进这房子后,发现花园里有好多青蛙,哥哥们怂恿我往筐里装青蛙,骑着它兜圈,再骗妈妈打开盖子,青蛙一只一只蹦出来。

妈妈记得我摔倒时她也在车道,我哭着嚷腿痛。但我记得他们在屋里,听到哭喊才冲出来。

这次骨折的地方要低一些,在脚踝上面,只半条腿打了石膏,像厚重的及膝袜。爸爸早早备好了改造过的运动鞋。石膏坚持了一整个疗程,再没修补过。或许从那时起,我时不时到访急诊室、X光室、石膏室成了必然。

---

① 杰莫林膏,用于擦伤、烧伤、咬伤等轻微伤口护理,可防止感染。

② 罗利牌三轮车是二十世纪70年代最受英国儿童喜爱自行车之一。

骨折

这次毕竟也是事故,再正常不过。第二年,我患腮腺炎停课一周,爸爸也因脚骨折请假了,他把一箱砖砸在了自己脚上。那是学年末,我错过了期待已久的动物园之旅,但得以跟爸爸一起度过一段漫长、轻松的时光,我画画,在户外玩。一切都在意料之中,毕竟我家总出事故。

在我们家,在我们的生活里,大大小小的事故稀松平常。我们跌倒,绊倒,从树上掉下来,掉进洞里,迈错步子,摔进小溪,掉下山崖,我们砸到脚,我们把自己撂倒。不承想到这是病态,也不承想到这是我们具有意义的人生叙事之基。

*

第二次骨折让我想起了第一次骨折。不是骨折本身,也不是事故——那几乎是传说了,而是一个片段:从拱顶笼罩下的地下走廊被推进石膏室。我记得旋转锯把石膏锯开,它嗡嗡地靠近我。

唤起记忆的不是骨折和其后的疼痛,也不是持续数周的不舒服、不方便,而是事件的结尾,是场景再现。在去往我将拆除石膏的房间途中,我记起来了:这场景出现过。我记得我被推到地下室走廊,抬头看拱形天花板,朦朦胧胧的暗绿光影,我记得旋转锯嗡嗡地靠近我。我知道不必害怕,因为它不会碰到皮肤,尽管它貌似冲皮肉而来。我第一次确信时间是一层层的,一个瞬间叠着一个瞬间,当下亦可能是过去，过去亦可能是当下，它们不是独立的，它们是一体的。时间是一条长长的带子，绕在自己身上，黏在自己身上，在某处变得坚硬，当时间与时间相遇、相交，便坚固起来，正如我腿上的石膏。

直到后来，我才明白其中的深意。一层层关于走廊的片段，一层层记忆。我得以从当下抽离，拆解当下，就像长时间浸泡的绷带再拆开。即便当时年纪小，我也足以明白记忆如何投射在眼下崎岖不平的一瞬间。我也想过，我记得的是不是一个梦？或许确实做过那样的梦，是事件无意识的回响。

*

很长一段时间，我视自行车是我骨折的罪魁祸首。一辆把我撞倒，一辆让我摔下来。八岁，我又从另一辆自行车摔下，伤到了拇指，严重程度够送急诊室，但没骨折。我觉得这是进步。

初中最后一年，我在后花园荡秋千，绳子突然断了，我被甩到空中，又摔在地上。我疼得直叫，站不起来，但腿并没骨折，只是一侧所有韧带都断了。我打上了一种"半石膏"，从后面裹住腿的四分之三，前面用绷带固定，为肿胀和消肿留下空间。它与骨折愈合时间差不多，但随着伤势的发展，腿上皮肤惊异地变换着颜色，从紫黑到绿，从青蓝到黄。

骨折

儿童总出意外，是玩耍或其他行为造成的可接受后果。我们班总能见到胳膊打石膏的孩子。有时，我一整年只是瘀伤或轻微扭伤。我家浴室抽屉放着各种尺寸的绷带。我们打绷带手法日趋娴熟，我以为家家户户都如此。

*

第三次骨折是个次生事故，是另一种分崩离析的副作用。自此，一切开始有意义。1997年10月初，我在家备考。父母出去了。他们决意过健康生活，在路边一家新开的健身房报了名，这一天要去参观体验。这完全不是他们的性格。家里只剩我一个，我不知道他们什么时候回来。

我在厨房桌边抄笔记，电视声音放得低低的。我习惯靠抄写记忆。我感到无聊，在音箱旁一摞CD里翻出艾拉·菲茨杰拉德①的唱片，放进唱机，合上盖子。我绕着厨房唱着、跳着，释放躁动能量。此刻，那一幕在我脑海里格外清晰。然而，就在一周前，甚至一天前，我还无法描述其中细节。这次唤起我记忆的主要是负罪感，我不饿，只觉得无聊便给自己弄了吃的。焦虑但不饿。

我满厨房跳舞——我确定——端着盘子——但不记得把盘子摔了——跟着艾拉唱，我突然不跳了，我倒在地板

---

① 艾拉·菲茨杰拉德，美国歌手，被公认为二十世纪最重要爵士歌手之一。艾拉共获得13个格莱美奖。美国前总统罗纳德·里根和乔治·布什分别授予她国家艺术奖章和总统自由勋章。

上，痛感明显，我的腿摔坏了，无聊让我付出太大代价。

厨房地砖冰凉，舒缓了我冒虚汗的身子。我感到膝盖骨滑脱了，不容乐观。

那之前五年，我左、右腿膝盖骨多次脱臼。有时动作做到一半，一只膝盖脱臼，又复位，我还没来得及采取措施，没有跟跄，没来得及像抓老鼠一样抓住它，安回原位。它们总要脱臼，要脱离我，像是想彻底出走。后来我才知道，哪怕正常状态，我的膝盖骨也不在中心，妈妈的也一样。但当时并不知道，我们一无所知。

我坐在冰凉的地砖上，站不起来。我右胳膊不大对劲儿，刺痛。我在两排橱柜间，可以看见电话，挂在高壁柜中间，简直遥不可及。我不知道坐了多久，不记得哭没哭。我终于爬起来，用那条好腿支撑着，一节一节攀着地柜雕花，膝盖骨竟复位了。无声的咔嗒，我感觉到而不是听到。我感到恶心。靠着橱柜，站稳脚。本来要叫救护车，现在也没必要了。我颤颤巍巍伸手抓电话，按下父亲手机号快捷键，直接转到语音信箱。我留言，声音也是颤抖的。我又拨妈妈手机的号码，也是语音信箱。我应该做好去医院的准备。我手撑着家具立面，试着活动。我几乎要走到后门了，我靠着墙，扶着门框，终于走到衣架边。我套上外套，戴上围巾，穿上鞋子。我又费力返回厨房，坐到椅子上。我给邻居打电话，没人接。我给我男朋友打电话，没人接。我给最好的朋友打电话，没人接。我父母都没回电话，半小时过去了，一个小时过去了，没人回电话。我花了好长时间穿过仿佛在不断延长的走廊，去楼下的厕所。此时，我右胳膊几乎动弹不得，好不容易扣上我心爱的牛仔裤的扣子。我用力用到眼泪都要出来了。我又挪回厨房，等待着。

*

在医院，大家注意力都在我膝盖上，过了好久才想到要检查一下胳膊。我站起来时膝盖骨复位了，所以到达急诊室时并不那么急。我在候诊室等了一个钟头又一个钟头，疼，但不危急。给胳膊拍 X 光已是午夜，X 光片显示前臂与肘连接处发生骨折。桡骨轻微开裂，这是手臂伸直状态下摔倒的典型骨折。因为关节有血，才在片子上显现出来。

直到第三次骨折我才知道，我的脆弱只是更长叙事的一部分，大大小小的骨折构成了它们自己的叙事。还要再过半生，我才明白个中原委。但那一刻，我们意识到我想必病了，我不太对劲儿，这绝不是暂时的，但我们仍坚信症状会消失，我会好起来。

彼时，我生病已经一年有余。病得不重，但莫名其妙。我总感到精疲力竭，不是"疲劳"能形容的，这个词已经没什么意义，好像有人在吸我的能量，就像从汽车油箱里吸汽油。我无精打采，愈发虚弱。我总感到冷，仿佛骨架是冰做的。在室外，我得穿两件外套；在室内，也要穿一件。不管有没有吃东西，我总觉得恶心。我越来越瘦。毫无缘由，我不再笑了。我的扁桃体反反复复发炎。

那次事故后，我的状况恶化了。身体忘记如何入睡，失去了睡眠这一指令。他们给我吃增强记忆力的药，药效下，我仿佛从身体抽离出来，盯着我难以入眠的手，一看就是几个小时。我四肢活动困难，站起来又倒下。我总觉得很冷，感到自己快要死了，我希望我死了。

那段日子太可怕。我接受了好多种检查，一周复一周，我等待可怕字眼在我的故事中出现或排除。可能的原因一个个被排除。

最糟糕、最可怕的日子里，我开始写日记，仿佛未来取决于它。我靠书写理解当下种种：我将我的感觉和医生告诉我将出现的感觉作对比。几个月后，我不再那么困惑，我会重读这些文字，寻找意义和确定感，证明这病不是我臆想出来的。

这些日记是我仅存的"病历本"。当时，检查和问诊都没有数字化。我的日记——天马行空的自省，关于梦的记录，对友谊和年少爱情的剖析，关于疼痛、失眠、恐惧、困惑的记录——是我拥有的最好病史记录。

*

有时候，我会想，在医生信里读到过的"千奇百怪"的自己。

那些拙劣地克隆我的信是这么开头的:"感谢你带这位年轻女士来此就诊……"接着是漏洞百出的描述,关于症状、病史和个人经历,像以我为主人公的低俗小说。这表明,医生要么没听,要么忘了,误解了。我在想,他们连我工作、年龄、姓名、职务都没搞清楚,怎么会清楚我体内复杂的生命。我好奇,如果我遇见了医生信里的那些"我",能不能认得出来。

患病让我们成为讲述者。然而病人本能地、毫不迟疑地清楚自己的讲述不被信任。我们看医生,去急诊室,看咨询师、理疗师,回答的第一个问题是为什么来。我们要解释、证明在场的合理性,哪怕身体状况使得我们无法表达清楚。他们要求我们一遍遍讲,仿佛在找出入。我们是自己身体不可靠的见证者。我们误释、伪造。我们的证词不可信。

我们重复一个被简化了的故事,一遍又一遍。关于事件的其他叙述被遗忘、销毁、抹去。它不再只是其中一个版本,成了事实。它与真实事件无关,与深陷其中的身体无关。

*

我继续生活,我没有选择。休学一年后,我身体有了起色,甚至可以考虑念大学了。我选择了我认为我应付得来的课程,没人知道我生病的学校。我搬到了伦敦,努力让自己看起来健康。第一学年第二学期，我在宿舍淋浴间滑倒，撞到了两年前在瓷砖地板上摔骨折的手肘。我舍友和她男朋友开一辆老甲壳虫把我送到急诊室，他们耐心地陪着我。医生诊断我是瘀伤。我对医生讲之前的骨折，讲当时X光片上几乎看不出来。我讲我的骨折史，连自己都觉得听起来不过是牢骚，是偏执。我回到宿舍，羞愧难当，因医生的诊断，因我的恐惧，因被专业人士驳回的我对自己的确信。无论如何，我还是把它当骨折处理，它疼痛程度、愈合时间也确实像骨折一般。

二十二岁，我摔断了左肘。跟四年半前摔断右肘情况相仿——站着摔倒，撞到胳膊，自作自受。我要去伦敦市中心上班，这是我大学毕业后第一份全职工作。当时，短期合同还剩一个月。我朝麦尔安德①站走，正要过马路，这条路我走了上百遍。不同的是，当天，人行道撒满传单，我后来说是散页，或许我疼得把这两个词混淆了。② 回想起来，那是传单，光滑的纸张。

我踩在一张传单上，那传单又在另一张上打了滑，我仰面摔在人行道上。我本能地伸左臂，斜向后，正是摔倒的方向。手触地那一刻，发出断裂声响，痛，当时我已能

---

① 麦尔安德，位于伦敦东区，是伦敦最古老郊区之一。
② 英文原文是"flyer""leaflets"两个单词。传单（flyer）通常指单张印刷品；散页（leaflets）是册子或折叠册中的一页。

立即明白,我骨折了。

我一遍一遍讲,仿佛我是动画片里踩上香蕉皮的那个人,事实也是如此。我的故事针对的是自己,是自己的笨拙。

或许就是这缘故,有位女士拉我起来,检查我是不是受伤时,我感谢了她,表示自己可以继续坐地铁。医院不过两站路,如果能坐地铁,这是最快途径了。

地铁运行让我疼痛不已。每次晃动,我的伤臂都不由紧绷起来,每次紧绷,痛得眼泪都要流出来,我拼命往肚子里咽。

终于到了医院,到了急诊室。我已从童年步入成年。成年意味着:伤了病了得自己照料自己,自己拖着伤肢拍X光片。

我拖着伤臂去上班,给他们看吊着的胳膊,问接下来该怎么做。这是我第一次向领导讲伤情。我当时在皇家艺术协会[①]工作,负责"学生设计奖"评奖。评奖期间,我的主要任务是把大箱大箱学生作品从我地下办公室旁的储藏间搬到大厅,快递员再把它们送回参赛者学校。搬运工见我抬着比自己还高大的箱子感到好笑。我开玩笑道,"要是哪天

---

① 皇家艺术协会,全称为"皇家艺术、制造和商业协会",成立于1754年,总部位于伦敦,是覆盖艺术、制造业和商业等众多领域的学术组织,1847年被英国皇家授予勋章。

我手腕断了,你们就笑不出来了,这活儿就全落你们头上了"。因此,那天我在医院门口打电话到办公室,说我像踩香蕉皮一样,踩到单页滑倒了,摔断了手肘,他们还以为我在开玩笑。听起来确实像玩笑。直到我出现在办公室,脸色煞白,瑟瑟发抖,胳膊吊着,他们才相信这是真的。

第一份正式工作因为受伤而终结,我感到十分沮丧。四年半,我一次也没骨折,但这次事故仿佛是提醒我:这就是你,彻头彻尾的你。你跌倒,你受伤,你失败。有些人就是总会跌倒,你就是这种人,跌倒是你的人生。

*

此后几年,我两只胳膊肘关节轮番卡住,得把它们活动开。像折叠椅生锈的轴承,卡在某个微妙角度,不能伸直也不能弯。我就是由一个个生锈的关节构成的。它们会在最尴尬时出问题:跟 L 攀岩攀到一半,身上还没绑绳索;像撑着一扇门;像正要接过一件易碎品。这些时候根本没法停下来抖胳膊,活动开关节。

一次又一次被卡住会改变人对在这世界运动的感知,像缠进一张网,飞入一扇窗。不过里面真的一无所有,连那些看不到、想不到的东西也没有。只有你的身体,无法适应真实空间的重力,无法在这个世界获得连续性。

于是,你将自己一片一片剥离,你一点一点断裂,你跌落,跌落,跌落,跌落。

骨折

*

三十二岁,我一根肋骨断了。这次骨折之后,经历不少次误诊的漫长过程,之后我确诊了。

几个月前,我和几位老朋友出门度周末。我们租住在一座据说闹鬼的修道院。坐在长长的厨房桌边,我们聊起了受伤。我说,十几年了,我还能在腿上摸到骨头裂缝,令人毛骨悚然。他们轮流摸我的胫骨,感受上面的凹陷和肿块。在场人中,只有一人表示怀疑,他是名医生,斜靠在椅子上。他说,会不会是皮下脂肪,或者软组织?但绝对不是我所谓的骨折,不可能。我让他摸,眼见他变了神色,一副惊讶、赞同的表情。我不承想到的是,这之后两年,我得不断提醒医生我哪里受伤了,请他们看到真正存在的病灶,而不是他们预判的病灶。

*

我最近一次骨折发生在 2017 年 10 月。

又是那个熟悉的故事。我穿过房间。房间简直是"叛徒",无法与人好好相处。你走了无数次的房间,哪怕迈错一步,它便要摇身变作敌人。

这次是我家起居室。那房间格外小,自从夏天哥哥 A 带他儿子们来探望我后,侄子们总要提起"波莉婶婶的小房子"。它太小了。我和 W 要不时重新布置,才能把必需的家什都塞进去。各种摆设不停换位置,比如,那一摞摞越来越厚、高高低低的书。我们俩都像猫叼老鼠一样，不停买书回家。

当时，我急急忙忙收拾游泳装备，想在村旅馆游泳池关门前赶到。我办了张月卡，天气愈发冷，我想充分利用所剩无几的日子。但我总安排不好时间，我让 W 提醒我，哪怕只有十分钟，也要去，游泳能让我舒服些。这一周又阴又潮，我几乎足不出户。若是能蒸十分钟桑拿，再在暖融融的泳池游十分钟，一切都会好起来。

这次的罪魁祸首是我从慈善商店买的一把高凳子。在上一个家，我把它放在厨房里，而如今这个厨房狭小到根本没法坐人。有段时间，凳子闲置在楼梯下橱柜里。那一周，忘了为什么我又把它取出来，或许为放笔记本电脑或是台灯。我记得，那之后我常把笔记本、台灯放在上面。

我倒在沙发上，一阵剧痛袭来，我本能地捂住伤口。当我稍稍可以移开双手，我发现自己严重误判了。我的无名趾挣脱了脚，高高翘起来，仿佛要去其他更重要的地方。我转向 W 说道："我们得去医院了。"

*

走到车子前要大费一番周折。车道靠近房子一边，是湿滑的石板台阶，通向古道。另一边，坑坑洼洼的鹅卵石小径通向连接古道和 A 路的狭窄柏油路。这条路似乎能走车，但车轮容易卡在奇奇怪怪的角度。走路时，我得把重量放在脚跟,不碰脚趾。我们最终选择了近路,而不是好走的那条路。W把车开上台阶,我喃喃自语,回忆那些相似的瞬间。我记起,我曾如何挣扎着从厨房地板爬起来,做好去医院的准备。我记起,我如何从人行道爬起来,自己坐地铁去医院。而现在,我只消在黑暗中爬十步台阶,便有人接应。我不必一个人了。

从第一次摔折手肘到这次骨折,已是二十年,当时,我觉得生活被跌倒毁了。我人生那么多时间在医院间奔波,在候诊室等待,我很清楚我要去哪儿,也知道等待我的是什么。

离家最近的急诊室是三十多公里外肯德尔①的轻伤科。W不止一次开车载着快要疼昏的我去看病。我因自己而愤怒,我害怕,我因害怕而愤怒。就这小小伤口而言,我痛得太厉害,这让我既生气又害怕,我因趾头翘害怕。我明白这不会毁掉我的生活,不过是慢慢长日里六到八周愈合时间。我早就不是学生了,时间度量也大不相同。但是,在去往医院漫长、颠簸的一路,我还是流下了惊慌、滚烫的泪。那是傍晚,人车寥寥,我们只用四十分钟便赶到了医院。每次颠簸,我都肌肉紧张,痛彻心扉。

我的脚趾骨折了,与脚掌接触的趾根开裂。在医院,

---

① 位于英格兰坎布里亚郡湖区南部的集镇。是坎布里亚郡第三大城镇。

他们为我包扎好伤口,给了我绷带、敷料,预约了几周后的骨折门诊,便让我回家了。

第二天,脚趾呈现出引人注目的青色。我给头发染上与之遥相呼应的颜色,染发剂是我晚上疼得昏昏沉沉,在医院旁的超市里买的。我发现,我还可以坐进去泡澡,把伤脚搭在浴缸外再放水,可以保持绷带干燥。我受伤不能动的这些日子,冬天降临了,花园不再有阳光。第四周,我可以不必太费力,一瘸一拐走路了。我蹒跚着从古道走到鸭塘,坐在岩石上,沐浴十一月的阳光。我还是痛,趾头有异样感。我问骨折门诊医生,我觉得整只脚都不太对,是不是出大问题了?然而,这仅仅是一根脚趾啊,我又在大惊小怪了。

第二年,脚痛仍然困扰我。每次动脚趾,脚着地都能感觉到那断裂。月复一月,疼痛不减反增。脚每每承重,一股烧灼感便钻过骨折处。

影像显示,我脚趾底一处神经过度增长,这被称为"神经瘤"。讽刺的是,它常见于跑者。豌豆大小,脚趾宽度,这令人难以忍受的豆子"神经瘤"永远改变了我走路的方式。我的脚再也不能复原。我去医院更频繁了,疼痛也更频繁了,就连眼泪也流得更频繁了。这一处微小骨折改变了我一生,改变了我接触世界的方式。它要让人永远记住。

从没骨折过的人想必认为处理骨折很简单。骨折很容易发现，只要发现，便能轻轻松松把它固定住。他们以为，一旦固定住，便很容易愈合。一旦愈合，骨折就好像从没发生过。骨头、身体、行动会回到骨折前状态。然而，任何事都有后果。最微小骨头上最细小的裂缝也可能像蝴蝶一样，扇动翅膀，搅起未来风暴。

骨折，生而不平等。我尽量不过多考虑未来。我尽量避免摔倒。

*

我之所以写这本书，是因为我觉得讲故事以及如何讲故事非常重要。我想改变那些关于与疼痛共存，关于残疾的故事。我知道，我改变不了他人的讲述方式，我能做的是提供一种不同的叙事。

近年，医疗机构倡导病患讲述故事，以便提供更好的护理。故事有助于加强病人与医生间的理解，赋予病人影响力和对叙事的掌控。

但是，病人的故事是经过删减的，不靠关键字就无法理解。如果不知道一件事为何发生，那么也就不知道如何去理解、去描述。你用所掌握的词汇描述问题，你不断重复故事的其中一个版本，哪怕它不能反映全部感受，它终于变成故事本身。

当它是你生活的一部分，你怎么知道这是征兆，还是症状？你怎么知道哪部分是你的病患故事，哪部分只是你的故事，你的经历？病理与叙述在哪里重合，在哪里背离？

倘若你无法把它整理成有开端、发展、结尾的故事，你该如何对别人讲述？倘若它只是一团团相互交织的情节，只是一个接一个的碎片，你又如何讲述？

这便是慢性病患者的生活，不是线性的，是重复、变形、碎片时刻的沉积。我从来不知道线性生活是怎样的，是什么感觉。我只知道骨折，以及围绕着它老茧般，想要把它连起来的时间片段。这就是我写这本书的方式，这就是我所知的唯一诚实的讲述方式。

你或许认为，病患故事以骨折开始，以诊断、治愈结束。但我的故事并非如此。我的故事亦由骨折开始，然后是一次又一次骨折。我原原本本叙述：支离破碎，循环往复。这就是我自己的理解。如果硬要我讲得连贯，便是对你们、对自己不忠实。我不能假装我们生病，我们获得了帮助，我们好转了。这就是慢性病人的生活。这就是关于久病不愈的故事。

我们谈论疾病、谈论残疾的方式，关乎所有受它影响的人，关乎他们的"可能性"。现有叙事方式常常对残疾人不利，他们似乎只剩两种可能性，或欢欣鼓舞地治愈，或言不尽意地死去。关于久病的故事太少，关于欢乐的故事太少。像普通人一样，残疾生活也有千百万种，而关于它们的故事太少。

骨折

为了讲我的故事，我回顾了深深影响过我的文字——关于疾病、关于残疾。它们改变了我对自己、对体内生命的看法。故事让我们得以与经历迥异的人交流，也让我们看到投射在他人生活中的自己。我这本书也收录了其他人的文字——我的慢性病患者大家族——从让我产生重要认同感、命运与共感的文字到帮我思考如何与残疾共存的文字。若非这些，我也写不出我的故事。

我之所以写这本书，是因为我终于能讲自己的故事了。我希望它帮到那些暂时无法讲述的人，希望它帮其他人讲自己的故事。如果足够多人开始讲故事，便有望改变叙事。我们用多样性，用我们的疼痛、欢乐、日常，真实地把自己写回来。

我写这本书，为的是那些遍体鳞伤，仍被告知没骨折的人；为的是那些自己知道身体出了大问题，仍被告知没得病的人；为的是那些被人说太敏感的人；为的是被告知他们需要多运动或少运动的人；为的是被告知需要到户外，与大自然连接的人；为的是被告知要做瑜伽、多祈祷的人；为的是被告知他们只是太胖或太瘦，不是生病的人；为的是被告知让他们患病的是自己有意无意犯错误的人；为的是那些被告知他们态度不对，根本不想健康的人。

我写这本书，为的是纪念，是记录。为证明我的身体是真实的，我的故事是真实的，它发生过，还在继续发生，世上有像我一样的人，世上满是我们这样的人。但是，我主要为你而写，或许你像我一样，或许你认识像我一样的人。

我写这本书，为的是那些因外表、行为、言语、性别、国籍、种族、宗教、民族、能力、背景没能接受进一步检查的人。我写这本书，并不是因为自己的经历多特别，恰恰相反，我知道这很寻常，太寻常。这世界有许多个你们，许多个我们。我知道你了解自己的身体，你会找到答案。这本书为你而写。

脱　白

仲冬时节，午后阳光从房屋、从谷底溜走，唯有公地尚能将它挽留。午饭后，我出门散步，一路向上，捕捉最后一道阳光，直至它蒸发在星光里。

上行路上，阳光洒在"亨利之妻"① 光秃秃的树干上，那是古道和湖之间，长在田野山脊上的六棵大橡树。树枝像一道道光线般散开。

我穿过结霜的叶丛、冰雪覆盖的蕨菜，弯弯绕绕抵达公地最高处。它够高又够低，站在这里，既能看到格拉斯米尔湖，又能看到莱德尔湖，两座山谷里的两片湖，难以置信的角度。高地的顶是平的，像天然又像非天然的舞台，石头路围绕着沼泽一样的中心。这一切像是人为的，一处古老堡垒或定居点，弥漫着和平又警觉的气氛，仿佛很久前便有人居住，现在依然有人迹。沼泽里住着从未被打扰的生物。有一座毁坏的羊圈，一棵明晃晃的白桦从石台长出来，树枝捧着下午的月亮，映衬在冰蓝色天空里。

---

①　亨利八世，都铎王朝第二位英格兰国王及首位爱尔兰国王。亨利八世为休妻另娶新后，与当时罗马教皇反目，推行宗教改革。他一生共有六段婚姻，因此这里的"亨利之妻"是指六棵橡树。

那两片湖,水在薄薄冰层下涌动,卷出黑色漩涡和曼陀罗水纹。

很长一段时间,我觉得爬山太困难,摔倒风险太大,它一副冷峻面庞,我避之不及。慢慢地,我探索到最轻松的上山路,任何天气条件下,都觉得自己可以走。

每每坐在这,岩石是我完美的座椅,我觉得我大概永远无法将视线移开,无法离开。

下雪的下午,我望着白色山丘在西沉的太阳下变作粉色,月亮升起。置身时间之外,沉浸于这一切之中。

空气充满活力,这里永远不会一无所有。也许有只鹿正从峭壁藏身处向外望,我总能感觉到另一个生命的气息,嗡嗡如电流。

多萝西·华兹华斯①窥见了此处之奇异,不可思议的视角,不可思议的光的质感。她在日记里写道:

> 奇异的山光……在两座山谷间。这里的天光比任何地方都多。有时,在朦胧的黄昏或夜晚,会现出奇异效果。它几乎就是一种特殊的光。[4]

---

① 多萝西·华兹华斯,英国作家、诗人、日记体和记述性散文体作家。她是浪漫主义诗人华兹华斯的妹妹。其代表作《格拉斯米尔日记》记载了她随兄长定居格拉斯米尔三年多的生活,她具有博物学家的细心和自然主义者的精确,文字简约,极富诗情画意。

脱臼

1802年3月的一个晚上,多萝西自安布塞德取邮件返回格拉斯米尔,在暮光里,她登上了公地峰顶,那奇异的光让她感觉自己"不只是半个诗人":

> 夜幕降临/云遮月。我登上湿地,月亮从山般黑云里现出面庞——哦,月亮之下,天空和大地难以言说的黑暗!/而月亮那么辉煌明亮!莱德尔湖这一端有条雀跃的光带,其余湖面则漆黑一片/拉夫里格山/银山,如此雪白,耀眼,仿佛披着冰霜。[5]

多萝西常常这样描述格拉斯米尔和莱德尔——写平凡山水下不一样的风景,"超凡脱俗,光辉夺目",半生过去后的1830年,她如是写道。

多年来,我常常读她感到自己"不只是半个诗人"那段经历,但从未将之与这景象联系起来。等我见过了这片土地,才真正理解"这里的天光比任何地方都多"。享受过这里月光的人,再不会如从前一般。

我一直坐着,直到我无法忍受这寒冷,直到这愈发浓的夜让我害怕,才一步一步下山回家。

*

十一岁那年,我膝盖第一次脱臼。傍晚,爸爸和哥哥们出门了,家里只剩我和妈妈。妈妈让我回屋试穿睡衣,试试穿上皮肤会不会瘙痒、刺痛。如果痒,我皮肤就会破、会结痂,再不会愈合。睡衣是丝滑如奶油般的布料缝成的,印有淡淡漩涡状花纹。接缝处平整、不毛糙。我跳着舞,下三层台阶来父母卧室,我哼唱电视里的广告歌,展示我的丝绸衣服,甩着四肢,做鬼脸。"更要来莫——里——斯——购物。"接下来,舞步戛然而止。我倒在地上,面对大衣柜镜子。我看着自己面部表情越来越狰狞。我腿摔坏了。我不知道我是哪一刻感到出了问题,又是哪一刻看见了伤口。但记忆中,我一摔倒在大衣柜前地板上,就感到不对劲儿了。我膝盖凹下去,皮肤也陷进去了,本该隆起的地方,成了一个坑。我的膝盖骨在错误的一边——腿的后面,原本位置的底下,仿佛是掉进了坑里,卡住了。当然,我看不到。我穿着长长的睡裤,我只知道腿出问题了。我记得丝绸陷进坑里,但我不知道我记得的究竟是噩梦,是我对事故的重构,还是真实情况。人们常说你无法记住疼痛,似乎是真的,我不能重现那天晚上的感觉,但我记得我的恐惧,疼痛中的情绪,那是种不一样的痛,我无法理解的痛。我骨折过,韧带撕裂过,但那次不一样。妈妈打电话叫了救护车,我从没坐过救护车。

这之后十年,我膝盖总脱臼,但再没像第一次那么严重,再也没坐着救护车一路颠簸到急诊室,再也没被撕开裤子,再没让人转动我的腿把它恢复成正常的关节。

脱臼

*

人们常说打起精神①,好像一声令下便能将身体各部位振奋起来,我想不出那是怎样的场景。

为拼凑出我的故事、我身体的历史,我开始翻看童年照片。许许多多照片里,我身体朝一个方向,脚朝另一个方向。我无法想象一直朝着正确方向,朝着自己要去的方向是怎样的!我无法想象不分裂的自己。另一些照片里,倘若将我手臂、肩膀、胳膊连成一条线,会出现三个截然不同、不可思议的角度,仿佛我是用 photoshop 拼出来的。

小时候,我觉得自己是那种木偶———一块块小木块串在绳子上拼成的小玩偶,按压底部便整个垮塌。我身体各个部分,只消最小压力便要分崩离析。旁观者看上去很有趣,我有个小木偶,不断垮塌,我一直想弄明白,容易垮塌意味着什么。

现在我知道,关节脱臼是埃勒斯-当洛斯综合征②最常

---

① 英文原文是 pull yourself together,意为打起精神,直译为把自己聚拢一处。

② 埃勒斯-当洛斯综合征,一种遗传疾病,因胶原蛋白(第一型或第三型)生成的缺陷,造成结缔组织异常而产生。埃勒斯-当洛斯综合征最早的权威描述来自 1901 年的丹麦皮肤科医生爱德华·埃勒斯和 1908 年的法国皮肤科医生亨利·亚历山大·当洛斯。1936 年,"埃勒斯-当洛斯综合征"被正式命名,并确定了主要症状:关节过度弯曲,皮肤既具有弹性又异常脆弱,意味着皮肤容易受伤。

见的症状，因此，我无法保证一直不脱臼。关节周围组织——韧带、肌肉——弹性太大，压力之下无法将关节固定住。压力可大可小：推搡，摔倒；卡莱尔乐购传送带曾让我左手小指脱节；拎一只笨重袋子让我两根手指脱臼；我站在房间里，什么也没做，食指中间关节脱臼了；我站着，等水烧开，还没来得及倒换承重的脚，脚踝便脱臼了。一些埃勒斯-当洛斯综合征患者大大小小关节在一天里能脱臼数十次。有些患者根本无法走路，因为组织太松弛，每走一步髋部和脚踝就要脱臼。

这些年，我的关节大多是轻微脱臼，不是完全脱臼。所谓轻微是指关节稍稍移位。感觉就像身体毫无缘由突然颤一下。当感到异样，我便知道关节轻微脱臼了。轻微脱臼频频发生。倘若你看到我拉手腕、转动手脚或者咔咔弄响指关节，并不因为我身体僵硬，而是脚踝、手腕、手指轻微脱臼了，我在让它们复位。我一觉醒来，先让肩膀、锁骨复位；我站起身，让脚踝复位，我的一天，我的一切行动便是这么开始的。

1991年，我膝盖第一次脱臼那个晚上，还经历了另一重"撕裂"。我从天花板下方看着自己。我看着两名护理人员用一张红色折叠椅抬着我穿过走廊，走下楼梯，出了房子。他们拉响警报，给我上了镇痛仪，驶过沟沟坎坎，驶过减速带一路颠簸到医院。在医院，他们扯开我的新睡裤，手在我膝盖上用力转动，将膝盖复位。我灵魂出离地看着自己，我不再是自己，是自己的旁观者，是我疼痛的全知讲述者。我就是我，完全脱位。

这是关于我人生的另一重故事，总要脱臼，要出离，总在努力回家。

*

我蹒跚学步时，两只脚总爱往里拐，绞在一起把自己绊倒，所谓"内八足"。我是在"患者通道"网站上学到这个词的。你可以通过"患者通道"网站在线查病历，开处方药、挂号。

我的"患者通道"网站记录并不完整。大段生活故事、身体故事缺失了，仿佛从未发生。网站上是另一种现实，人生大事要么没发生，要么发生在其他时间。1998年到2010年，空白，无一笔记录。我的伦敦生活完全被抹掉了。

这份关于我身体历史不完全记录的第一个条目——在标题"问题"和次标题"过往（轻微）"下——"内八足"。而在"问诊"中搜索，它则显示在1986年10月5日下："问题——内八足"，附加"检查：活动过度综合征"[①]。接下来十一年，我再没听到过这个词。未曾料到，接近三十岁，它帮我找到了自己的位置。

---

① 活动过度综合征，又名关节松弛症，影响肢体活动和功能，是遗传性疾病。

我记得，我不止一次因为脚看医生。1986年，我已经是儿科门诊常客，候诊室游乐区甚至有我最爱的玩具。我盼着跟它们一起玩耍。

医生告诉妈妈，我身体确实有点问题，但可以通过学体操或舞蹈缓解。他说我"双关节"需要增强力量。

经过几年训练，我终于学会几乎正直地走路了。但是，即便现在，我疲劳时，双脚总不自觉地往里拐，两只脚像安了磁铁，相互吸引。为了正直走路，我得刻意想象两只脚向外撇，呈外八状。我仿佛回到了丽莎女士的芭蕾课，在威尔福德村大厅——遥望特伦河绿树成荫的墓园——想象脚在第五脚位①。哪怕我觉得已经外翻呈四十五度角了，两只脚仍不平行。

现在我仍然会脚尖相对站着，与腿呈直角，在髋部下方摆出一条直线，十分舒适。相反方向也能做到，但不会下意识摆出那姿势。两种状态都难以保持平衡。最近几年，情况又恶化了。我在每张照片上都是内八足，双脚相互吸引，像指北针指向无形的磁极。

*

十六岁那年夏天，发生了些变化。我"咔嗒"一下被按回自己身体。我第一次感到，我是自己了。此前多年，

---

① 芭蕾五大基本脚位，第五脚位指右脚跟正对左脚尖收回，双脚打开并拢。

我觉得整个身体"轻微脱臼",自己与身体相分离,就那样生活着。有时,我和身体重叠,像影子;有时,我拴在身体上,像气球,像小艇,飘浮在身体后。身体在物质世界航行,而后面的我在浪花击中飘飘摇摇,没有方向,没有重量。我跟在身体后面,身体决定一切。

然而,感到自己"重返身体"对健康状况并无大益。为了适应合二为一,我和身体都颇费了一番周折来磨合。

十六岁,某天,我开始睡不着。我忘了怎么入睡。那年我扁桃体炎频频发作。最严重的一次,我在睡前不假思索吞下含咖啡因的止痛药,睡意全无。当时,我和父母在伦敦看剧,需要住一晚,我躺在民宿整夜无眠,眼睁睁望着天花板。我还不知道,那只是许多个不眠夜的第一夜。

之后,我整周整周睡不着,早上六点,终于感觉意识飘飘然,突然被七点钟闹铃叫醒,一阵恶心。

害怕不能入睡的感觉永远不会放过你。

失眠的恐惧亦是重复的恐惧。人本该在夜里入睡,然而,夜幕降临,你的身体拒绝躺下,拒绝停下来做它该做的事。你陷入循环,这个循环会将你甩出正确的地点和时间。你同所有人、所有事脱节了。白天,你如幽灵般萦绕着自己的生活,你想对它说些什么,但你没时间了,连你究竟要传达什么信息也不知道。

那年,我膝盖脱臼,手肘骨折。在学校,我们学《哈姆雷特》。我换到左手写字,书上笔记开始歪歪斜斜。哈姆雷特说:"这是一个颠倒混乱的时代。"我体内产生了回响。不是隐喻,我知道真正的颠倒混乱是什么,后果多么可怕。

*

在我的病历上,"髌骨脱臼"被写作"膝盖脱臼 NOS",我在谷歌上查"NOS"的意思:"没有其他症状,不表示同情,不普通的嫌疑。"①

不,它的意思是"未另作说明"②。

医院用这种方法为你编码,厘清你的伤痛,让它符合既定叙事。

"未另作说明"的意思是你在既定叙事中没有位置。

这让我想起某位医生,他听我叙述剧烈的眩晕、恶心后,写下"病因不明型头晕",未知生物学原因造成的头晕。

有症状,但它们与脱节同意,无法将它们重新排列出一种意义。

第一次"膝盖脱臼(未另作说明)"后,我开始梦到脱臼。像在真实生活,脱臼也会打断我梦里的行为。本来

---

① "没有其他症状,不表示同情,不普通的嫌疑"英文首字母缩写分别是 N、O、S。
② 原文为 Not Otherwise Specified,在医学中"未另作说明"是疾病/病症分类系统中的子类别。这类疾病中,表现出的症状足以作出一般性诊断,但未作具体诊断。

我在走路,在飞,在击剑,突然我已然捧着我无用的膝盖,仿佛它是裂开的鸡蛋或摔下来的雏鸟。睡眠将膝盖骨置换成塌方的碎石,从腐朽干裂的石墙滚下来:我变作古老的石头,变作地质特征。醒来后,我怔住了。

一年年过去,我发现,我关节最松散时最常做关于膝盖的梦,我当它是个预警:我提醒自己锻炼身体,注意行走方式。这至少给了我虚妄的掌控感,减轻我对皮肤凹陷的恐惧。我用一块块支离破碎的石头重建自己。

*

2006年,我从伦敦搬到兰卡斯特①,一座完全陌生的城市。我在伦敦住了七年——离家后的全部成年生活。我所有的朋友,我全部独立意识都在伦敦。我在新城市开始博士研究,内容是格拉斯米尔的"鸽舍",1800—1808年多萝西·华兹华斯、她哥哥威廉以及家人在此居住。这次搬家让我感到错乱,但不是先前的感觉。

重返格拉斯米尔实地研究开始前的九个月,我独自住在距兰卡斯特数公里的丝绸厂工人宿舍里,我与它毫无联系,对它一无所知。这是我第一次独自生活。独居在陌生城市郊区,我不禁以一种全新方式思考我与空间、与自我、与身体的关系。从大学慢慢往山下走二十分钟便能到达我

---

① 位于英国西北部,属英格兰兰开夏郡。位于沿海地带,紧邻曼彻斯特市和利物浦市。

的住处。这也是我选择这里的一个原因。我经过老丝绸厂的小工业区，经过低地的奶牛群，经过村舍，维多利亚式别墅，经过一个没有塔楼的小教堂和它的墓园。住在伦敦那几年，商场、便利店俯拾皆是，公交车、地铁总在按时运行。而这里，一天只有几趟公交，天一黑，商场便打烊，仿佛来到了全然不同的时间、空间。它遵照不同的时间表，或许时间的单位根本就是不同的。

第二年春天，我搬到格拉斯米尔，我人生中第一次感到突然地，永久地复位了。像关节咔嗒一下滑进窝里。只不过这一次，"窝"是风景，是世界，我的躯体是关节。谢默斯·希尼[①]曾形容鸽舍像"电源插头一般插入山里"，这也是我在格拉斯米尔的感觉。[6] 插入插座，我感到了一种从未有过的复位感，一种我觉得几乎不可能的与身处之地的链接感。

我感到身体比记忆里任何时候都强壮，都流畅。我并没觉得我恢复正常，但觉得有了可能性。

在格拉斯米尔，我要做的研究正是关于格拉斯米尔。我研究不同活动，写作、散步、园艺、旅行或仅仅是驻留，如何在一个地方创造意义。

---

① 谢默斯·希尼，爱尔兰作家、诗人。

脱臼

我研究的项目聚焦 1769 年诗人托马斯·格雷①造访格拉斯米尔时所谓"鲜为人知的小天堂"如何成为今天的文化中心、旅游胜地,博士生也要来此做学问。是威廉·华兹华斯和我对他的热爱促成这次研究。然而,竟是托马斯·德·昆西②让我最终理解了我在其间的位置。

德·昆西像我一样,因为威廉·华兹华斯从伦敦来到格拉斯米尔。德·昆西寓居"鸽舍"期间写下了《一个英国瘾君子的自白》。"鸽舍"离我第一个家和现在的家不过几座房的距离。《一个英国瘾君子的自白》被认为是第一本关于成瘾的回忆录,记录了德·昆西吸食鸦片以及日积月累吸食对身体、思维的影响。他追寻威廉的脚步搬到此处。他认为,威廉不单是才华横溢的诗人,更是找到了过美好、幸福、健康生活诀窍的人。从他的诗里,德·昆西看到了威廉无忧无虑的一生。他觉得住在格拉斯米尔,也会变幸福。

德·昆西在《自白》中记录了"在伦敦第一处悲哀寓所"的生活,他做梦也想逃去北方:

能抚慰我的是(如果可以这么认为)从牛津街望

---

① 托马斯·格雷,英格兰诗人、古典学家,曾任剑桥大学教授。

② 托马斯·德·昆西,英国著名散文家、批评家,英国浪漫主义文学代表人物。

向穿过马里波恩①中心的一条条大街,直抵田野与树林。我说,我随我视线旅行在那片遥远风景,它一半在阳光里,一半在荫翳里,"这便是通向北方的路,也通向……倘若我有一双鸽子的翅膀,我便向那条路寻找抚慰。"7

省略号也许是格拉斯米尔,也许是威廉,也许两者皆是。1856年版,"格拉斯米尔"出现了,但他承认它并没带给他想象中的快乐:"就是在那个北方,那个山谷,不,就在我错误的愿望指向的那所房子,我的痛苦重生了。"8

我没有德·昆西的痛苦,也没有他的希望。约莫觉得我想搬去苏格兰,但不去湖区。然而,像德·昆西一样,我对格拉斯米尔一见钟情。

来格拉斯米尔的第一夜,我住在格伦索恩旅馆,位于伊斯代尔路半腰,由一条穿过田野的小路与村中心相连。我开车从伦敦途经诺丁汉参加面试。我申请继续深造失败,索要反馈意见时想到了一位硕士生导师的话:"你应当暂别学术,你还没准备好。"但我确信他是错的。我也确信他忘了我已经有过暂别。然而,他的声音不绝于耳。他说我卡在了思想的灰色地带。

七月中旬,天气很热。我停在高速路服务区吃午饭,

---

① 伦敦西敏寺一处豪宅区。

想找个远离闷热建筑的地方。我看见一匹白马,在洒满阳光的田野上抖动鬃毛。它仿佛在向我许诺,是关于找到房子的许诺。

当晚,我坐在酒店草坪上,在清冽空气里瑟瑟发抖,满天星斗让人目眩。第二天清早,窗外"咩咩"羊叫声将我唤醒,整个山谷在暑气里熠熠发光。我还没选好今天要穿的衬衫,便爱上了这里。

人文地理学家段义孚创造出"恋地情结"概念——对某地的爱恋,描述的正是这种感觉。[9] 他发现,人们会对某个地方产生强烈感情,不仅是视觉欣赏或抽象理解。哪怕没发生复杂经历,我们也会对一个地方一见钟情。[10] 我对格拉斯米尔一无所知,对这里的生活没有任何预期,但我知道我最想住在这儿。我知道格拉斯米尔会改变我的人生,像德·昆西一样,我发誓我能感到我正在改变,已经改变。

当你花四年时间研究一样东西,反复研究,解剖开来,它不可避免要成为你思想的一部分,成为你看待、理解事物的一种方式。德·昆西,他的视角,他的文字,他的经历让我对格拉斯米尔,对湖区有了不同理解,使得我对它们的爱也有了不同理解。与此同时,我也理解了关于我的其他事。

德·昆西在 1856 年修订版《自白》中,将自己与湖区的因缘追溯至童年时期,他是这样写的:

那处小山区，像亭子，四角伸向四方风景……引起秘密的迷恋，那种感觉暧昧、甜蜜、奇妙。我七八年级时，精神上依然强大。

他描述，他从小便知道这个地区属于"高地因弗内斯"，当时是他故乡兰开夏郡的一部分，这让他有种"神秘的优越感"。让他觉得"英国湖区童话般的小世界"是大曼彻斯特富有魔力的花园前哨。

德·昆西的格拉斯米尔是他童年的幻想之境。青少年时，他又在华兹华斯诗中对其进行重新想象与观照。他对诗人和其生活的迷恋与他对湖的思考和感受无法剥离。1856年，德·昆西写道："华兹华斯……深深的磁力"，吸引少年的他逃离曼彻斯特的学校，去往湖区。他写作并不是因为多想逃离现实世界，而是想进入想象的可能之境——童话般的王国，唯有在那里才能度过无忧无虑的一生。

我意识到，我安家、一见钟情的这个地方，不仅有不寻常的醉人历史，还有难以释怀的故事，这并不让我惊讶。华兹华斯的诗，关注真实土地、真实花草的现实主义，也蕴藏另一个格拉斯米尔，它更陌生、更狂野，遍布魔法、仙子，层层叠叠。这便是我不经意爱上的格拉斯米尔。不适用通常的时间与空间法则，那包裹进树林和湖泊的遥远之境，一个世界与另一个世界间仅有一层薄面纱。

成年后，我反复做两个噩梦：牙齿之梦，在形形色色血腥事故中，我牙齿掉了；蠕虫之梦，我身体感染了寄生虫，必须排出。我曾读过，"牙齿之梦"是常见的焦虑梦，与害怕变化有关，因为我们总在人生关键时期掉牙齿。

对我而言，它更现实。我十岁到十四岁那几年，拔了许多颗牙。我开始长恒牙后，嘴里空间不够了。我总听医生向我解释：我牙齿大，下颌小。有段时间，我长着两排牙，像外星人。我拔牙次数实在太多，仿佛每周都要经历：牙科候诊室，向薄薄牙龈里注射的恐惧，在音像店边浏览影片边拿菱形棉片吸血，好几段录像放完，血才止住……即便现在，我的牙齿也总在重组，叠压，越来越弯。它们想平行于下颌生长而不是垂直，它们想彼此拥抱，而不是整整齐齐排成一条线。

现在我知道，牙齿拥挤是马凡氏外观的表现，是马凡氏综合征的特殊体态，是与埃勒斯-当洛斯综合征相关的结缔组织失调。许多埃勒斯-当洛斯综合征患者表现出独有的马凡氏体征，这同时也是一个诊断标准。判断马凡氏外观，要看身体比例，如果身体比例超出正常范围，说明你患马凡氏疾病。换言之，不成比例是一个征兆。

想一想列奥纳多·达·芬奇的"维特鲁威人"草图：张开的四肢连成一个圆，显示身体各部分间比例关系。达·芬奇这幅画全名叫"维特鲁威的身体比例"，阐释罗马建筑师维特鲁威的人体几何理论。人体周围是达·芬奇摘录的维特鲁威笔记。这幅画和笔记被认为是标准比例:它向我们展示人类各部分比例,这一比例会投射在已知宇宙万物的构建中。

看着我,你不会想到马凡氏综合征。我身材矮小,曲线优美。马凡氏患者则又高又瘦,皮包骨,油光闪闪,还有蜘蛛状指。小时候,我认识一个晚年被确诊为马凡氏综合征的人,每次想到马凡氏综合征依然会想到他。我想到的是他的身体格外高,格外纤细,仿佛不能承受一点重量。

与标准比例相对照,我明显不成比例,但也只是部分不成比例。我早就知道,我胳膊比标准长度长得多,医生将信将疑量了两次。你的手臂跨度等于或约等于你的身高,而我的比身高长10厘米。我的诊断书上写着"跨高比显著升高"。难怪我买不到袖子能盖到手腕的衣服。我手掌很长,但没有蜘蛛状指。我的嘴形异于常人——上颚高而窄,牙齿拥挤,还有"轻微、有意义的"脊柱弯曲。诊断书上写"这些特征可视为不完全马凡氏身体习惯"。我是部分马凡氏综合征,好比卡通片里"轻微"快速生长期的青少年,或者"部分变形"的变性人。我与自己不同步,难怪总觉得如此尴尬。

偏离了标准比例的我们是否偏离了人之所以为人的标准?我们要重新定义对称吗?马凡氏身体习惯测试你与正常人比例的偏差,不只是与"黄金比例"以及它包含的完美、美的理念的偏差,这是一种"脱臼",不只同自己,更是同你的种群脱臼。

医生让我靠墙站,对照人类标准比例测量胳膊。此后不久,我坐在格拉斯米尔的起居室开始读本·勒纳①的小说《10:04》。我竟然在小说开头读到了同样的过程。亲身体验之前,我从没听说过这种诊断方法,从来不知道标准比例还有这种用途,然而,它就在这里,在一部小说里。勒纳小说主人公在医院接受测量,诊断是否患有马凡氏综合征,因为他心脏出了问题。小说简介未提及马凡氏综合征,只讲心脏问题,对于以细节见长的小说,这处省略十分奇怪。整个章节中,章鱼这一意象频频出现。我们得知这种生物会"装饰自己的巢穴,被观察到进行复杂游戏"。章节开头,叙述者坦言,他刚刚在公司庆功午餐上吃了一只章鱼,哪怕他知道它有创造能力,哪怕意识到,"他吃到的第一只完好无损的头"可能具有心智。午餐后,他发现自己的感知变了,将信将疑地说:

> 我在开玩笑,又不是在开玩笑,我凭直觉感受到了外星生命,感到受制于一系列图像,感觉,记忆,影响,准确说,这些不属于我:看见偏振光的能力;盐抹在吸盘上引起的味觉与触觉的交织;我肢端感到恐惧,完全不经过大脑。[11]

---

① 本·勒纳,美国诗人、小说家、散文家、评论家。

吃章鱼时，我变成又没变成章鱼。我的自我意识、身体部位感知错乱了。错乱中，我认识世界的方式也变了，我的神经系统不再受中枢神经支配。

这是个玩笑，这不是个玩笑。它挥之不去。我测量身体的房间墙壁上画着一只章鱼，是儿童病房壁画的一部分。整个问诊期间，我感到自己坐在水下。测量过程让我感到四肢在"翻倍"。我觉得，我改变了的结缔组织，改变了我在空间与时间的自我意识。我假设，不符合规范维度的身体无法正确感知周遭一切。主语在"我"与"它"间切换，作为章鱼——叙事者，我无法整合感觉信息，无法阅读现实小说一般的世界，无法理解这个世界以及我所处位置的叙事意义。[12]

我第一次读这一段文字，认同感嗡嗡地贯穿整个身子，我无法继续阅读。"马凡氏身体"也包括我这个读者。我是章鱼。我是叙事者。我可能两者都是，可能都不是。

"现实小说一般的世界。"我读了忍不住要惊呼，是这样，是的。无法在空间里感觉到自己，可以确信一点：所谓"共享一个世界的人类团结"是谎言，何来共享、公认的现实？当人们进入某个空间，每个人进入的是不同又相叠的空间。你寓居的空间不是我脱臼的空间。

在医学诊断的审视下，勒纳的主角支离破碎，分裂成与中心自我毫无牵连的各个部分。他发现，"这些部分不仅在空间上,而且在时间上具有骇人的神经自主。我的未来就要崩溃,每次收缩,我弹性过度的心血管都在扩张,哪怕极微小"。他莫非想说,面对悬而未决的诊断,他的命运全系于心脏?他的身体是薛定谔的猫,完美地符合标准比例却又是马凡氏身体?他的心脏受到致命影响但比例恰当?他差点死了但又安全地活着?或许他要说得更多,不受中枢感知支配的自我是脱臼的自我?无法在空间定位,因为空间是谎言,是一部现实主义小说,因此也无法存在在时间里?

这种"不仅在空间上,而且在时间上具有骇人的神经自主"围绕他自己的时间线造出了一个包围圈。他能反思:"我比房间里每个人,包括我自己,都年长,都年轻。"对勒纳的叙事者而言,时间上的脱臼让未来坍塌,同时也创造了无尽的可能性。他想起《回到未来》[①] 中的马蒂·麦克弗莱,他眼睁睁看着自己的手在改变过去后消失,他与未来的现在脱节,最终,毁灭。

勒纳的小说没有写明主人公到底是不是马凡氏综合征。可以说,在后面几个章节,马凡氏综合征被遗忘了。唯独一处,写他在一个叫马尔法的小镇旅居写作,似乎是个迹象。勒纳以融合自传与小说著称,注释和致谢给了我们一

---

① 美国科幻电影系列,共有三部,分别上映于 1985 年、1989 年和 1990 年,由罗伯特·泽米吉斯执导。

些线索。马尔法真实存在，勒纳也曾旅居于此。小说主人公在马尔法写的诗确是勒纳所写并且已经发表。然而，什么是现实主义小说，什么是现实？我以医学诊断眼光审视红色警报和章鱼认同，暗藏于小说中的是埃勒斯-当洛斯综合征，而不是马凡氏。我迫切渴望自己在什么地方被代表。

我习惯被置于叙事之外：是章鱼，不是人类。道恩·罗特[①]认为，疾病，特别是慢性病可以通过"（脱位）位置/位置性"分析，"位置性"既指物质上脱节于社会，也是一个隐喻，慢性病患者，特别是精神病患者被置于合法社会人的分类以外。"[13]身体、躯体脱节，社会脱节、非人化。这便是标准比例以外的生活。

*

小时候，我拔牙还伴随其他无法确诊的症状：凝血慢，愈合不良，对麻醉剂不敏感。这般恐惧成了常态：可怕的事，是我日常的一部分。"牙齿之梦"毫无套路，细节各异，"膝盖之梦"亦然，完美的梦境叙事被打乱。事故很少是梦的主线。在梦里，我或全然不同的另一个人正在做着什么，突然牙齿像冰雹一样脱落，或血如泉涌，或一颗一颗静悄悄地从牙槽滑脱，仿佛蜘蛛沿着丝线自天花板滑下。有一次，它们掉在我掌心成了糖玻璃。最后脱落的牙齿状

---

① 道恩·罗特，犯罪学家，美国佛罗里达亚特兰大大学教授。研究方向是权力与不平等。

如星星。那是我第一次在梦中便意识到自己做梦了，我从梦境挣脱，正如拔下一颗坏牙。

有时候，在"牙齿之梦"里，我的嘴成了一处风景。牙龈是巨石，牙齿是立石，或早已掉落，或正在滚落，倒下。我的嘴是古老的纪念碑，牙齿是刻着螺旋的巨石，千年之后，人们早已不知道其意涵。仿佛它们从很远地方被拖到我嘴里，那不可思议的形状困惑了一代又一代人。

最可怕的"牙齿之梦"仍历历在目，能让我瞬间惊醒。我依然能真切地感受到那恐惧，就像许多其他的梦。在梦里，数百年来，我年年造访一座港口小镇，在小镇仓库，我又来到另一边弹钢琴；有一次，我是传奇海盗，在环海岩石上剑斗，片尾字幕滚动着，还有一次，我哥哥在我化学考试时死了。我甚至记得十多年前梦里的对话。

我常常写这些梦，因为它们太挥之不去，倘若写成诗便会好些。写诗能消解我的成像能力。有时候，我刚要开口讲自己的经历，突然意识到那是梦，难以分辨。我的梦太真实，生活却太离奇。

青少年时期，我第一次真正病倒了，开始出现我所描述的"不真实感觉"。我总觉得世界不够坚固，于是我那鲜活的梦与现实生活更加难解难分。我望向天空，看到斑点般的原子。它们像波浪一样波动或成群移动。我感到，我看到了另一个层面的世界，比旁人更深入万物肌理。确诊后，我回想，那些不真实的感觉是不是身体或处理系统受损的征兆？是不是神经系统改变而出现的解离效应？预兆偏头疼？抑或只是过度疲劳、疼痛的结果？我的大脑及眼部神经受损？我只知道它给我的感受：与现实脱节。

我的自我意识便是围绕这样一个中心展开的。存在，感受，完全脱节。

*

德·昆西是懂梦的，他懂做梦，懂得梦能有多真实，多难抹去。他也知道世界不值得信任，那关于空间的虚假确定性。最重要的是，我们不能将现实主义小说一般的世界视作理所当然。

在德·昆西的梦里，遥远的空间并存，遥远的时间并存。向外，它们望向真实和想象的地貌；向内，它们望向思维的景观。梦里的场景既真实又不可能。做梦就是去另一个地方。他记录道："我降至深渊，阳光照不进的深渊，深处更深处，毫无希望。哪怕醒来后也没觉得升上来了。"

在《自白》中，德·昆西将梦分类，包括"醒着，睡着，白天的梦，夜晚的梦"，他"醒着躺在床上"看见"各种幽灵幻影"；睡着时看见"夜间奇观"，他甚至描述过一种神秘的前世感，想象他的未来生活。写梦时，德·昆西特别提到时间、空间错乱，醒后仍挥之不去：

> 空间感，乃至时间感都受到强烈影响。建筑、风

景等巨大无比，肉眼已无法将之尽收。空间膨胀，无穷无尽。

他描述道，"时间在梦里剧烈扩张，我似乎在一夜之间度过了70年或100年"，或者是一梦千年。

这像不像勒纳对马凡氏身体的描述？像梦一样，它也让时间、空间感坍塌？第一章后半部分，勒纳描绘了一种愈发严重的眩晕，他看着手里的东西，突然变得陌生，连手也陌生。他称其为"空间、时间直觉错乱造成的状况"，或者说"突然相融激发的强烈感觉"。[14]

如今，很难辨出醒着的梦与真实的区别，睡着的梦与醒着的梦的区别，很难辨出时间、空间坍塌——时间、空间消除与时间、空间相融的作用——所有空间、时间层层叠叠。

*

我们自小便学习辨识五感——视觉、味觉、嗅觉、触觉和听觉。我们学着借助五感，借助感知认识世界。感知是指通过一项或几项感官体验事物的能力。感知（perception）来自拉丁语"perceptio"，十四世纪进入英语词汇，意为接受或收集。十七世纪，人们常常用"感知"表示"理解"，与现代用法相仿，感知即理解，是接受、收集信息。我们由此造出一个世界。

公认的五感以外——除了神秘的第六感——还有许多

日常感官：温觉，对温度的感受；平衡觉，对平衡的感受；痛觉，对疼痛的感受。这些感觉被称为"外感受性感觉"，外感受，因为它存在于我们之外，它由身体以外、不受控制的事物激活。通过这些外部激活的感受，我们理解外部世界以及我们在其中的位置。内感受则相反，由体内刺激激活。内感受可谓对身体内部"天气"的感觉。

本体感觉是我们对自身与外部世界其他身体、其他物体关系的感觉。通过本体感觉，我们感受四肢在空间的移动；感受相对自身，其他身体、物体如何移动。我们感受自己身体各部分的距离，感受身体与门框、椅子、岩石、悬崖边缘的距离。本体感觉引导我们在感官世界行动。本体感觉（proprioception）的前缀"proprio"源于拉丁语"proprius"，意思是"自己的"或"自身特有"。本体感觉连接内部与外部，是自我认知，自我接收。

医生让你闭上眼睛，用食指触碰鼻尖，正是在检测你的本体感觉；让你脚跟沿小腿滑下来，也是在检测本体感觉。也许你从没听过这个词，但正是靠"本体感觉"你才能在这纷繁复杂、不断变化的人类栖居地正常生活，才能与这现实主义小说般的世界讨价还价。

所谓本体感觉是通过自我和非自我的关系认识自我、自我与他者。本体感觉是在非自我世界里，自身各部分的关系。本体感觉取决于区分自我和非自我，取决于识别边界和壁垒，取决于感知距离，取决于分辨相似与不相似。

我向来不擅长分辨我身体的"终点"和外物的"起点"。十五岁，我学习了纳米分子。于我，世界终于有了意义。或者说，我在这个世界的经历，处于这个世界的身体，终于有了意义。以纳米分子衡量，世界根本不是由坚固、边界分明的物体组成的，万物模糊，永远彼此渗透、相互交换纳米分子。我记得是这样表述的：你斜倚在桌子上，手和桌子看上去是两个单独的固体，一个在另一个上面，但是纳米分子在中间形成雾蒙蒙一片，两者不分彼此。你的手嵌入桌子，桌子嵌入手。这正是我对一切外物的感受。赤脚踩在草地上，树林边的鹿在哪里？我终止它们开始？我怎样才能与它们分得足够开，安全地同它们并行？

下楼时，我常常失去本体感觉，突然觉得自己失去了双脚，或者楼梯变成了黏稠的液体，抑或走在老式游乐场蜿蜒步道上，我紧紧抓着栏杆，一步步挪，不光因为关节疼。倘若灯光昏暗或是感知错乱，情况会更严重。与之相关联的另一种感觉是，我不时觉得我悬空几米，仿佛幽灵；或者，我的脚深入地下几米，地是幽灵，地面覆盖着浅浅一层淤泥，我蹚行其中。最糟糕的一次，地面仿佛在摇晃、震动，我摔倒了。这些时刻，我不知道地面还是不是固态，在不在它该在的位置。本体感觉一旦改变，这世上便没什么是确信的。

外感受性感觉、内感受性感觉、本体感觉是查尔斯·斯科特·谢灵顿[①]在二十世纪之交提出的。谢灵顿创造了描述神经系统的语言，包括神经元、突触。他发现了神经系统的复杂性，证明了神经系统的"整合作用"。为此，他进行了动物实验：猫、狗、猴、猿。

动物实验并不罕见，谢灵顿只是比同行更擅长此道。他发现，即便切除部分大脑，动物也能对抗重力，保持直立。他认为，这是组织里的本体感受器——肌肉和神经细胞的作用。即便负责定位的神经被切断，动物们仍可直立，哪怕它们失去对地面的感觉。它们不需要感受到自己在哪。本体感觉使它们能以接触以外的方式感知。

当然，反之亦然。倘若本体感觉失效，哪怕能感觉到足下的地面，也辨不清上下。

托马斯·多曼迪在《最糟的恶：与疼痛斗争》一书中关于谢灵顿的脚注里写道：

> 这般典范本不该受非议，但本书作者倘若对谢灵顿"切除大脑的猫"和其他经典"准备"（几十年来，在各种生理学教科书上反复出现）只字不提，便是对

[①] 查尔斯·斯科特·谢灵顿，英国生理学家、组织学家、细菌学家和病理学家。他和埃德加·阿德里安因"关于神经功能方面的发现"而获得 1932 年诺贝尔生理学或医学奖。

自己不真诚。猫中枢神经一部分被切除或杀死后，表现出痉挛性瘫痪和弛缓性瘫痪的不同状态，让作者不寒而栗。[15]

多曼迪的意思是谢灵顿通过让猫处于瘫痪或半瘫痪状态，打开它的认知之门。他切除它们神经系统重要部分以研究其作用。对疼痛的感知来自疼痛。多曼迪想说，谢灵顿的实验使他疼痛。当然，这痛在情感，与那些猫不同。

我的手、脚感觉变化让本体感觉变得更复杂。我知道手、脚在那儿，但无法正常感觉到它们，好像它们不是我的。就像在化学课戴着安全手套在柜子里做实验。这双手动作迟缓、笨拙，不像自己的手那般灵活，然而在动、在感受的确实是我自己的手。这便是我对自己身体的感觉。无法正常感到：我移动它，但它不是我。这是一个笨头笨脑的木偶，而我是个差劲儿的木偶师。

更有甚者，我觉得我生活在一个万物皆错位的复制世界，每一样东西都与它本该在的位置偏差几厘米，所以我总免不了撞上。我的世界是个劣质复制品。有时候，我十分清楚，那个偏离、错位的其实是我自己。

状态格外差时，倘若有人问我："你怎么样？"我早已不再撒谎说"挺好"。我常说："我还能站。"自从读了谢灵顿那林林总总的实验，我总忍不住想象自己是一只切除了大脑的猫。我或许不知道墙在哪里，或许感觉不到四肢，感觉不到四肢在空间里的位置，但如果我还能站起来，就算幸运。

*

小时候，我每每失眠便躺在床上读妈妈的苏格兰民间故事。我读到了仙后的故事，读到了真话变作毒礼物的故事，我读到不同地方时间运作方式是不同的，我还读到了"海豹人"，它们褪去皮，变作人类模样，与人相爱、生子。人类为把它们留在陆地，索性藏起它们的皮。海豹男女十分悲伤。它们困住了，非人亦非水生生物。与其说它们放弃了自己的世界、家、文化，不如说它们被剥夺了。有时候，它们还要受骗。爱成了一座监狱，禁止它们回归本来生活。在陆地上，它们模仿其他人，但毕竟不是人。它们渴望海，渴望在水里自由自在，渴望裹进皮里迅捷、灵活、美丽地移动。我太理解那感受了：陆地不断伤害你，欺骗你，把你拽倒、推倒；水则将你托起，任你滑行。

我学会了阅读记号。除了对大海的渴望，还有什么方法能辨认出海豹人？有的生着老茧，那里曾是它们的皮；有些指间、趾间有蹼。这些特征代代相传，所以，如果你有任何一个特征，哪怕不明显，也能推测你的祖先想必是海豹人。我躺在床上，蒙着被子读民间故事，我用手电筒照我的指蹼，一开一关，它们忽而是人手，忽而又成了别的。透过指蹼的光是橘色的，就像房子对面的街灯。我的血统尽显无遗。

在陆地上,我或许是个灾难,但在水里,我是奇迹。在水里,我感到自己是另一种生物。我开始想,莫非我不是失败的人类,而是别的——是某个神奇、古老、美丽的物种?

读了苏珊·库珀①的小说《大海之上,巨石之下》后,我觉得那遗传基因还在,兴许我还能返回水中。小说里,卡莉在母亲过世后开始找寻自己在这世界的位置。库珀在第二章写到,卡莉和她母亲手掌都有"奇怪印记",母亲说这不过是遗传病。[16] 我立刻想到,这是海豹人的标记,代代相传,从母亲到女儿。你可能属于海洋,但并不一定在海里出生。小说结尾,卡莉必须作出选择,要么加入母亲的族群,成为海豹,永远离开当下;要么回到人类世界,过人类生活。她没有同它们一起游走,放弃了海豹身份,成了一个小女孩。我悲伤不已。她作出选择后,手掌变了,"海豹人厚厚的角质皮"魔法般消失了,仿佛那从来不是她身体一部分。[17] 人们告诉她,"没有对错,不过是不同生活方式"。我却仿佛蒙受巨大损失。做正常人代价太大,他们为什么让她选择?

我和我最好的朋友知道如何做水生生物。小时候我们

---

① 苏珊·库珀,英国儿童文学作家,她最著名的作品是当代系列幻想小说《黑暗崛起在蔓延》。

因《沃特希普高地》①和《小脚板走天涯》②感动得热泪盈眶,我们一遍遍按暂停键,画我们最爱的场景。在这之间,我们生活在其他介质。在那里,我们不是兔子,没被狼追,没被巨人锁在房子里——每个房间都有不同危险,坍塌的楼梯,熔岩地毯。在那里,我们是最好的自己。整个夏天,每个夏天,我们都扮美人鱼。我们借鉴电影《美人鱼》、动画电影《小美人鱼》发明泳姿,称之为"美人鱼泳",我们不断练习:双臂由侧面推出,优雅指向前方,再收回身体两侧,摆动双手,鱼鳍一样,摇动双腿,摇动身体,仿佛水下的蝴蝶。不久我们便能以这样的姿势游完全程。我们在深水遨游,仿佛长着尾巴和鳞片。没人大声讲出来,但我心里明白:她长发如瀑,生来优雅,她是美人鱼。她离开水,长出腿,双腿轻盈、顺从。她往哪去,它们便往哪去。而我还是我,胖胖的,笨笨的,吵吵闹闹,却在该开口时一声不响。在别人眼里,我还算人类,几乎算人类,算不上是女孩,我不受控制,是只海豹,是个海豹人,来自其他时间、空间的生物。

---

① 改编自理查德·亚当斯同名小说的英国动画电影,1978 年在英国上映。讲述几只小兔子与人类及其他天敌对抗,几经周折,克服重重困难在沃特希普高地建立新领地的故事。

② 1988 年上映的美国动画电影。小雷龙小脚板在大地震中与家人失散,独自返回传说中的恐龙乐土"大林"。旅途中,他结识了四个小伙伴,互爱互助,在冒险中共同成长。

脱臼

*

我在绿松石色海玻璃般的水里畅快游泳，一个黑影划过身边。我猛地后退，浮出水面，一脸惊恐，像是电影里被鲸鱼袭击的人。

我四处张望，看附近是不是有生物。它们在几米开外出现了，只露头，仿佛静谧水里升起的一块块岩石，十分显眼，因为那里本没有岩石。我们彼此盯着看了几分钟，它们便潜下去游走了。

荫翳的秋日午后，我是在岛湾游泳的唯一人类。那湾美得无法形容——油绿的草地边是光滑的灰色岩石，仿佛沉睡在小海湾银沙滩上的动物。海面异常平静，几艘白色小艇泊在岸边，影子完整地映在水中。

W裹着毛衣，坐在岩石上看书，喝水壶里装的茶。海水很凉，但没结冰。我在浅水区来回走，看贝壳，看窜来窜去的螃蟹。等我的腿、脚适应了水温便游开去。我潜进水里，又浮上水面，反反复复，享受海水的新鲜感。不久，我便通体舒畅，不想上岸了。但我知道，一个半小时后，最后一趟渡轮要返回大陆，我们必须赶上。

我穿一件长袖、露腿潜水服。我叫它"胖海豹服"，刚买来时，我觉得它腹部光滑的面料让我看起来像只滑溜溜、肚子撑得鼓鼓的海豹。那是我第一次穿潜水服，它至今仍是我的最爱。"胖海豹服"是春季潜水服，却将我的游泳季由五月到十月的晴天扩展到全年各种天气。它很好穿，浸水后也不重。我是在促销时买的，价格便宜，因此也不太担心穿坏。它已经很破旧，缝缝补补，但仍给我足够底气，让我敢在今天这种天气里下水。

我总是幼稚地、不经琢磨地想，如果一只海豹游近我，我会感到亲近。我不是一直在等它与我相认吗？可当它真来了，我吓得退缩了。我没看清那是不是只海豹，它不过是一团阴影、未知的猛兽、潜在的伤害。恐惧让我排斥它。我为我恐惧而失望，但它也让我明白了一些事：我比自己想得更具人性，我不想放下人性，不能放手。

*

1926年，弗吉尼亚·伍尔夫①在《论生病》中描绘了一个不停转动的世界，健康地行动，朝着既定目标前进。生活是一场耐力测试。患病的人无法比赛，落在一旁。生病以后，"我们不再是军队里一员挺拔的士兵，我们成了逃兵。"[18] 五十三年后，苏珊·桑塔格②在《疾病的隐喻》中写"健康人的王国……病人的王国"以及之间的流动："我

---

① 弗吉尼亚·伍尔夫，英国作家，被称为二十世纪现代主义与女性主义先锋。
② 苏珊·桑塔格，美国作家、评论家、女性主义者。

们都想持有健康王国的护照",但某些时候,我们不得不跨过边境。[19] 她称疾病是"生活的夜晚""更繁重的公民义务"。生病不是一种存在状态,而是另一个王国,与健康并行的另一个王国。夜的一边,阴影世界,伍尔夫称之为"未被发现的疾病国度",那里没有坚固、结实的地貌,而是不大可能、绝无可能的梦与幻觉世界。"只消一场流感,灵魂会变作怎样的荒原、沙漠?倘若温度稍稍升高,又会现出怎样的险境,抑或是开满明艳花朵的草地?"[20]

伍尔夫写道,"疾病将我们体内古老、强壮的橡树连根拔起",她无意间撞破了另一个世界运行的秘密。[21] 抱恙的身体不只是"所有故事的电波发送器",还是那个"未被发现的国度",故事发生的地方。[22] 像在梦里,那奇异国度不光能被看到,还能被感受到。生病时,我们"不单意识到人终有一死,根本就是走进死亡深渊,感受流淌在头顶的毁灭之水"。[23] "另一个世界"的风景既外在于我们,又内在于我们,不似健康、清醒的世界,万物静默。

去往疾病王国便是沉入"地下世界",往下沉。古代文学作品里,英雄到"下沉世界"或为开智或为取物。在那些文学作品里,下沉世界是可以定位的,是具象的、实体的。你只需按照指示,按照地图驾船前往,或爬下洞穴,或沿着小路行进便能抵达。

静止的蓝色：与无法治愈的疾病共存

我读《奥德赛》①《埃涅阿斯纪》②前，已在妈妈书里读到了《谭林》③《诗人托马斯》④，读《吉尔伽美什》⑤更是后来的事了。《谭林》和《诗人托马斯》里写了"地下世界"之旅，入口大概在苏格兰边境，我妈妈的老家。

故事里有许多名字、许多门路"仙女""颠倒"。

你去某个地方，过一条河，一条血河，河里是地球上流的所有血。

在真正的"地下世界"之旅后，你必须回来，踏上漫

---

① 古希腊最重要的两部史诗之一（另一部是《伊利亚特》），一般认为由盲人诗人荷马创作，也有学者认为是由一些诗人、歌手或表演者口头创作而成。《奥德赛》主要讲述古希腊英雄奥德修斯在特洛伊战争后，漂泊十年终返家乡的经历。"奥德赛"现在用来代指一段史诗般征程。

② 古罗马诗人维吉尔所作，取材于古罗马神话传说，叙述了特洛伊英雄埃涅阿斯在特洛伊城被希腊联军攻破后，率众来到意大利拉丁姆地区，成为罗马开国之君的经历。《埃涅阿斯纪》以荷马史诗为范本，前半部分写漂泊，与《奥德赛》相似；后半部分写战争，与《伊利亚特》相似，因此后人往往称它为罗马的"荷马史诗"。

③ 苏格兰边区传奇民谣中的一个人物。关于谭林的故事版本众多，大致描写了他的爱人将他从精灵女王手中拯救出来的故事。

④ 苏格兰传说，讲述托马斯被精灵女王掳走，获得预言能力后重返故土的故事。然而，有了预言能力的托马斯却再也无法说出一句谎话。

⑤ 是对古代美索不达米亚地区乌鲁克城邦领主吉尔伽美什的赞歌。故事围绕吉尔伽美什和他的朋友恩奇都之间的友谊故事展开。

漫返程路,否则你将永远属于另一个世界,这个世界的名字叫死亡。

据我所知,这类故事每一个版本中,"地下世界"往往要从你那里获取些什么,倘若你从它那里拿了东西,水,食物,你将永属于它。

*

2004年,我身体不适,求医未果,只有误诊和没用的指导意见。我开始读苏珊娜·克拉克①的小说《英伦魔法师》②。我的医疗"奥德赛"以低剂量阿米替林③告终。我吃了药,睡了一觉,感觉好些。我尝试改变饮食,我努力适应各种疼痛,我想轻盈地越过身下涌动的绝望。但那一觉睡得有些不对劲儿。

我觉得自己遭遇了与书中人物相仿的问题,深受留着

---

① 苏珊娜·克拉克,英国作家,曾获得雨果奖。
② 苏珊娜·克拉克代表作,故事发生在1806年前后,英格兰在抗击拿破仑持久战中八面受敌,实践派魔法师早在几百年前就已经销声匿迹,然而,学者们发现,尚有一位魔法师——诺瑞尔先生在世。此人深居简出,一旦略显身手,举国上下无不为之惊叹。他与另一位魔法师乔纳森·斯特兰奇斗争不断,二人各怀执念,暗中染指黑魔法,结果作茧自缚。
③ 广泛使用的止痛药。还用于治疗许多精神障碍,包括重度抑郁、焦虑症等。

蓟花冠毛般发型绅士①的左右,我不是我,我不属于我。

白毛先生是位仙子,来自另一个世界,遵循不同规则,但书中人物第一次见他时并未发现。他们怎么会发现呢?好比健康人想象不出病人的国度,他们根本看不到他的存在。

史蒂芬·布莱克②对白毛先生说:"自打第一次来你家,我便感到迟钝、沉重。我早上、中午、晚上都觉得累。生活成了我的负担。"[24]

读到这段,我顿时明白了我的问题。我也一样,早上、中午、晚上都觉得累,生活也是我的负担。

在仙子的魔咒下,史蒂芬·布莱克"感觉像在梦游。他不再活着,只做梦"。他觉得他白天做梦,晚上做梦,醒着的种种经历也只能理解为梦。他被梦纠缠,现实世界的真实存在被梦扭曲,要么多了一座楼梯,要么多了一道走廊,就像德·昆西描绘的诡异空间:

> 哈雷街的房子无意间被置于大得多、老得多的建筑里。石头拱顶下的甬道布满灰尘和阴影。楼梯、地板斑驳又崎岖,像大自然里的山石,而不是建筑。[25]

---

① 《英伦魔法师》中的反面人物,小说中从未提及他姓名。他是有北欧血统的仙子,是仙境数个国王的统治者。

② 《英伦魔法师》中一位非洲裔管家,同样长着一头白发,引起"白毛先生"注意。

读者知道那不是梦,但故事里的人物不知道,古老的林木怎么会森森然爬满整栋建筑?怎么会听到钟声?附近根本没有钟。那些地方不是它该有的样子,不在它该在的地方,没出现在它该出现的时间。

波尔女士也出现了异样感和症状,但没人把她身体状况同史蒂芬的联系起来。史蒂芬自己写道:"她主诉四肢疼痛,做怪梦,畏寒。但大多时候,她沉默,萎靡不振。摸起来凉得像冰。"[26] 后来,他自己也出现了这些症状,但他当时太恍惚,深陷于白日梦,无法将自己同波尔联系起来。

过了好久,他们恍然大悟,他们同病相怜,夜里流离失所,白天魂不守舍。

我熟悉那种日子,知道那种感觉。我后来才知道,苏珊娜·克拉克写《英伦魔法师》时因未知细菌感染患病。小说出版后,她发展成慢性疲劳。我毫不讶异,只有知道生活在半地下是什么感觉的人才能写出这般小说,才能写出"阴沉的风景突然逼近,仿佛就在英格兰皮肤下面"。[27]

我是读着这类故事长大的:《深夜的魔宫舞会》① 《凯

---

① 《格林童话》中的一个故事。大致内容为:一位国王每晚都将自己的十二个女儿锁在房子里,然而第二天早上,国王发现公主们的鞋总破旧不堪,仿佛跳了一夜舞蹈。国王广而告之,招募能解开谜团的人,承诺将一位公主嫁给他,并让他继承王位。最终,一位老兵发现了公主们的秘密。

特·克拉克纳特》[①]……我知道睡着时被施魔法是什么感觉。醒来后，我精疲力竭。我不解的是，我的拖鞋完好无损，没人尾随我到地下，除了身体不适，毫无迹象表明我跳了一夜舞，除了瘀青，除了深深的疲倦。

我在本科毕业论文里提到了《谭林》《诗人托马斯》以及我小时候读过的艾伦·加纳[②]据此编写的《红移》，黛安娜·温妮·琼斯[③]的《火与海姆洛克》。我读了太多遍，波莉几乎成了我的一部分。她同意忘掉自己的故事，她过着双重生活：真正的生活，遭欺骗接受的生活。劳雷尔花园里的花瓶，王后之家，如何把它们变作现在/这里或那里/现在，或者，不/那里或这里/现在。

我开始接受做梦，接受夜里发生的地下世界之旅——白天的重现——作为生活在我躯体里的一部分。毕竟，我不是向来如此，或至少有点相似吗？我的梦不是一直投射

---

① 苏格兰童话，大致内容为：公主安因美貌遭到继母嫉妒，被继母变作羊头人身怪物。然而，继母女儿凯特喜欢安，凯特带着安踏上了寻求解药之旅。两位公主来到一座城堡遇见了两位王子，其中一位王子身患疾病，所有照看他的人都莫名其妙消失了。凯特主动要求照看王子，发现了王子的秘密。原来，王子每夜都到一处仙境跳舞，与此同时，凯特还在仙境发现了可以治好安和王子的魔杖与鸟。最终，两位公主分别嫁给了两位王子。

② 艾伦·加纳，英国小说家，以奇幻小说和改编英国传统民间故事著名。

③ 黛安娜·温妮·琼斯，英国奇幻小说家。

在现实生活中吗？我不是经常怔住，盯着仿佛叠加在日常风景的梦里场景吗？我不是一直分不清哪个是哪个？每每意识到我以为的真实不过是梦，我浑身一颤，感觉就像半脱臼。

斗转星移，我的情况不断恶化。这也是理所当然，在"那边"越久，他们便攫取越多，哈迪斯、仙后……无论哪个变形，无论什么名字。夜晚越来越真实，白天越来越模糊，越来越遥远，我毫不置疑。

如此这般年复一年，一年、两年、五年、十年。

我要么睡不着，肾上腺素爆发，身体太敏感，总是惊醒；要么一直睡，仿佛是为祖国而睡，仿佛睡觉是我唯一有胜算的比赛，我像垂死的人一样睡，至少像着魔的人。

十年间，我靠药物维持着这睡眠，这诡异的梦，发生太多变化了——我的住所，我的生活，大都已成往事。我终于得到确诊，我明白了我何以有这般感觉，何以对世界有这般体感。每天，我依然吞食蓝色小药片，好像我生命的存续全指望它。妈妈和我的好朋友也因为背痛开始服用阿米替林。两人都出现了睡不醒的状况。确诊给了我全新掌控感。我去看医生，要求减少剂量。我的疼痛没有加剧，睡眠质量也没变化，着了魔的感觉却减轻了。几个月后，我停了药。

我给了"那边"十年的夜，十年昏沉沉的早上，它却全然没有保护我。有段日子，我庆幸自己逃脱了，因为我知道它要占有我。我自言自语道,"我不属于它"。然而,我全部所作所为不过是关上了许多扇门中的一扇,因为,"那边"就在我体内,形影相随。

*

德·昆西如魂魄萦绕自己的未来,他是"幻影自我,我意识投射出的第二重身份",他搬到格拉斯米尔数年前,"他"便在那儿了。他声称对未来所居所为早有预感,他问道:

> 我多么有预见性,我早就一遍遍对自己说,那白日梦里出现的山野迷宫,那从未造访过的山野迷宫,多年以后,在这里,我将被爱动摇;在那里,我将被暴风骤雨般的悲伤动摇,那些造就我未来天堂的图景,怎么会突然出现在我脑海里?[28]

在充满想象力的时间之旅,他声称早已"排练、经历"了未来。在这一叙事中,有两个年轻的德·昆西,一个说"伦敦是他未来希望和恐惧的中心";一个说"格拉斯米尔才是未来命运之所系"。[29] 1804—1805 年,他忽而觉得自己是那片直到 1807 年才得见的湖、林、草的居民,忽而又不是。[30] 与之同时,在乔纳森·斯特兰奇的世界,波尔夫人失去了手指,在丧冀的仙子王国整夜跳舞。

*

2019 年主显节,我从树林往家走,觉得前面有东西在动。天色已晚。这天,我在外面待了太长时间,在林荫道上同邻居们聊天，不觉天光暗淡。我家院墙和道路另一边的墙上，出现了不同质感的黑影。与其说看到，不如说感到：一头巨大的雄鹿，立在我和房子之间。

我还来不及思考，一辆汽车从鹿背后驶来，车灯耀眼。我挥手示意他们慢下来，但他们看不到我，一骑绝尘地开走了。雄鹿从我身边跑开，翻过墙，进入古道和湖间的田野。

前一天晚上，一只红色雄鹿立在村里书店门前。W正要闭店。雄鹿就那么立在街上，望着书店。我立即反应过来，这是同一头鹿。

几天后，雄鹿又出现在湖边一座叫"乐园"的茶园。

直到第二年秋天，它才再出现，在草地古道，就是西方狍指给我的那条通往公地的路。第二天，它带着一只雌鹿和幼鹿出现了，它要带着家人去公地。

那以后，我不时看到它们，只要它们想让我看到。它们脸上总是一副高傲、愤愤不平的表情。有时候，直到它们从我身边跑过，我才看清。它们比西方狍大得多，跑起来像野马一样，我感到脚下的地在震动。

两年来，我脑海里总出现红鹿在一棵橡树下的图景，仿佛我曾经梦到过。那里飘着小雪，橡树长在沼泽边布满青苔的石墩上，那橡树拥有最完美的圆顶。我爱上了这棵树，我得瞒着其他树。在梦里，我看到那头鹿躺在树下，仿佛中世纪挂毯上的灰狗或是驯服的独角兽。

2021年2月,一个晴朗的下午,W和我从公地往下走,它就在那——红雄鹿在橡树下。天飘着小雪,但地面几乎没有积雪。冬日的阳光苍白、明亮,照在光秃秃的树枝和红色蕨菜上。它就在那,仿佛一头石狮子,一头卧着的石狮子,一如我脑海里的位置。

我们望着它,它立着,把角藏进树里。它的家人也立着。它们从蕨丛穿了出来,那红色冬衣终于从红蕨菜里凸显出来。

*

疾病、疼痛、疲劳——它们正在脱节。你跪在蕨丛里,看一头鹿斜倚在树下,仿佛一座纪念碑,你的膝盖骨在身体压力下轻微脱臼,你仿佛回到了十岁,在救护车里。你飘浮着,看着儿时家里楼梯间的自己,你在教室哭,你在人行道上哭,你在急诊室隔间,太累哭不出来。

疾病、疼痛、疲劳让你离开熟悉的地方,去别处,另一个国度。在那里,空间、时间运行法迥然不同。你离家不过五分钟步行距离,疼起来却仿佛数百公里。寥寥几步路变得遥不可及。从床到浴室,从沙发到厨房要用一小时。你恒在另一个世界。你现在之所在或裹住,或悬浮在你过去之所在。你哪也没去,但一切都变了,一切又都是老样子。病人的王国,健康人的王国,不过是错觉。丑老太婆,年轻美人。健康时,我们选择看不见病人:除非迫不得已,我们不愿意见病人。眼见的仿佛是同样的事和人,但它们却显得十分遥远,正如其他一切,万物皆蒙着一层灰色薄膜,仿佛防尘布,只是特别特别轻薄。你觉得你肯定在做梦,但你没有。这是现实,这是你现在之所在。只有时间知道,你不会不往返于两地,因为你还没有抵达。

*

德·昆西写第一次吸食鸦片经历:"我体内简直是世界末日。"[31]

他的意思不是毁灭和终结,而是字面意义的"启示"①,揭示那些一直存在但隐匿的东西。

两百年后,凯瑟琳·杰米在病理学实验室经历了同样的启示瞬间。当时,她在看人体组织切片,却仿佛看到了地质空间,发现了"体内看不见的景致",一个新边界,每个人体内都被"奇异新海岸"包围。[32]

1838年,患病九年的多萝西·华兹华斯写信给侄女朵拉:"我的思想是一片荒野。"[33]她的意思是她思想狂野、难以接近、无法驯服,不可知吗?

有些人以为荒野空空如也,杳无人迹,在时间以外。但地球上没有哪个地方一无所有,未被打扰,没有哪个地方对任何生物都毫无意义。

野蛮之地曾是野鹿的领地,它未开垦、未开化,未驯

---

① 上一段"世界末日"和本段"启示"英文都是 Apocalypse。

服,但野蛮不是文明的对立。野蛮有自己的生命、法则、社会和社会契约。野蛮的野与野鹿的野没什么不同。倘若它是你仁慈、亲切的本性,那么野蛮不等于不文明。

繁重的公民义务大多被描述为可怕的命运——繁重、压力大——倘若那就是你的生活呢?倘若那些未经发现的国度是你的美丽新世界?有那么可怕吗?可以同属两个国度,拥有两重公民身份吗?可以同时寓居两个国度,或往返其间吗?"地下世界"有没有可能是善的?

索尼娅·胡贝尔[①]在其散文《欢迎来到病人王国》中探讨了在诡异的"那边",病人如何相互陪伴,在繁重的公民义务中获得安慰。明媚的健康人世界向她关上了门,"唯有在病人世界寻求安慰",那个王国和居民感到"唯有疾病之境的军团给我安慰"。[34]

她不停说,重复了三次,仿佛魔咒,仿佛诅咒:"当你来了,你便来了。欢迎,保佑。"

对她而言,那片国度,那里的居民不是想象出来的,也不是其他的,而是所有人,"是最可靠、最广泛的人类经验,"我们早晚要去那里,"所有身体都免不了跨越的边境"。

只不过,那不是边境,而是中心,是一切。那是片"陌生国度",在那里,我们突然开始关注身体,突然病了,

[①] 索尼娅·胡贝尔,美国散文家,纪实文学作家,担任费尔菲尔德大学创意写作副教授。

但它又是"辽阔的基岩",铺在我们熟悉的健康、挺拔的人的国度之下。

为抵达那里,"我们丢掉健康"。用仙子的语言话来说,病人"慢动作舞蹈,涉足旁人不敢涉足之境,继续在后常态中残喘"。只不过,它不是俘虏,也并非"离航、战斗、失败"。在胡伯尔的想象里,病人是他们国度的积极公民,相信"我们不会遭侵略,被击败",颇有安全感。

当我们去病人的王国,我们去了哪里呢?地底?疾病的深穴?大大超出我们的经验,健康人难以想象的地方,或者只是深入自我,未曾发现的自身的国度?生病不是流放,是阳光乍泄,穿透古老树木,照亮一直藏于自身的那片风景。

欢迎,保佑。

我不是逃兵,正如我不可能是士兵。身体没有主动选择我。我们就是我们。

莱蒂·麦克休[①]在《时辰之书》中写到,病人王国蕴含的潜力——她称之为"疾病之地"——"宇宙不断扩张的最远端"。[35]"你身体成了如此破败不堪之地,把思想送得越远越好"。她认为,疾病之地不是某个地点,而是维度门户,翻涌着无限可能性。疾病之地所在的多重宇宙,等着人们去探索。

---

① 莱蒂·麦克休,住在英格兰西约克郡的小说家、艺术家。

我告诉自己,疾病之地不过是我能造访的多重宇宙中的一个,有的漆黑,有的吓人,有的是五月午后长满风铃草的树林,有的是遭污染的水域,有的洒满阳光,由爱筑造。[36]

疾病之地是通道,不是藩篱,不是山洞,是走廊,是连接两个世界的一段木头,是通向一切之门。

我去那一边,疾病之地,我是在深入自己身体,深入看不见的景致和未经发现的国度。我的身体是荒野,对我而言是荒野,但那不是惩罚也不是诅咒。我看得见一条条小径,我不孤独。我深入身体,穿越身体,走向不断扩张的宇宙。

体内是怎样一番世界末日。

*

分不清是梦是醒的结果是,小时候,有几年我真以为自己曾经会飞,只是忘了,因为我被学校只能待在地上、不能飘走的规矩驯化了。记得八岁那年,我从学校操场矮墙跳下,那天我们用樱花制作舞女。脚触碰地面那一刻,咔嗒一声,脚踝脱臼,又迅速复位。我突然清楚地记起,我曾经从这样一堵墙迈向空中,向上飞呀,飞呀,直到在空气里游动起来。我仍记得那画面,也记得我当时坚信,飞不起来是因为我选择了遗忘。我决定忘记。我为了某个原因放弃飞翔,我连那原因也忘记了。

当然，我之后意识到我记得的是梦，不是现实。我知道，从逻辑上讲，我绝不可能从那墙飞上诺丁汉天空，但直到现在，我记得最真切的是那信以为真的感觉。

想到格拉斯米尔，当然要想到我熟悉的地方——我的家、湖、树林和一切生灵——但我也记得飞越格拉斯米尔的夜空，做天空里飞翔的生物，不在陆地，不在水里，与和善的狮子一同飞越山谷。我记得我望着狮子，它鬃毛在风中凛凛作响，我低头看见了自己的蹄，意识到自己是只独角兽，我们一路向北。

诊　断

2021年12月第一天，我见到一头鹿。它出现在通往公地那条路的转角花园。那花园属于一座巨大维多利亚式的宅子。宅子已经被拆分成数个度假公寓。鹿在茂盛的杜鹃花丛徘徊。一切归于寂静后，它们重新占领草坪，嚼水仙花和春天黏腻的花骨朵。

晦暗的冬日，我好一会儿才看清那是公鹿，不是母鹿。它脑袋几乎秃了，原本是，未来也将是鹿角的地方，如今是两枚暗戳戳闪着微光的"硬币"。它回望我，看起来疲倦又好奇，但不害怕。我觉得回望着我的是我自己。

接下来几周，我常见到它。太常见，以至于一出门便期待相见。我在公地同一个地方遇见它好几次，它停在长满苔藓的峭壁上，一处隐蔽地方，探出头来，我则走在它下方泥泞的沟里。我眼见它的角从小茬儿，颇似卡通人物脑门儿上撞出的包，变成与耳朵一般长的毛茸茸圆柱，像浸过的肉桂糖，手指仿佛能戳进去。

我用鹿角度量时间。在一年最惨淡季节，它们的变化仿佛一种希望，在前进，在生长。

一月到二月，鹿角长出分叉，我给它起了个名字叫

"二杈"。我莫名因那角骄傲,然后拍照片发到网上,就像分享孙儿、宠物照片的那些人。有人评论说那两个分叉像两只毛茸茸的连指手套,确实像。

有时它独自行动,有时与母鹿一起。我叫公鹿巴基,叫母鹿旋转耳朵女士,它耳朵仿佛转动的雷达,关注我一举一动。二月中旬,我已经把它们当朋友了,尽管它们对我可能只是容忍。至少我当它们是邻居。我知道它们爱去哪里,爱吃什么,爱在哪睡觉。我想知道它们在哪,它们好不好。它们进食时,我径直走过,它们几乎头也不抬。我见过它们先是看我,又看彼此,仿佛一种默许,"原来是她,不是威胁,一切照旧",我不过是只过路的动物。这种共居与彼此认可让人安心。

围绕这些鹿,我编织起一整个故事。我每天看到它们,觉得我认识,我们之间有某种默契。

2月22日,我外出散步,在三处不同地方见到了巴基和旋转耳朵女士,这几乎不可能。原来,我看到的是三群鹿,还以为是同一群。

我意识到是三只公鹿后,才发现这多显而易见。它们长得完全不一样,有各自的领地和习性:一只毛色深,更怕人,一只臀部有小小的三角状花纹,一只角底部长着奢华的天鹅绒毛,戴着独一无二的茸王冠。每只都个性清晰。我怎么会认为是同一只呢?被自己的认知愚弄?

那么多周,我一直认错,是因为自以为知道看见的是什么，是因为我"看到"我期待看到的。我以为自己观察得够仔细了，但其实所谓的观察不过是在证实自己。

诊断好比婚礼，不是结束，是开始。诊断是打开通往余生的门。如果诊断正确，门后便是你掌控生活所需要的工具或图表，告诉你去哪儿，需要什么，或者是一个崭新的世界。

三十四岁那年，诊断改变了我之前、之后的整个生活。让之后一切成为可能，让之前一切变得明了，这种明了在诊断前绝无可能。我得以理解我的生活，我的身体，我的故事。

所谓诊断是——区分，是——辨别，是彻底了解。只有提出正确问题才能找到正确答案。人体与地球皆然。人类如此，枯萎的植物也如此，病人、下了毒的湖水都如此。有时整个系统出了问题，有时是你不承想到的某个元素失衡。杜鹃花堵塞了林地，水花遮蔽了湖面。

要想作出诊断，得首先意识到存在问题，大致了解它的表现形式。你得确信有正确的问题，确信有答案。

*

2014 年 10 月 14 日，我从当时居住的坎布里亚郡坐火车到伦敦。我既兴奋又害怕。我要去见那个或许能说清我到底怎么了的人。但我应当理性点，不是吗？我知道不能抱太大希望。

诊断

我在密友家过夜。八年前,离开伦敦北上之前,我便同她住在一起。接下来,我要去看医生,然后坐火车去格拉斯哥,第二天我还有课。

当时,我任职不满一个月,那是我第一份学术工作。尽管只签了三年合同,却是份正经教职。我顶替了一位更高级教员,享有研究补助。我已经三十四岁了,工资却第一次超过毕业起薪。为实现这个目标,我付出了太多。我应该感到高兴。此前,我申请讲师、研究职位期间,得做大量兼职,隔天到酒店做保洁员。我提交博士论文已经四年,我怕永远无法谋到带薪职位。然而,我忘记了,从事新工作多辛苦。徘徊在新校园,终日感到困惑,直至精力耗尽。那一个月仿佛一场焦虑的梦,人们遵守你根本不知道的规则,倘若你触犯规则,别人定要恼火。一个同事告诉我:"你要知道,没人会告诉你你要知道的事。"我听后笑了,但回家后,我哭了。上一份令我如此郁闷的工作是在一家商店,我只有我现在的学生那么大,遇上了一位差劲的经理。

去面试这份工作的那年夏天,我问诊的所有诊所都拒绝继续为我看病。他们明确表示,我没事。我曾写信申诉。一位医生回复说,我难不承想得癌症,如果我没得,他也没法让我得。对于误解我到这地步的人,我该如何回复?我当然不想得癌症,我只想让人帮我找出疼痛的原因。

我知道他们不对,但面对专业得多的反对意见,我能做什么？我试着信任他们的诊断，没事，继续生活。我想朝前看。他们给了我这份工作，我接受了，没什么问题。我本可以继续，但这工作比我预想累得多。与学生接触的时间是我以前全职工作的两倍，学生数量也是两倍——一切都是陌生的，让人应接不暇。我恐慌，筋疲力尽，疼痛加剧。

10月15日，我走进一间宽敞、通风好的诊室。一位老者十分和善地问候我，双手温柔地握住我的手。他询问了我和我家族的病史。他仔细听着，记录着。他看着我，为我做检查。他活动我的关节，测量我的四肢和四肢伸展长度。他触摸我皮肤，查看我的伤疤。他让我躺在诊椅上，测血压、心率，又让我站起来，测量血压、心率。

一个小时后，我离开诊室，确诊为过度活动型埃勒斯-当洛斯综合征。

过度活动型埃勒斯-当洛斯综合征的特点是关节活动过度，容易脱臼、复位，皮肤柔软、娇嫩。它是埃勒斯-当洛斯综合征最常见类型，英文缩写为"EDS"，我们对其知之甚少。埃勒斯-当洛斯综合征由制造胶原蛋白的基因突变引起。它是遗传性的，一代传一代，但它表现形式多样，有些人几乎不受影响，有些则病得很重。

人们常说胶原蛋白是身体黏合剂。我的黏合剂不黏却太有弹性，身体里每种器官都异常松弛，七零八落。我骨头错位，因为韧带、肌腱松软。每次进食，我的胃过度扩张，肠道软得无法正常输送食物。有时候，喉咙突然阻塞。我起立，血往下冲，聚集在过度松弛的血管里，无法回流。血淤积在双手、下肢，我视线模糊，越来越不舒服，越来越站不稳。要是不赶紧坐下，抬高下肢，我讲话便开始含糊，眼前是沉血般的棕色，几欲晕倒。我说不出话，哭不出来，这段时间仿佛亿万年之久。赋予这些症状名称，找到它们的原因，有助于我理解，并非本该如此，我并不非得与它们共存。这便是诊断的作用。

那些一无所知的荒唐岁月，一旦遇上对的人只花一小时便结束了。他能提出正确问题，能理解我的答案。我离开那间敞亮的房间，穿过玻璃墙接待室，坐电梯到门厅，找到一间厕所，哭了。我哭，并不是因为这些症状不会消失，带不走，它是遗传性的，无法治愈的，而是因为我终于知道那是什么了。这便是我要的答案，知道那是什么，我是什么。

*

诊断面临重重障碍，一些是文化层面的，涉及对病人的偏见、成见，对某些情况缺乏了解。一些是现实层面的，涉及所掌握的资源和信息。其实，现实层面障碍也有文化因素：不重视慢性病诊断，对一类人的忽视、成见，不重视帮人们找出正确答案，无法保障人人平等享有医疗资源，获取应对疾病的必要信息。

我之所以得到确诊是因为我的家人为我赴伦敦求医提供经济支持,是因为我不屑发问,是因为我是个不好打发的病人,我不顺从,不接受"无法解释"作为解释,是因为有人支持我坚持自己的信念。

*

埃勒斯-当洛斯综合征的标志是一匹斑马。它来自二十世纪美国医生西奥多·伍德沃德频频被引用的一句名言:如果听见蹄声,你要当那是马,不是斑马。它在医学界流传颇广,甚至没多少人记得作者和缘起。人们视它为寓言。我懂它的意思,明白它为什么如此深入人心。诚然,数据显示一名表现出罕见病症状的病人,大概率得的是常见病:他们是马,不是斑马。然而,斑马确实存在。在某些环境中,斑马甚至是更普遍品种。倘若徜徉在非洲南部、东部草地或稀树草原,你更有可能见到平原斑马,而不是一匹马。动物园也一样。蹄声或许来自斑马、驴、马尔瓦里马、貘、牛或河马、骆驼、猪、美洲驼、长颈鹿,还有其他更多长蹄子的动物——有蹄类——比你想象的庞大得多。鲸、海豚,也是有蹄类,由有蹄类进化而来。有时候,蹄声来自一头鹿,从树林边回望向你,有时候,是三头鹿藏在你身后。

埃勒斯-当洛斯综合征病人中流传一幅漫画,一匹斑马坐在医生办公室,医生说:"你是匹健健康康的马,只不过长了些条纹。不必过于担心,有时就是会出现这种现象……你只需要注意饮食,多锻炼。如果作用不大就吃点抗抑郁药。"这非常可笑,因为它恐怖。这不正是你的经历吗?埃勒斯-当洛斯综合征援助组织启用斑马形象,病人们称彼此"斑马",收集相关物品,还将斑马群体命名为"眩晕"。

2017年5月,我在听一位医生作一场颇有趣的演讲。他写了本关于人体的畅销书。他风趣、博学、有思想。我一度以为医生就该这样。然而,他竟说出了那句斑马名言,我心下一沉,感觉心仿佛从胸腔掉在了地上,熔出一个洞,穿出了演讲厅。他在讲一些向他问诊的病人,在网上搜了些信息,便觉患了罕见病。哈哈哈。人人都在笑所谓的"谷歌病人"。我浑身发抖地听完余下的演讲。提问环节,我举起颤抖的胳膊,问他是否认为这句名言仍适用于现代医学,毕竟它成了那么多人获得确诊的障碍。五月恰好是埃勒斯-当洛斯综合征宣传月,我觉得不能让这事这么过去,不能在这里,不能是今天,尤其是我尚有发声能力之时。我讲话时房间静得尴尬。医生承认,斑马少见,但确实存在,但独角兽不存在。他说的那些人是独角兽,绝不是斑马。观众哗然大笑,尴尬气氛一扫而光,除了我。他把一切变得又有趣起来,我的问题显得蠢透了。

我总忍不住回想这场景。它为什么如此困扰我?我尝试让W帮我疏解压力。难道因为它固化了"马才正常,马才自然"的观念？因为它只不过将边界由难以置信（斑马）推向了绝无可能（独角兽）？因为太自信能够将其一一区分？因为无论如何我还愿意坚信良医存在？走出演讲大厅，我依然认定他聪明、智慧，但他无法帮我找到正确的路。他自信可以区分羚羊和叉角羚。说来奇怪，但我觉得独角兽与独角鲸十分接近——有蹄类，长蹄子的动物。汉弗莱·吉尔伯特爵士将独角鲸的牙献给伊丽莎白一世，称其为"海独角兽"的角。把一种不可能的动物换成另一种，无法消除这句名言造成的问题。我们需要的是能区分蹄声的医生。他们应当关注眼前的证据，考虑到所有可能性，而不是想当然地把所有动物当成马。

*

确诊埃勒斯-当洛斯综合征几个月前，我去看了疼痛专家。当时，我出现了一些复杂、不明状况症状。他一口气说，"你太年轻，现在服用的这种止疼药不适合你，没必要追究疼痛根源，只需要接受。"他告诉我，他不会对患者使用"关节过度活动"这个概念，导致关节过度活动情况很多，只会让患者担心，他让我放弃寻找原因。

毋庸置疑，他一点忙没帮到。

问题是，我无法"接受"疼痛。

问题是，我要刨根问底。

*

在北上的火车上，我在笔记本上记下了 G 教授对我患有埃勒斯-当洛斯综合征的诊断。它揭示了一直存在的东西。

我又想到了德·昆西，就像未被确诊的那些年月。

我困在了他的一个梦里，在不断延伸的迷宫里来来回回。

> 哦，体内是怎样一番世界末日。

这是我写的第一篇类似日记的文章。这之后，我记了好长时间日记。之前，我不想动笔，我因未知而沮丧。

我写道：

> 我在去格拉斯哥的路上，筋疲力尽。还有几个小时路程，当我们停在兰卡斯特，还有几小时的路，火车，窗边的夜，车厢里很冷，我的外套还是湿的，L送我去尤斯顿的路上下了暴雨，我们在暖洋洋的米德兰酒店喝了杯鸡尾酒以表庆祝。我喝了杯"养蜂人"，她喝了桃子琴雷。
>
> 鸡尾酒上浮着三色堇，深紫色的可爱小脸庞，就像我心爱的奶奶。我想知道，它是从奶奶那儿来，还是从高沼地来？
>
> 对未来，它意味着什么，还不知道。对过去，它是一切。
>
> 倘若可以消除这些年的未知、沮丧、痛苦，我会吗？[37]

我没有回答，没必要回答。

我写了一条备忘录，提醒自己给家庭医生、他秘书和理疗师写感谢信。他们做了我生命里迄今为止没人做到的事，不停提问，直到找到正确的那一个。

*

确诊后，我最大感受是如释重负。我曾努力说服自己不抱希望，这让我筋疲力尽。我早就明白，不要指望别人认真对待。

G教授握住我的手之前，我已经寻医问药好多年。具体多少年记不清了。我一直摇摆在积极寻医问药和假装健康以免寻医问药之间。与此同时，我还要平复上一轮求医问药的伤害。即便现在掌握了这些信息，回顾往昔，我仍在骗自己，骗自己有时候适应得很好，很健康。其中一段好时光持续了几乎整个大学阶段，直到毕业，直到那份六个月短期工作接近尾声时摔折左手肘。在考文特花园一家商店工作期间，我常常头痛难忍，有时伴随心率异常。我甚至在伦敦大学学院医院做过几小时心电图。也是这期间，我在淋浴间摔裂了右手肘。我不时肚子痛，但我大都不管，因为我知道没什么好办法，我甚至害怕说到它。

假装健康格外累，本可以把这精力用在维持好状态上。但最累的莫过于年复一年求助未果。

*

1995年，我14岁，反反复复的尿路感染困扰了我一整年。一遍遍检查仍找不到明显原因后,一位中年男性医生转向我和母亲,他要下结论了。

五年前,为缓解膝盖疼痛,医生建议我停止一周三次的舞蹈课,停止学校运动,甚至停止运动。医生说,这是唯一的办法。几个月内,我便长胖了。寓于这样的身体,我越来越不快乐,身体也不快乐,它用一场又一场意外回应我。它摔倒,它支离破碎。我缓慢地、悻悻地步入青春期,我痛,连小便也痛。

诊室很大。简直可笑:在这个巨大、空荡荡的房间,一头是一张板材办公桌,另一头是几把椅子。医生坐在桌子后,看着我们。他上上下下打量我,从眼镜上边望着我说,我太胖了。

*

1997年,我感到越来越疲倦,虚弱,我疼痛,恶心,感到不真实。又是一次次检查,仍旧找不到明显原因。不过是维生素B12水平低,血检有些不正常:中性粒细胞是一种特殊类型白细胞,计数低,红细胞体积大,太饱满,形状异常。家庭医生不知道该让我去哪个科室就诊,不过,鉴于只有血液发现了问题,她便让我去看血液科。

血液科医生没能找到原因,但仍对我很客气。他排除了白血病、恶性贫血。我带着罹患血液病的可能生活了好几个月，然后眼见这幽灵般的诊断悄然退场。没能找到答案，我感到释然又遗憾。

最后一次看血液科医生，他对我说，别相信任何人说你没事。

我和妈妈都在场，一如往常。"不要相信任何人说你没事"，他对我说。"别相信任何人说没事"，他告诉妈妈。

这句话，我们记了好多年。至暗时刻，妈妈像祈祷，像念咒一般对我讲这句话。她说，"想想我们可爱的血液科医生的话，不知道是什么，不代表什么也没有，别相信任何人说你没事。"我们会说，"啊，他真是个好医生。"穷尽一切办法的可爱血液科医生推荐我在同一家医院接受认知行为治疗。我从未接受相关治疗，因为这个科室的医生不以为然。

他这样告诉我们：他看了我送到精神科的档案和详细资料。他说，"这两年，我治疗了你们学校××位患厌食症的女孩。"

我或许记错细节了，是 10 个女孩，还是 12 个，或者更多？是两年时间，还是更短？

他对我说，我根本没病，但他理解我，我担心父亲生意，不愿吃饭。他会帮我。只要我承认我在有意节食。这与我父亲有关，与体重有关，我有控制问题。

那次问诊后，我第一次冒出自杀念头。不是因为他的话，而是我感到我走到了问诊的尽头，遇到了水泥墙，遇到了不断上涨的水。我仅存的一丝希望，也被他掐灭了。有人说我会得到治疗，会好转，到头来却是一个男人告诉我，我是一切的始作俑者。

我给我男朋友写信，把所有细节都写了下来。这般经历，甚至说起它都让我疲惫不堪，我不想再对自己重复一遍了，索性在日记里留下一片空白。回忆太痛苦，但我记得足够多，足够清楚。这是1998年第一周，不是个好开始。我眼前是一片迷宫，没有向导，没有光。

三次就诊后，他给我开了百忧解。服药让我觉得恶心、头痛，甚至更糟了。他不再为我治疗，他写信给我家庭医生说我似乎在进步。我唯一的进步就是决意远离他。

对我来说，他的问题是确认偏误。他文件柜上放着一袋姜饼，几乎要掉下来。女孩们不肯吃饼干，他便诱导她们承认问题是自己一手造成的。他对自己的才华充满信心。

对他来说，我的问题是太瘦，我不该去那所学校，我是十几岁的女孩子，不必信任。

*

即便如此，我仍然理解他为什么会那么想。

我体重减轻了太多，那是我最瘦、最弱的时期，体重只四十五千克多一点。我快饿死了。

我之所以绝望，是因为我在想他是不是说对了。我浑身上下都觉得他错了，但我也知道因为胖受欺负，我想瘦。

我觉得瘦就是健康。我在笔记本上写下一行行誓言，期许未来强壮、健康。

> 我要更健康、更瘦、更好。
> 我要更健康、更瘦、更好。
> 我要更健康、更瘦、更好。

我确实是越吃越少，进食让我不适，某些食物让我难受，我的肠胃排斥食物，这大概算是病态。然而，所有节食的人不都如此吗？

是的，我有目的，我想变好，难道这就是他所谓的病态？

我信任我的身体，我信任我不舒服的肠胃，我错了吗？我真的是问题所在吗？

*

倘若你不断听人说你的症状是臆想出来的，你便不得不三思，甚至开始动摇了，哪怕身体在无声尖叫。

波罗奇斯塔·卡普尔[①]在《生病》中描述她如何接受了这个想法。对她而言，这有意义，她是讲故事的人，是作家、发明家："我终究是脑子造出来的人。"[38]

多年来，你如他们所愿地生病。你把精力花在回避你明明知道的事实上。

---

① 波罗奇斯塔·卡普尔，伊朗裔美国作家、记者。

诊断

*

毕业后第一份工作以摔折手肘告终后,我在位于东伦敦的家里工作了一段时间。我为一个网站写东西,晚上则到城市各处参加读诗会。我感觉颇好,想做更多事,全然忽略了身体状况。我忘了一早离家,在为健康人设计的世界里,像健康人一样通勤多辛苦。我在一家职业介绍所登了记,在托儿所工作只一周,又在一所小学谋得特殊教育助理职位。与此同时,我本科导师鼓励我考研,让我在我就读的大学教短期写作班。那些日子,我小学工作一结束,便匆匆从霍克斯顿赶往麦尔安德教下午四点的写作课,口袋里还装着木头块和绳子。两份工作我都喜欢,但体力和精力渐渐跟不上了。

学校工作颇耗体力。我半天教托儿所,半天教五、六年级。教学楼是坚固的维多利亚式建筑,楼梯在长方体建筑的两边。我整日都在爬楼梯,在硬邦邦的地板上跑来跑去。除了爬楼、奔波,还要席地而坐,匆匆起立,一对一教学,牵着孩子的手做各式各样的活动,教学本身便够累了。我不断鞭策自己,鞭策自己……

我并非没有求助,但哪有精力一直去推动那坚不可摧的障碍?我不断去看家庭医生。许多扇闪耀着希望之光的门,推开不是砖墙便是暗门。我离开伦敦回了家,觉得在家乡,人们认识我,不会打发我走。我经介绍去看了一位风湿病专家，从此停滞不前。他看了我脱臼等病例，晃动我的关节。我发现他在用多发韧带松弛评分系统评估我。那是诊断埃勒斯-当洛斯综合征的评估系统。他询问我症状、疼痛程度、睡眠情况，但没检查我的皮肤、伤疤，没问我的家族史，我当然也不知道哪些是必要信息。他考虑了我提供的所有情况，认为我患有良性关节活动过度、哮喘、肠易激综合征，以及非恢复性睡眠和纤维肌痛综合征。

倘若了解埃勒斯-当洛斯综合征，便会觉得这是拙劣的笑话。要是你知道如何排列组合这些情况，答案就再明显不过。

这位风湿病医生写信给我的家庭医生说："谢谢你介绍这位女士，波莉体检结果大致不错，看来已经在恢复、进步了。"

但我感觉没那么好。

我感觉非常不好。

我和我的家庭医生说了是什么让他觉得我在恢复，在进步？是因为我能自己走进诊室吗？因为我没哭？哭得不够凶？

当时，他"感觉，这些症状是由某些形式的纤维肌痛综合征引起的"，是我少年时患慢性疲劳综合征、厌食症和焦虑抑郁症的恢复过程。直到现在大多数医生还把肌痛性脑脊髓炎和慢性疲劳作为心理疾病。而我当时觉得，纤维性肌痛更具生理基础，但我不知道那基础是什么。

十年后，2014年，G教授写道，她（我）的多发韧带松弛评分为7/9，他也写道："在评估范围以外，她的肩膀、颈椎（以旋转方式）、臀部、手指都过度活动。她的脚也是，承重后呈扁平状。"

2004年，我的多发韧带松弛评分是满分。风湿病医生写道："她在评估过度活动的多发韧带松弛评分系统中获得满分"，好像该为此给我颁个奖。全中！他说我关节"活动范围极好"，好像过度活动是值得称赞的事，然而他没能把分数与关节疼痛等症状联系起来。

十年间，我的状况在不对症治疗与拖延中不断恶化，我的两处关节不再过度活动。估计那位风湿病医生会觉得这也极好吧。

如今再看他的信，我看到了他关注的问题——脖颈淋巴结肿大、腹痛——也看到了他根本没检查的问题。他没注意到我脊柱侧弯，因为他根本没检查；他没注意到我扁平足、消化不良；他也没注意到我自主神经系统崩溃。他根本看不到我的痛苦。

第二年，我开始读硕士，每周有一天到伦敦市中心上课。我越来越累，我疼痛，我出现了新症状：呼吸困难、头晕、脚痛到几个月不敢着地。我失声数周，恢复，又失声。学校和大学假期让我松了口气，假期没有工资，但总算可以休息。我知道这不是长久之计，但我能怎么办？我拿到了诊断结果，但我束手无策。

到底出了什么问题？同样一副身体，十年后被另一位医生明确诊断为急性埃勒斯-当洛斯综合征，但我当时更年轻、更灵活，受的苦也能更少些。

问题大概就是我遭受的伤害还不够大吧。

*

十七世纪80年代，诊断一词第一次进入英语词汇，用法与现在一样。1880年，误诊一词进入英语词汇。误诊与诊断并存，是一枚硬币的两面。二者区别取决于使用的数据和分析方法。误诊始终盘踞在诊断之下——恶魔双生子。你怎么知道面前站的是哪一位？哪一位牵起你的手，让你跟上？

*

寻医问药久了，看医生便不再是件不带感情色彩的事。过往的惊恐、被怀疑的焦虑、侮辱、欺侮，仿佛一串叮当作响的瓶瓶罐罐拖在身后。

2009年，我失声了，又开始了漫长的问诊。无论说话、吞咽，嗓子都疼。血检仍然没发现问题，我习以为常了，但症状越来越重，毫无起色。那年是我读博士的最后一年。之前几年，我勉强维持身体状态，不健康，但也不算病。疲劳，但又没筋疲力尽。我资源耗尽了，无论经济还是身体。父母建议我回家小住，我觉得这是明智之举。

将医疗保险从一地换至另一地不容易。计划离开兰卡

诊断

斯特数月前,我便开始了耳鼻喉转诊程序,预约成功后,我毅然搬回位于诺丁汉的家。我在朋友家住了一晚。第二天,怀着希望与忐忑,我前往邻镇一家我从没去过的小医院。

抵达医院后,我预约的医生还堵在路上,另一位医生接待了我。

替补医生将视镜穿过我的鼻腔检查喉咙并问了几个问题。他说我有声带小结。此后,我再也没检查出声带小结。但这不是问题所在。

*

我在诺丁汉度过了平静的几个月后,又去看耳鼻喉门诊。医生推翻了之前的诊断,认为我患有喉咙肌肉痉挛。

每次医生将管子穿入鼻腔检查喉咙时我都会问,我的咽部症状会不会跟其他症状有关——头晕和疼痛愈发难以忍受——医生照例耸耸肩。他们说,没这个道理。我觉得没关系。

他们建议我找治疗师,学习如何更轻松地发声,如何通过喉咙轻松讲话。

治疗师听了我沙哑的声音,说我音调全错了。她指导我练习,教我按摩喉咙。她告诉我常喝水,她教我用"m"音放松喉咙肌肉。

当时,我在一所学校做兼职,只教两门课,足够多又不太多。清晨，我边洗澡边练习发声："MMMmmmmmmmmonday（周一），MMMmmmmmmmmonday（周一）。"课堂上，我不停喝水。

我身体出现了其他问题，但人人都说找不出原因。有时候，我肚子痛到躺在地板上哭。有一次，我和W去听演奏会，庆祝W生日，我突然觉得恶心，不对劲儿，只好坐到了后排。闪光灯每闪一下，我便泪流不止。没人告诉我原因。

我开始怪这城市，怪W公寓的霉菌，怪自己不得志，三十岁了，没有工作，没有自己的家。我想念山与湖泊。兰卡斯特大学恰好给了我一份秋季教职的工作，一周几小时。我们一同搬到了湖区。

这是一份兼职工作，按小时计酬。钱够了，但也不多。余下的时间，我用来写论文。我一躺下便呼吸困难，总觉得喉咙里有东西堵着。但他们都说没什么。我梦见我快死了。"MMMmmmmmmmonday（周一），MMMmmmmmmmonday（周一）。"我学会了一直喝水。非必要不开口。

问题是，这些年我的发音方式一直是错的。我原以为我有声音，能发声，然而我终究是浪费了它。问题是，我总说错话，我讲的一切都毫无意义。

*

2012年11月，我躺在兰卡斯特皇家医院某个病房里。

折磨了我一个月的腹痛突然变得难以忍受,我去看急诊,又被送进了病房。我一直没睡觉。前一天,我做了 B 超,导致疼痛加剧。超声检查没找到原因,但探头在疼痛处按压的力道太大,疼痛如野兽一般被惊醒。由此,我开始这般构想疼痛:它是头住在我体内的兽,在肋骨下酣睡,触摸会把它激怒。我让一切离它远远的,不要惊扰它。

我教完一节课后去了急诊,在学校,我忍着痛,想着既然医院、学校在同一个镇,我可以两件事都做。我继续教课,因为要谋生,因为我学会了怎么忍受疼痛。就这样坚持下去,除非真的忍不了。在医院,他们压到了疼痛之所在,我筋疲力尽,哭不出来,但泪水不知不觉流下来了。我血糖下降,他们给我打了点滴,纠结了几小时后建议我看妇科,怀疑我卵巢有问题。女性不总是卵巢有问题吗?

于是,我便躺进了病房,等待入院或出院。妇科医生查房时,很难确定女性腹痛的原因,因为内部东西太多。

我想象妇科医生仔细研究女性腹部 CT 扫描结果,里面满是太空垃圾、锡罐、旧自行车、尼斯湖水怪……真正的厨房水槽。

他让我出院。

那年冬天一个夜晚,W 开车送我去轻伤科,一位年轻的男医生对他解释,女性出现异常出血,原因很难说清,因为女性就是会出血,W 真的理解了,是真正的,而不是理智上。当时,我也在场。我出现了异常出血,我的五脏六腑仿佛都要出来了。我吓呆了,面色铁青,不住发抖,几乎神志不清。W也清楚,但我能说什么,他能说什么?与那毋庸置疑的逻辑相比,我认为正常或不正常有什么意义呢?

问题是我是个女人。

问题是女性会流血。

不可能知道什么是正常,什么是异常。

面对这颇令人困惑的逻辑,如何分辨什么是正常,什么是异常?它如此摒弃边界,摒弃体内与体外的界限。

*

2013年,24小时心电图监测到我出现了异常心率和异常反应。之所以做这项检查是因为内分泌医生束手无措了。结果让他颇有些意外。他原以为心电图不该有问题,本想以此证明我非常健康,证明我想得太多。

医生告诉我不需要接受进一步检查,没什么能做的了。有些女人,他说,就是太敏感。

我一路哭着回家,径直找到家庭医生说再不想见这位内分泌医生。这太过分,这一切都太过分了,我再也不想屈从。

后来,我投诉了这位医生。他假模假式地道歉,叫我"阿特金夫人"。

诊断

他的诊断十分明确:我是女人,女人太敏感。

*

那一年晚些时候,我坐在一间精致、雪白的诊室,一位年轻医生笑盈盈说,"好消息,检查结果显示你没患罕见肿瘤。你可以健健康康回家去了。"向别人传递好消息真好。离开消毒室足够远后,我哭了,不停哭。这是一家专业中心,门前是一片漂亮的玫瑰园。我在花丛里哭。不是我想得肿瘤,而是我陷入了诊断僵局。疑似患肿瘤的症状还在,但我没患肿瘤,他们便无计可施。你觉得快死了,人们却说你非常健康,这绝不是好消息。我仿佛又回到十七岁,无望、无助。那位和善、笑盈盈的医生大可以也写张卡片给我:"恭喜,病在你脑子里。"

接下来毫无意外,我又去看神经科医生,他为我做了威尔逊综合征检查,那是一种铜负荷失调征,症状与我很像。检测结果是阴性,他让我去看神经心理学医生,治疗功能性神经障碍。

功能性神经系统疾病(FND)表现为,没有明显器质性原因的神经系统症状,主要靠物理治疗和认知行为疗法缓解。一些理论将功能性神经系统疾病与表现为身体症状的既往创伤联系在一起,即转换理论。一些接受相关治疗的人觉得有效。我则感到它又为身体背了黑锅,好像它会听令于我似的。这个理论还有其他叫法,诸如医学上无法解释、身心合一、心身病、心因性、歇斯底里……这些术语无非是说病在意识里，你在有意无意地制造疾病。更甚，你曾有过可怕的遭遇，这些症状是你身体的反应，精神创伤得不到解决，所以才出现问题。你回避的精神之痛要通过身体表达出来，像腹语。倘若人们觉得某个术语有责怪受害者的意味，便再造一个取而代之。或许你对这些术语产生的社会环境、政治历史有所了解，知道它们如何不平等地施加于不同性别、种族、阶级。我也知道，知道它们的意涵，知道人们怎样操弄术语，压迫弱势群体。但现在，我竟开始怀疑，我是不是出现了"心理问题躯体化"。我那些症状难道真是臆想出来的？我那么狡猾，竟能骗过自己，能如此有效地剥夺自己的能力？我竟是一个如此狡猾的破坏者？

我喜欢这位神经心理学医生。有时候，我忘了就诊，他大手一挥便原谅了我，我觉得这颇有人情味。我很谨慎，但我愿意相信他。我问他，综合考虑，我有没有可能无意识升华了某些创伤，造成了现在的症状？当时，我绝望至极，情愿怀疑自己。几次问诊后，他确信我不存在精神问题躯体化，不再为我诊疗。这本可能是我求医问药的终点，但那位医生给了我一粒小小的希望种子，有问题，只是还没找到。这足以让我坚持追问。

*

放弃神经心理学不久，我感到在腹痛位置能摸到东西。

有个肿块，一碰便会咔嗒移动。我指给家庭医生看，他建议我手术。我开车去兰卡斯特看外科，但医生说他什么也没摸到。我躲在门诊厕所哭，急迫地寻找肿块和它令人作呕的"咔嗒"。家庭医生能摸到，肯定不是我臆想出来的。手术未果却意外让我找到了正确的路。外科医生认为我可能只是患有肋软骨炎，一种胸腔软骨炎症。这不太意外：2011年医生便怀疑我是肋软骨炎，当时我刚开始胸痛，痛到不得不放下手中的事。正常人得流感一类的病后会出现这种症状，随后会消失。后来，我才知道埃勒斯-当洛斯综合征患者一旦得了肋软骨炎，便不会真正好了。轻者是遍及胸、背的钝痛，取决于受影响软骨的位置，重者便如老虎钳压碎胸部，或者如巨大的手挤压躯干，将所有小骨头挤在一处。我本没把外科医生转诊的建议当回事，没想到他指出了重要方向。超声波结果显示，我不但软骨发炎，肋骨裂缝周围还结了茧，这似乎便是那能移动的肿块。

我从没跟神经心理学医生提过，我有一份症状与问题单，将近两年，我不断补充内容。我知道，在旁人眼里这行为多夸张，显得我想得太多，认知行为疗法正是为了让我们意识到是"想"造成了症状。重读清单很痛苦，我的恐惧、沮丧尽显无余。那是三张 A4 纸，写着症状的要点，有的有日期和恶化的具体表现，有些甚至好多年了。现在再看，我知道每一个症状是什么，是什么原因，如何改善。但当时我一无所知,只知道连碰一下那单子都觉得痛。

虚弱、摇摇欲坠。突然因活着过敏,疼痛部位如此明确,但人人束手无策。读自己关于肋骨的描述尤其痛苦,2013年9月清单第一条写道:

> 上腹部持续疼痛。痛点位于左胸腔下方,辐射到上腹部周围、经常到背。自2012年5月持续至今,分阶段恶化——2012年10月(可能是巧合)接受一周普萘洛尔治疗后突然加剧,腹部鼓胀严重。2013年6月再度恶化。有时候疼痛格外剧烈(片刻到数日),通常发生在活动刺激、按压或心动过速期间(如下)。有时候我疼到几乎昏厥。我去了几次急诊(2012年11月,医生怀疑我卵巢囊肿破裂,但没有)。现在我尽量静观其变,因为去医院会造成压力,从长远看于事无益(即便他们有更好办法缓解白天/夜晚的疼痛)。

我的肋骨断过。当时没发生什么事故或特别情况。不过,回想起来,我十分清楚是在哪一刻断的。

如今,我知道,血压异常是血液淤积和过度代偿的结果,常见于埃勒斯-当洛斯综合征病人。当时医生给我开了降血压的β受体阻滞剂。除了常见的副作用——终日感觉在缓慢倒转——我的胃部鼓胀起来。胃痛,我甚至清楚在哪一刻会突然加重。我坐在旧家沙发上,面对一扇巨大的窗户，窗外是一片田野。秋日的淡黄色阳光漏进黑暗的房间。我们准备出门，我开始咳嗽，不住咳嗽。

自此，我每次看医生都会出示一张写有日期的纸条。2012年10月。那周我胃部开始肿胀。

多奇怪，我明确指出了疼痛部位，竟没有人想到看看肋骨，直至那里肿胀起来。为引人注目，它必得让自己变大、凸显。

接下来几个月，疼痛愈发加剧。我甚至穿不了胸衣，穿不了勒肚子的裤子、裙子。我去看医生，他们记录为"上腹痛"。准确地说也没错，但这将接下来的诊疗带入歧途。现在回想起来简直莫名其妙，长达十八个月，我不能趴着，不敢按压腹部，我竟忍受下来，甚至要去适应它。为缓解疼痛，我穿大两号的衣服。一个个医生按压我的腹部，我痛得眼泪都要出来，脸色灰白，可是他们仍然什么也摸不到。他们说，我身体没大碍。我坐在诊室里哭，绝望地、失控地哭。

倘若找不到病因，我便拒绝离开。他们指责我想得癌症。他们连我的诉求也误诊了。

没人想到检查肋骨，因为谁也没认真听我描述疼痛部位。他们提出错的问题，在本该写答案的地方留下一片空白，这便是他们的确诊。

问题是，一切的一切都不重要。

*

发现肋骨骨折后,我把我的骨折史一股脑儿讲给了家庭医生,仿佛那是片迷失的大陆。医生让我做骨密度检查。毫无意外,我骨密度偏低。

家庭医生建议我通过物理治疗缓解疼痛。

听了我冗长的病史,理疗师轻描淡写道:"你找医生看过关节过度活动问题了?"

大地动摇,齿轮飞转,迷宫排列组合,竟现出一条通途。她打开诊疗室的门,我走出去。

*

倘若他们看不见我们,拒绝看见真正的我们,便无法作出诊断。2017 年,为简化诊断过程,国家发布了新的埃勒斯-当洛斯综合征诊断标准。2014 年,我写下这段话时,埃勒斯-当洛斯综合征分为 13 个亚型,各有特征;2018 年 4 月,增加到 16 个亚型。在业内,人们对这一改变评价各异。有人认为诊断更容易了,有人则认为更复杂了,就像看门一样。

我疑似患有的过度活动型埃勒斯-当洛斯综合征(hEDS)是唯一没有公认基因标识的亚型,因此,诊断的唯一途径是临床检查和病史,没有相应的血检和实验室检测。这意味着,确诊过度活动型埃勒斯-当洛斯综合征取决于对临床结果的解读:表现形式多样,诊断具有主观性,现行标准未能体现系统性因素等往往导致误诊。研究发现，各个级别的医生都存在无法判断患者是否过度活动或"确定临床重要性"等现象。[39] 过度活动型埃勒斯-当洛斯综合征被列为罕见病，但一些专家认为，它并非那么罕见，只是大量病例未得到确诊。美国埃勒斯-当洛斯综合征专家德里克·尼尔森认为，过度活动型埃勒斯-当洛斯综合征发病率或许不是目前认定的在15000到20000人中有一例，而是500人中就有一例，甚至更高。2018年，在威尔士开展的一项实验也证实了这一数字。[40] 一些专家认为，过度活动型埃勒斯-当洛斯综合征是"最常见，但确诊病例最少的遗传性结缔组织疾病"。[41]

我父母村子里的一位医生知道我的故事，但仍反复对我妈妈讲，她才不相信埃勒斯-当洛斯综合征，那不过是时尚、虚构，是无意义的抱怨。有时我会说，我来对付她。有时我会说，我要把这本书寄给她。但她若是如此坚信不疑，又有什么用呢？她若是坚信我们都是独角兽呢？

*

诊断不是一蹴而就的，是一个持续进行、不断学习的过程，是提出问题与分析答案的过程。诊断仿佛一串叠在一起的纸人一环环展开。因此，正确判断格外重要。一次误判便会切断链条，使一切失去意义。一次误判会毁掉整个过程。一次诊断好比一扇门，门后是小径，是走廊，通向另一扇门和另一次诊断。只有找到门,才能打开它。你正穿越的是身体迷宫,诊断也是慢性的。

诊断的过程——学习、寻找——永无止境,如同慢性生活的方方面面,它运动轨迹是循环的,是重复的弧形。倘若作出正确诊断,弧形便会变成螺旋,不断运动、演化。倘若诊断错了,你便陷入闭环,一圈一圈,哪也到不了。

*

2022年10月,有人向我展示了一棵太妃糖苹果树。那天是"苹果日"。W和我去坎布里亚郡一处乡村庄园见朋友。庄园里种满几代人从世界各地采集的植物,还有一座十七世纪的建筑。

人们说,没见到那棵太妃苹果树千万不要走,它就种在建筑后面。每年这时节,只有这时节,树会散发焦糖苹果的香气。

树未到,味先至。沿着花园廊道走,甜蜜的黄油香气一阵阵袭来。走廊尽头,树兀自立着,那金色、粉色叶子在沁润的绿色草坪和深灰色天空的衬映下闪闪发光。

它散发出如荔枝、奶油糖果般的香气,夹杂花香,馥郁甜美,我想把它吸入体内。我翻越廊道,站在压得弯弯的树枝下,站在心形叶片间,大口呼吸。

当天晚上,我在谷歌上搜太妃糖苹果树。人们滔滔不绝地向我描述"太妃苹果树",我总觉得它特指我置身其下的这棵树，独一无二。我未曾想这是一整个品种的名称。我之前从没听说过太妃糖苹果树，我不知道我所见、所闻、所感的是什么。

太妃糖苹果树是连香树①（桂树）的一个名称，其他叫法还有焦糖树、太妃糖树、棉花糖树、姜饼树、蛋糕树。人们对味道的感受不尽相同，但都觉得那香气无与伦比。

第二天下午，我依旧沿着老路线散步，穿过杂草丛生的鸭塘，来到"棺木小径"，那么多日子，那么多年，始终如一。这一次，一种新鲜又熟悉的气味让我不禁驻足。我闻到了太妃糖苹果的味道。现在我认识这树了，那香气不容置疑。熟透的蜂蜜苹果在舌尖融化，是焦糖，是蜜桃。我停在路上，细雨蒙蒙，我不住地闻。然后，我见到了它，在一座十九世纪的花园里。黄色心形叶子在细雨中闪闪发光，昭示它的身份。

此前两天，我和W散步，在同一处停了下来。我还在想，柏油路上黄油般柔软的树叶是从哪里落下来的？秋天，我数百次经过，闻到蜂蜜、荔枝的香气，不知来自何方。我继续散步，对太妃糖苹果树一无所知。我无法将它的存在转化为意义。

曾几何时，桂树遍布北半球。人们发现了180万年前的桂树化石。然而到了更新世，它便只见于日本、中国、朝鲜

---

① 连香树也称作"桂树"，后文提到的"桂树"即为连香树。

半岛了。桂树喜爱潮湿、温暖的环境,想必它也喜欢坎布里亚郡的气候。人们喜爱桂树,种植桂树,因它的香气、颜色,我也为之吸引;人们喜爱桂树,也因它细密、浅色的木质。

十九世纪,植物收藏家将桂树由中国、日本带到美洲、欧洲。先是托马斯·霍格。1865 年,他将桂树种寄给纽约的哥哥。1881 年,桂树到达英国。

我那棵桂树所在的宅子建于 1862 年到 1864 年间,由安娜·黛博拉·理查森设计。她生于一个富裕、交际广泛的贵格会家庭,是家里的长女。安娜为妇女争取权利和受教育权益并支持建立剑桥格顿学院,广为人知。

安娜患有慢性病。家人将她的健康问题追溯至 1847 年。当时,还是少年的安娜参与了一场为爱尔兰饥荒举行的绝食抗议,自此,她再没完全恢复健康。三十多岁,她出现了新症状——右臂麻木、恶心。1871 年 10 月,她病情加重,赴伦敦寻求更先进的诊疗。此前,所有医生都判断她肝脏出了问题。[42] 伦敦医生则认为她患病是因为饮食不当,多年来"营养不吸收"。伦敦医生开出的处方是,一天两顿丰盛、富含蛋白质的大餐,昂贵的葡萄酒、朗姆酒、奶油、碎麦粥。毫无意外,饮食疗法没能治好她。11 月,她虚弱到无法走路,无法出家门。伦敦医生的实验性饮食反而加剧了她的病情。1872 年 4 月,一位来自霍克斯黑德的医生诊断她患有布莱特氏病或肾炎,跟艾米丽·狄金森患同一种病。当年8月,安娜去世,在四十岁的年纪。

格拉斯米尔是她的避难所。在那里,她得以独立、平静地生活。她去世后,一位朋友尝试分析那湖景对她的意义,那山如何磁铁般吸引了她。朋友忆起,安娜本人也写过:"住在这个无以言表的国度,我永远沐浴在一种享有福佑的喜悦中。"她餐厅壁炉上刻着一句座右铭:*ubi caritas ibi claritas*——她在回忆录里翻译成:哪里有爱,哪里便有清朗。或者正如我们所谓:"哪里有仁慈的判断,哪里便有清朗的感知。"[43]

她设计的住宅花园里种满来自世界各地的植物。五颜六色的巨大杜鹃,罕见的茉莉。不知这些花草是安娜的品位还是后来主人的品位。她在信里写过对花园的爱和种植计划,父亲建房时移植的洋地黄、常春藤,朋友们为她种下的"小松果、雪松和四株深红色杜鹃",还有高山植物、杜松和蕨类植物的馈赠,门廊周围则长着她最爱的铁线莲。1872年,安娜在格拉斯米尔去世时,距离桂树到来还要十年,但我始终会把她花园里的桂树和我熟悉的她联系起来,总想到感知,想到清朗。

在适宜的环境中,桂树可以活很久。它不仅向上、向四周生长,根部还会生出新枝,仿佛绕着树长出了一片小森林。中国与日本古老森林里长着直径四、五米的千年古桂,枝干斑驳,如一座座塔耸立着,组成一座神秘的树林城市。

1910年,植物收藏家欧内斯特·亨利·威尔逊在中国四川一片森林里发现了一棵直径五米多的桂树,它兀自立着,周遭树木都被伐掉了。这是他第一次见到种桂。2017年,北美中国植物探查协会再次探访这棵树,发现它周围长满植物,体积是之前的三、四倍。它古老的树干已然空了,芯已经死了,一如威尔逊见到它的样子,然而它仍在生长,抽出新枝。

在日本,古代多茎桂具有特殊的地位。它是神树,常与月神、山神和水神联系在一起。桂树是交会之处——神与凡人,神与神、凡人与更高境界。传说月亮上长着一棵巨大的桂树,由一位貌美非凡的男子照料,男子修剪金色桂树叶,便是月亮的阴晴圆缺。月亮之光发自叶子,发自桂树。秋天,月亮呈现出桂树一般的焦糖色。叶子掉光了,月亮便不再发光。月亮上的阴影便是桂树影。倘若你一直盯着月亮,那照料桂树的男子便要招呼你加入他。你看得越久,他便夺走你越多时日,就像为桂树修枝剪叶。

在中国的神话中,男子是樵夫或者说是位魔术师,叫吴刚。他月月砍树,还没来得及放下斧头,树便长了回去。在故事的不同版本里,树种各异,男子在月亮上的原因也各异。这是不可能完成的任务,是徒劳的惩罚。月亮圆缺,他的劳作结束复开始,树叶斑驳,树影婆娑,落英缤纷。

桂香之微妙、甜美并非人人可以闻到。它在秋天散发出的独特香气是麦芽酚混合树叶变色释放出的糖的化学反应。麦芽酚因其焦糖化性质常用于制作食物与香水，但有些人是闻不到的。对嗅觉不敏感的人而言，秋天的桂树不过是漂亮的黄色叶子，再无其他吸引人的了。桂树有它的传说、魔力、独一无二的金色，但还是很容易被认成椴树。有人一百万次路过桂树，仍不知其为何物。倘若不是在别处遇上了它，认识了它，我也一样。你闻到了它独特的香气，但不知其所以然，便成了记忆里的偶然。诊断亦如此。天天见到的事物，倘若没有参考框架识别它，哪怕你再仔细观察，也会年复一年错认它，忽视它。你会给它安上另一个因果，还以为你颇有逻辑。想找到点什么，必得先意识到它存在，它就在你身边，一直在，但你要叫出它正确的名字。

*

2015年10月，距确诊埃勒斯-当洛斯综合征已过去一年，我坐在另一间诊室，面对另一个医生：帮我控制埃勒斯-当洛斯综合征症状的肠胃科医生。

她让我做了一系列常规但彻底的检查。一切正常，除了一项。我血液中衡量体内铁含量的铁蛋白非常高。正常水平低于250，而我高达1000。她说，我可能患有第二种遗传疾病，一种称为血色素沉着症的代谢紊乱。她让我回地方医院做基因检测。2016年1月，我确诊了。

遗传性血色素沉着症患者会在饮食中吸收过量铁。你大概觉得这是好事——铁让我们有力量，能量充沛，不是吗？然而，正如一切物质，量是关键。铁摄入过量与不足同样让人感到疲劳、虚弱、酸痛。身体无法将铁代谢，它在慢慢毒害你。体内积聚了太多铁——太多了——在关节里，在皮肤里，在重要器官里。

确诊时，铁在我身体、器官已积累了半生。人们看不见，但我能感觉到。我感到自己在缓慢生锈，尽管我不知道这感觉是什么。

要不是确诊埃勒斯-当洛斯综合征，便不可能确诊血色素沉着症。第一次确诊让我重新掌控生活，第二次救了我的命。要不是第一次确诊打开了对的门，便不会有第二次。确诊是一根链条，环环相扣。它能拖垮你，也能为你指出方向。医生看了我的铁含量后说了句我想了很久的话——面对确诊了某种病的患者，许多医生倾向于将病人提及的每个症状归结为这一种病，不再进一步检查，尽管是潜意识，也是一种有意的忽视。不问问题更轻松，不找答案更轻松。

2016年1月，我开启了缓慢的排铁过程，让积聚在各个器官的铁重新进入循环，并最终排出。这是血色素沉着症的标准疗法，简单、古老。月复一月，血被500毫升、500毫升地抽走。抽血减少了铁含量，因此，身体不得不释放更多铁制造红细胞。这便是生锈的经历。

*

基因检测、血检都可以明确、轻易地诊断出血色素沉着症。但与埃勒斯-当洛斯综合征一样，相关文献和一般认知都十分有限、过时。与埃勒斯-当洛斯综合征一样，大批血色素沉着症患者被否定、被忽视、被误诊，要花数十年时间才得到准确诊断。

我得到了确诊，我妈妈却是被忽视的一员。为一种她知道自己患有的疾病，一种被血检、基因测试证实了的疾病，她争取了五年才得到治疗。在这期间，她心脏受损愈发严重。与埃勒斯-当洛斯综合征一样，由于诊断失误，不知道多少人受血色素沉着症折磨却毫不自知。根据三种基因突变普遍情况计算，英国患血色素沉着症的人数约为120万，通常需要进行治疗。然而，只有20000人得到确诊。

造成确诊与病患人数悬殊的部分原因是对症状的误解和无知。多余的铁可能积聚在人体任何器官，因此，症状差异非常大。教科书上的症状包括关节痛、腹痛、疲劳、头痛，皮肤呈古铜色或灰色，但这只是冰山一角。若置之不理，铁会干扰身体所有系统，干扰荷尔蒙，导致甲状腺和甲状旁腺疾病、糖尿病、肝病、心脏病。这每一项疾病又表现出多种症状。血色素沉着症不止单一症状，没有标准，没有典型。我们像马一样普遍，但我们却以不同面貌出现：我们是海牛、海豚、西貒。

早在2011年，我体内的铁蛋白水平就高，但从没考虑血色素沉着症。我反复看到一种错误的说法，月经可以缓解铁积聚，但铁又可以终止或抑制月经，因此，就算身体开始自我调节，也不会持续，铁会慢慢地、悄悄地干扰荷尔蒙。

这就是为什么将我推荐给神经心理学医生的神经科医生为我进行罕见的威尔逊综合征检查，而不是做更普遍的血色素沉着症检查。尽管当时这两者都无法解释我的症状。

在他看来，我女性特征太明显，又太年轻。

*

对于那些说"我不知道你怎么了"的医生，我毫无意见。没人觉得医生该无所不知，但承认"不知道"很重要。太多次，我眼见他们明明是"我不知道你怎么了"，说出口的却是"我没发现你有什么问题，所以你没问题"。

那些医生觉得我太女性化，太敏感——是个太聪明的女孩，太多思，一个将女性问题躯体化的人，他们有所不知，我一生都在努力认同女性和女孩身份。大多数时候，我甚至在想人何以为人。大多数时候，我不过想安稳度日。人们常觉得我不够女孩，小时候如此，少年亦如此。人们以各种方式告诉我，我不是合格的女孩。我太脆弱，但不是女性的脆弱，我易碎、混乱、血腥、不可爱。我太瘦小，后来又太胖。不是我对旁人的反应敏感，他们就是那样毫不隐讳地一遍遍说出来。另外，我的性格、待人接物的方式也不对。作为女孩的我是失败的，但我的失败之处不会让我成为男孩。我太爱哭，一直在哭。我不勇敢。撞上东西，我会痛。我不敢攀爬，我太弱小，又害怕自己弱小。作为女孩，我太大声，太笨拙；作为男孩，我太傻，太软弱。这不是我自己决定的。我知道别人如何看待我。我听得见同龄人的评论和他们对我的称呼。我在叙事中看到了自己，又知道自己脱离了这叙事。

十五岁那年，我剪了头发，上次留短发还是八岁。我在我们当地青年剧团排的一出戏中扮演俄罗斯破冰船男船长，故事讲的是一群鲸鱼被困在阿拉斯加的冰里。我身穿肥大军外套，用俄语喊："大家来切碎这该死的冰！"倘若这是我在人们心中的形象，我可以接受。

但在学校，我在班里排的话剧《弗兰肯斯坦》①里演怪物。我还有台词——我该千恩万谢，在学校，我从来没有"台词"。但我知道那是诅咒，不是礼物。她们给我做了黏土面罩，干了会开裂的那种。把这角色分配给我的女孩们解释，因为我留短发，像个男的。再明显不过，她们其实想说，我是个怪物，跟她们不一样，我们不是一类。

然而，那么多见过我、诊断过我的医生却说我病态地女性化。他们看了我身体、笔记，看出了女人本性里的问题。我从未像现在这般被坚定置于某个种类的盒子里。

---

① 英国作家玛丽·雪莱在1818年创作的长篇小说。讲生物学家弗兰肯斯坦用坟墓里挖出来的尸体制造"人造人"的故事。

*

正确诊断可以救命，正确诊断让生活不再难以忍受。你得到了对症治疗，你得以发声，你获得了向别人描述你状况的语言。你又相信可以把握身体状况，你又相信医学界总归有人"看见"你，认可你，而不是打发你走。你重拾希望。

有人要问，倘若是不治之症，确诊有什么意义呢？这句话普通人说过，医学界人士说过，我家人也说过。我不厌其烦地重申：不能治愈不代表毫无作为，不能治愈不代表不能求助，不能治愈不代表没有希望。有些病或许不能治愈，但总归有治疗手段，有控制方法，能获得理解。倘若不确诊，这些便是不可能的。确诊让改变成为可能，让存活成为可能。

倘若十七岁便知道埃勒斯-当洛斯综合征，便知道血色素沉着症，我又会有怎样的人生？本可以不必常年忍受疼痛和可怕的症状。恶化的魔咒，螺旋式下降，摆脱不掉的精神压抑，寻医问药的绝望，遍体鳞伤也要硬撑下去，只因别人说我没病。

我想到了那些不可逆的伤害，倘若它们从未发生，倘若得以避免，会怎样？我想到了那些毫无意义的侵入性检查，不对症治疗，羞辱的、居高临下的问诊，还有那些告诫我"停止"的医生。倘若在正确时间提出正确问题，这一切都可以避免。我看的几十位医生里，哪怕只有一位问了正确的问题，作出正确解读呢？哪怕只有一位知道如何把回答化作改变呢？

我想到的不仅是身体伤害，还有情感伤害。本可以避免的情感伤害：那些年的疑惧、不信任、创伤，踏进诊室的恐慌，害怕被打发回家，害怕别人不相信自己。倘若不纠结于是否被信任，我会长成什么样呢？

我想到了那些瞬间，医生才打开一条缝，又啪地把门关上，我在那一开一关中毁掉了多少次？

我想到了因我控制不了病情，一次次被暂停、被推迟的生活。要是有人——哪怕只有一个人——在2013年、2009年、2004年、1997年提出正确问题，一切都能避免，还有1995年、1994年、1986年、1984年、1982年，年复一年。

基　因

散步时，我常常生出一种感觉——尤其走在狭长、倾斜的小径，小径两旁长满树，树根裸露，一旁或许还有条沟——我感到深深的原始的恐惧，无声的恐惧。那情绪升自体内，又不在自身，仿佛在听不到的波段接收了一条信息，来自陆地或来自小径。它穿越不堪的过去，苦难的历史，在林间回响。我会想，这里是不是发生过不幸的事，或许这片土地生气了。我会想，我不属于这里，有些重要的事情我无法理解，我会伤害它。我知道这很傻，但我真切地感觉到了，无法用理性消解。

每每生出这种情绪，我便会想到克雷斯韦尔峭壁[①]。我把此情与彼地联系起来。或许第一次经历这情绪便是在那里，或许不是。总之是我记忆里第一次，第一次把一种情绪与特定的地点联系起来。

克雷斯韦尔峭壁是诺丁汉郡与德比郡交界处的石灰岩峡谷。两个郡分列峡谷两侧。平坦的峡谷间有水，两边是高耸的石灰岩。我七八岁时，学校组织去郊游。古人类和

---

① 英格兰德比郡和诺丁汉郡边境的石灰岩峡谷。英国唯一一处展示冰河时代洞窟艺术的古迹。

动物住在迷宫般的岩洞里——很难想象那些动物离城镇那么近——洞穴狮、长毛猛犸象、巨大的野牛、巨型麋鹿。它们在洞穴里栖居、保存、出土。自十九世纪 70 年代以来，人们就开始挖掘洞里的化石，用炸药炸。直至二十一世纪初，考古学家仍有新发现。

*

知道自己病了，意味着重新看待自己。怀着新理解，重新看待过去；怀着新期待，重新看待未来。

或许你会发现，你对自己太苛刻，一如你对别人，一如别人对你。毕竟，你一直在努力保持健康。毕竟，你没有故意让自己生病，也没有臆想自己生病。不知何故，旁人总认为你为了某种原因故意生病，无病呻吟。如今，你开始聆听身体的信号，重新相信自己。

患遗传病，意味着异常，但不孤单。你基因突变，但你不是唯一，而是之一。遗传病在于遗传，在于归属。你、像你一样的人排成延绵的队伍。你同他们，他们同你是一类。患遗传病，意味着你是复数，是许多。你是迎风招展家族树的一个小角落，你的新家族，基因突变之家，而你的身影亦映照在每一片叶子上。

要理解遗传的重要性，便要沿时间线往回看。望向远处，寻找你的源头，或定睛看其间一个点——找到自己。你来自那群人吗？他们像你一样携带突变基因吗？是他，还是他把突变传给你？他们与你有同样的感觉吗？倘若是，他们又如何活着？

意义不像诊断信，在某天突然降临。它日积月累，它一层一层沉积在碎片、在念头、在只言片语里。单独看毫无意义，合起来便是一整个知识体系。

确诊后，我回望，发现一切都不一样了。奇怪的眩晕感笼罩着我，我仿佛置身幽暗洞穴里的一条小径，不知何去何从。

*

遗传性血色素沉着症是由HFE基因6号染色体多种突变引起的。1996年，人们发现了它在铁过载中的作用。差不多也是那时候，我第一次出现铁过载症状，确诊则是二十年以后的事了。

最常见的两种基因突变是C282Y和H63D，此外，研究发现，许多其他突变也会造成基因功能异常，使人出现铁过载现象。

长期以来，人们认为C282Y突变源于北欧人或凯尔特人，由维京人沿海岸线传播。这一理论既符合逻辑又符合直觉。至今，C282Y突变发生频率最高的仍然是北欧人聚居地区。还有一种历史浪漫主义色彩——一种符合民族与跨民族身份颇引人入胜的叙事。当你觉得虚弱，当你无法适应现实生活，想想你是人尽皆知的战士的后代，或许会稍感宽慰，你体内淌着战士、艺术家、讲故事的人、诗人的血。

*

克雷斯韦尔峭壁之旅前几年，我在另一所学校就读。当时，我们在读一本关于穴居人的书，是冰河时代一对兄妹的故事，还有一头猛犸象，是他们的朋友或宠物。记得那是本图画书，我们在课堂上一起读。当然，这一切也可能是我的演绎。如今，不管用什么关键字都搜索不到那本书了。记得那对兄妹善良又勇敢。我在作业里画他们，兄妹俩站在洞口篝火两边。我花了很长时间涂色，表现篝火的光晕，远古的质感。当天，妈妈的一位朋友来家里喝咖啡。我把画拿给妈妈看，她朋友说："我可不想在晚上遇见这二位！"她口气是在开玩笑，但觉得穴居人可怕却是真的。我又羞又愤。这伤人的侮辱仿佛不是针对我，而是针对我的尼安德特人朋友。是我画得不好吗？我没能画出他们的善良？没把洞穴画出庇护所的感觉？

*

克雷斯韦尔峭壁是一个黑暗的地方，在那里，黑暗与时间和死亡共谋。太长时间，太多死亡，数字大到记不住，5000 年，50000 年。我想象着我走在格雷斯韦尔峭壁的地下小径，没人牵我的手，我跌进深渊，它那么深，将我从历史中抛出；我掉进冰河时代，躺着，一动不动，支离破碎，直至饿死，没人发现我的尸体。这就是他们说的将会发生的事。

*

基因突变也是移民的历史、侵略的历史，或二者兼有，是一部定居史、征服史、通婚史、攻击。历史的深坑，漆黑一团。无法确定到底发生着什么。

血色素沉着症被称作"凯尔特诅咒"。它对来自传统凯尔特地区的人影响格外大，尽管这地区范围尚无定论。血色素沉着症患者在爱尔兰岛最集中，据说，每83人便有1人患病。"凯尔特诅咒"洋溢着莫名的自豪，有种归属感：血色素沉着症（历史更久远的）是爱尔兰神话的一部分，爱尔兰身份的一部分。倘若你患有血色素沉着症，你至少有一部分凯尔特血统，或者你还是爱尔兰故事的一部分。如此说来，我的C282Y突变能不能带给我国民身份或艺术委员会资助呢？

这一叙事也有科学解释。2006年一项旨在"证实C282Y突变之爱尔兰起源的研究将突变的传播指向维京袭击者、殖民者"。一些研究论文认为，C282Y突变有约1200—2000年的历史。2004年，另一个研究团队则认为，此前的研究在时间上存在误解，突变发生在公元前4000年的欧洲大陆，然后被引入爱尔兰。还有一些研究认为源头是斯堪的纳维亚，从那里传播开来。

千年间,这种突变通过移民、侵略、殖民遍及全球,这对发源地意味着什么呢?

H63D更古老,它的起源至今是个谜。这种突变多发地"分布在与地中海、中东、印度次大陆接壤的国家"。我曾读到有人称其为"伊比利亚突变",尽管它更可能起源于北非。它也在斯里兰卡人中独立出现——突变是对外部压力的反应。

人们提到维京突变、西班牙突变,往往带着激动与自豪,仿佛找到了失散多年的亲人。与过去的血缘联系给人们带来了亲密,一下子人性化起来,也造就了你的血统。

2013年,布拉德利·沃特海姆在《大西洋月刊》发表文章,提到了基因突变和第一个携带突变基因的人:"我们无法确定原始携带者的身份,他(她)的居住环境。从质子到人,我们探索这种疾病的根源。然而,似乎每回答一个问题,便能引出更多的问题。"[44]

他说不可能找到原始携带者——与其浪费资源寻找,不如将资源投入支持血色素沉着症患者。然而,他还是唤起了他(她)沉重的幽魂。

*

去克雷斯韦尔峭壁的那趟旅行,学校要求父母参加。我妈妈来了,记得我当时十分兴奋,因为来的是妈妈。但现在回想起来,我不确定我兴奋是因为洞穴,还是妈妈。

出发前，我还因为妈妈去有些失望——在妈妈本不该在的场合，出现妈妈的角色，特别是我妈妈。我们乘大巴车抵达峭壁，一个女孩病了，不能进游客中心，需要有人在大巴上陪着她。老师环顾四周，我妈妈主动请缨，也可能是被选中了。或许因为她想留下，不愿徒步去洞穴，又或许她擅长照料人，知道该怎么做。无论怎样，我们剩下的人前往游客中心。

我们走出游客中心，沿峡谷深入洞穴，体验做穴居人，我们进入冰河时代，手牵手，塞塞窣窣，排成一队，向导拿一只手电筒，走在前面。没人注意到我落后了，我绊了一下，摔倒了。

*

2014年10月，我确诊埃勒斯-当洛斯综合征后北上回家，我写作，写一直被隐藏的一切。

我写家庭。

我写：

> 对未来，它意味着什么，还不知道。对过去，它是一切。

*

我生在诺丁汉，长在诺丁汉，那是座建造在洞穴、隧道之上的城市。

洞穴成就了它的历史，也是它当下的一部分。它们仿佛静脉、动脉涌动在现代城市之下,让人无法不去书写。它们将城市历史由一个洞穴带入另一个洞穴。一张隐匿的网。没人知道到底有多少洞,里面藏着什么。

千年间,人们在洞穴生活、工作。

诺丁汉人是住在洞穴里的人。你可以叫我们穴居人,这是种贬低,就像我们称呼克雷斯韦尔峭壁的居民。它象征落后、倒退、史前、返祖。人们往往错误地将穴居当作无知、粗糙的代名词。

诺丁汉有颇负盛名的洞穴和甬道,如莫蒂默洞。它以罗杰·莫蒂默命名。莫蒂默篡夺了爱德华二世的王位,做了他妻子伊莎贝拉皇后的情人。后来,年轻的爱德华三世派人通过洞穴进入诺丁汉城堡,废黜了莫蒂默。莫蒂默作为叛徒被审判,被处决。

诺丁汉还有数百个无名洞。

我们学校更衣室便建在砂岩中,一如这座城市所有老房子的地下室。我们称之为"地牢"。一些区域被栅栏隔开,不允许我们进入,我们知道栅栏意味着什么:"地牢"是地下世界的冰山一角,是迷宫的上层房间。更深处还有洞穴,它们由一甬道连接,在一间间教室和操场下绵延。

在克雷斯韦尔峭壁,我们穿过一个又一个洞穴,深入时间,又被抛回。这种穿越,在布满洞穴的城市便开始了。在学校,我们在洞口集合,奔向另一个洞口。我从没把二者联系起来。

我关于诊断的博客文章草稿里保留了《今日东米德兰》上市议会考古学家的一句话：

> 那么多洞穴主人竟以为市议会知道他们的洞，不可思议。[45]

这是巧合。当时，我没觉得我身体同这城市有联系，同它隐秘的连接、尘封的历史有联系，同它一个个的迷宫有联系。但我像那些建在洞穴上的房主人一样，以为人人都知道那波澜不惊的表面之下是什么。房子矗立着，就像从石头里凿出来的。多年来，我不假思索地坚信，如果我身体里有洞，我肯定知道，看着我的人也肯定知道。我感知得到缺席和在场，感知得到虚空和集聚。我坚信，权威人士一定也看得见，一定有地图，有规章。然而，倘若我不再是我，又能指望谁看得见铺在我皮肤下的那张网呢？

*

2016年6月，埃勒斯-当洛斯综合征肠胃科医生说我的铁蛋白水平高，我说我听说过血色素沉着症，她颇为惊讶。就在前一周，我妈妈也检测出铁蛋白水平过高。她查阅了一些资料，我们讨论过这对我们意味着什么。

当年，基因检测证实我两条染色体都存在C282Y突变。一条染色体来自母亲，一条染色体来自父亲，这表明他们都是突变基因携带者。

基因

当时,我们对"凯尔特诅咒"已有所了解,因此,母亲基因检测结果显示 C282Y-H63D 杂合突变,我们并不惊讶。她一条染色体存在 C282Y 突变,另一条存在 H63D 突变,分别来自她父母。母亲家族在苏格兰西南部历史悠久,深受一切"凯尔特诅咒"影响。

然而,我父亲也是 C282Y-H63D 杂合突变,同样分别来自他父母。他家族在诺丁汉住了数百年,诺丁汉被称为英格兰最封闭的内陆郡,丝毫不受挪威船只和爱尔兰的影响。这些突变又揭示了哪些不为人知的家族史呢?

一条狭窄的石头路,手电光照下几乎看不见,两边是无尽黑暗。远远传来向导的声音:"你左手边有个水塘,里面发现过一具孩童尸骨,上万年前,他/她掉进洞里,爬不出来,浑身是伤,又没有食物,最终死掉了。你的右边是个洞,没人知道它到底多深。"

我以为死亡便是这样发生的:确定或不确定地跌落。在黑暗里,我要是撒开绳子,向前迈出一步,会不会感觉不到自己是不是太靠左或者太靠右了?在幽暗昏惑的光线里,能站直,能踩在地上就不容易了。倘若我的腿一直迈向前,回到二十世纪,而身子失去平衡,被时间碎片绊倒,又会如何?要过多少个世纪,他们才会带着小铲子、小刷子挖掘我的遗骸?

从此以后,我便被称为"克雷斯韦尔女孩"。

*

2015年，贝尔法斯特女王大学考古队和都柏林圣三一学院遗传学家合作，对四五千年前生活在爱尔兰的四个人进行了基因组测序：一名新石器时代的女性，三名青铜时代早期的男性。

女性遗骸是1855年在"巨人之戒"石阵一个通道墓穴中挖掘出来的，被称作"巴利纳哈蒂女人"。她的基因构成表明，她长着深色头发、眼睛，有近东血统。她还携带H63D突变。

三名男性遗骸是在拉斯林岛一个酒吧停车场坍塌的石墓里发现的，带有东欧大草原基因，其中一人携带C282Y突变。

论文称这是"首次发现史前时期孟德尔疾病变异"，是由单个基因突变引发遗传性疾病的最早证据。这是所有此类现象的最早证据，不单是爱尔兰岛，也不单是血色素沉着症。

他们的研究推翻了此前关于爱尔兰文化、语言起源与发展的结论，也推翻了关于血色素沉着症的结论。

他们发现，C282Y突变——"维京"突变和H63D突变在爱尔兰已经存在4000年，远早于维京侵略者和定居者沿海岸线散布基因的时间。

5200年前，"巴利纳哈蒂女人"在如今的贝尔法斯特以南种地,H63D便已编织进爱尔兰故事,千年以后,大规模移民又将C282Y带到爱尔兰。

三一学院和女王大学宣传文章称,这个项目"开启了基因的时间之旅"。[46]

*

几个世纪前,我的祖先是农业劳动者。从威尔特(Wiltshire)到诺丁汉,从拉纳克到邓弗里斯,他们在各自的田里干着同样的活。当土地不再肥沃,一些人转行做了绳索工,成了各行各业的劳动者,变为工程师、发明家;一些人进城做了警察;一些人移居小镇,成了油漆工、装潢师;一些人从战场归来,肺部受伤,再不能刷油漆;一些人终身卧床。那些我听说过的祖先,他们的形象在我脑海一一闪过,我不禁问,是你吗?是你吗?是你吗?

我在家族史里寻找线索,我研究那些早逝的人。

爸爸那边有派克罗夫特奶奶,常年卧病在床。我父亲还是孩子时,家人允许他进屋探望。她名字叫莉莉,是爸爸的外祖母,我爸爸母亲罗威娜的母亲。莉莉曾经在瑞士一家疗养院住过,从一张床到遥远的另一张床。回国后,她还病着。她回到了原来的地方,在床上度过余生。

人人都有肠胃问题,人人都病了。

我让爸爸回忆,帮我找到线索。莉莉有三个孩子:莱斯利、玛格丽特、罗威纳。爸爸记得玛格丽特,用他的话说是个"怪人"。"她高高瘦瘦,皮包骨,看起来很纤弱。"

我们琢磨,他描述的是不是马凡氏体征——她肢体不成比例的瘦长,是埃勒斯-当洛斯综合征的表现——但据爸爸所知,她死于肺结核。父亲在学校体检中发现肺结核抗体,这才意识到自己家人被传染了。

缪尔家——我妈妈父亲这边的家族——我怀疑有一支男性亲族大都在四十多岁就去世了。我外祖父童年患骨髓炎,后来又患胰腺癌,癌症扩散了。布莱克洛克家有狭窄的马凡氏下巴和细长的胳膊,还有代代相传的疾病,他们早晚要心衰,要患糖尿病。

我外祖母佩吉,九个孩子中排倒数第三,她让我骑在她背上,像骑马一样在前院里转圈儿。她做的薯片格外好吃。每次她来我家小住,我早上便要爬上她的床,她教我画画。她牙齿掉光了。她上颚太窄、太高,假牙不合适,总是坏。她织毛衣总把袖子织长几英寸,这样才能盖住我妈妈、我兄弟和我的手腕。

我向妈妈打听她母亲的家族,她讲了九个人情况:杰克、汤姆、琼、杰西(1型糖尿病),南(1型糖尿病),玛丽(2型糖尿病),佩吉(2型糖尿病),大卫和菲亚(1型糖尿病和癫痫)。老二汤姆,成年后被确诊为"播散性硬化症",现在通常称为多发性硬化症。他拄拐,骑单座电动车。菲亚——也叫索菲亚——总这里那里不舒服。

基因

我外祖母佩吉以及她母亲杰西都在 79 岁突发心脏病。她们都患有 2 型糖尿病。杰西一辈子生活在农村,没有自来水,没有电。她用农场牛奶在煎锅里做苏打饼。

大卫,我外祖母最亲近的兄弟,年近七十突发心脏病。他们的父亲大卫·亨德森·布莱克洛克七十二岁死于心脏病。

在父母两个家族,我感到的是愧疚,不是同谋,一阵亲近感油然而生。我觉得,最有可能把病遗传给我的人,也是我最感亲近的人。我怀疑他们,因为我们不只是熟悉,而是相像,我们是家族里的家族。突变、双突变隐藏于其余人中。

你是那个人吗?

*

我们走出凹凹凸凸的洞穴,重又沐浴在日光下,除了留在大巴上的妈妈和女孩,所有人都在,难以置信。一切是 1988 年的样子,没人遭遇披毛犀、弯齿狮子。没人注意到我还在洞里。有个令人毛骨悚然的想法,我们,或者我根本没出来。因为之后生活太荒唐,仿佛是漫长的坠落之中或之后的一场梦。

我时不时琢磨"怪人"（fey）这个词。描述某人是"怪人"，或者被人描述成"怪人"，是哪般感受？

我首先想到的是"脆弱""容易受伤害"——不为这个世界而生，不属于这个世界。

当我不确定如何看待一个词，为什么总要想到一个词，便去查它的历史，翻找那在时间长河中丢失、埋藏的意义。词源词典里写"怪人"（fey）来自古英语"fæge"，古挪威语feigr，意思是胆怯、软弱、懦弱、将死，运数如此，命中注定。它与死前兴奋有联系。"怪人"心智混乱，如将死之人。

字典里写"敌人"（foe）演变自同一个词根。注定要死的也是我们的"敌人"。超自然的也注定要死，一如敌人。它展现出超自然特质，它不属于此地，不是我们中的一员。

除非我们是"它"，我们是"怪人"，那么我们也将接近死亡，我们能看到死亡身后，看穿它，与超自然特质产生共鸣。

我在想，病人本质上是否就是"怪人"。

索尼娅·胡贝尔在《痛苦的女人拿走你的钥匙》(*Pain Woman Takes Your Keys*)中将病人王国的居民称作"好巫师和坏巫师，拥有双重视域的人"[47]，我们知道，我们见过，我们预见。

基因

2020年7月,爱丽丝·王[①]在推特上写"残疾人是现代先知"。古代所谓的"先知"不来自超自然,而来自经验与知识。我们知道健康状态多不稳定,病重多乏味多可怕,我们知道一场已知疾病的小感染,也可能在易感身体里发生催化作用,造成灾难性后果。健康不是理所当然,不是美德,不受控制。一场事故、一次感染便能造成残疾。爱丽丝·王在一篇文章里详述:"残疾人知道易损、依赖是什么况味。我们是现代先知。人们应该听听我们的了。"[48]

艾比·诺曼[②]在《问问我的子宫》中写道,她坚信自己有健康问题,却不断被医生打发回家,就像"卡桑德拉神话"[③],"她的预言能力连自己也救不了。"[49] 我也常常以此自况。这两年,我叫自己"慢性病卡桑德拉",我被健康预言困扰,我无力阻止它们发生。我们的警报,我们谨慎的请求,一如我们的症状,被视为歇斯底里。预言有什么益处?倘若它让正常人惊恐,倘若它救不了别人,救不了自己。

---

① 爱丽丝·王,美国残疾人权利活动人士、作家、编辑。
② 艾比·诺曼,美国科学作家。
③ 卡桑德拉,希腊、罗马神话中特洛伊的公主,阿波罗的祭司。因神蛇以舌为她洗耳或阿波罗的赐予而有预言能力,又因抗拒阿波罗,预言不被人相信。特洛伊战争后被阿伽门农俘虏,遭克吕泰涅斯特拉杀害。

米歇尔·伦特·赫希①认为，人无法忍受疾病，因为疾病让人想到死。她想到自己，作为年轻残疾女性，人人能看见她与死亡的"明显联系"。健康人厌弃她：她散发"死亡气息"，没人想要，没人愿意想起。她写到，一次濒死经历后，仿佛走到哪里头上都顶着一小团"死亡之云"，人们当她是鬼魂一样与她交谈。[50]

有时我会想，倘若我真是鬼魂，人们或许会严肃对待我的警告，相信我提供的宝贵信息。但我觉得我确实像鬼魂，毫无牵连地漂浮在自己的生活里。我感到死亡阴云如一团烟雾，将我与单纯的生活隔开。

妈妈不止一次说过，我们家——她们家——有预见能力。我想知道那是什么意思。能预见的人是否与时间有复杂关系？或多或少是个"怪人"？生活在另一个王国，或至少有时生活在另一个王国？是拥有双重视域的病人死亡气太重，还是能看到洞穴深处的人？因为他们就在那儿，到过那儿，知道跌落是什么感觉？

*

我们家有个讲了千万遍的笑话——我们肯定跟罗布·

---

① 米歇尔·伦特·赫希，编辑、作家。首本著作《看不见》融合新闻纪实、专辑，探讨性别、健康、不平等问题。

基因

罗伊①有血缘关系,因为罗布·罗伊长着颇负盛名的长胳膊,跟我们一样。我哥哥有一张同罗布·罗伊雕像的合影。罗布·罗伊的长胳膊垂下来与我还是少年的哥哥指尖相碰。红褐色卷发,九十年代帘式刘海,长长的四肢彰显着他们的"合法继承关系"——两人胳膊穿越时空伸向我——我们要把所有英雄纳入家谱,哪怕是劫富济贫的强盗。

很早以前,我便对 N 讲了这故事,当时,我们因诗歌和胳膊长结缘。我们国籍不同、家族故事各异,但我们认定彼此是长臂姐妹,冷血寻盐者姐妹。多年后,我得知胳膊长不单是怪,而且是种病。我为她做与我同样的测量检查。我让她面对小屋的墙站着,伸平胳膊,测量两端指尖的距离。同当年我的医生一样,我测了两次才敢确定,才终于相信自己的诊断——她是我见过胳膊最长的。

N 到中国参观杜甫故居后,寄给我一张她在杜甫雕像前的照片:她颇有诗意的纤纤长臂与杜甫的胳膊十分和谐。她在邮件里写:"看看他的胳膊,多符合马凡氏体征,不是吗?"

我们是长臂姐妹,是诗人、剑圣和民间英雄的后裔。

我知道,我知道,那些不过是雕像,不是他们本来的样子,也不是他们本来的身体比例,但我们的心,我们的

---

① 罗布·罗伊,出生于苏格兰,被誉为"苏格兰的罗宾汉"。1712 年开始打家劫舍,1722 年被捕,晚年加入天主教。

胳膊无一不在诉说,我们和他们,他们和我们是一类。不能让他们成为我们的一员吗?

我们渴望在历史中看见自己,我们渴望属于,也渴望被属于。

我搜索长臂罗布·罗伊的资料,笑出了泪。第一条说:"他胳膊极长,不必弯身便能系吊袜带。"下一条详述了"非常长的胳膊":"胳膊长让他在剑斗中获得优势。"再下一条讲了长臂传说的渊源。沃尔特·司各特爵士住在鸽舍时,不堪忍受华兹华斯的粥,从客房窗户逃出去,到酒吧吃早餐。正是这位司各特让罗布·罗伊天生长臂的形象深入人心。

威廉·哈奇森·穆雷①认为,司各特不了解高地人喜欢喜剧性夸张,但长胳膊形象在人们心中根深蒂固。一个介绍苏格兰部族的网站描述他的长胳膊是"遗传的"。

司各特在1818年出版的著名小说《罗伊的一生》中说道,罗伊的骨架打破了对称规则、黄金分割和标准比例。

> 这人有两处打破了对称规则:与身高相比,肩膀太宽,尽管他很瘦,但仍给人种方正的感觉。他胳膊虽说圆润、肌肉发达、有劲儿,但太长了,显得有些畸形。后来我听说他颇以长臂为荣,穿高地服装时,

---

① 威廉·哈奇森·穆雷,苏格兰登山家、作家。

他不必弯身便能系吊袜带。另外,他的长臂使起大刀来也极具优势,十足灵活。[51]

司各特有他自己的参照,他使用考古学和民间传说语言,把罗伊变成非人类或前人类残余。

> 不对称……让他显得狂野、不规矩、非凡,不禁让人想到那些传说……远古时代,皮克特人践踏诺森伯兰郡……半妖半人,像这个男人一样以勇气、狡猾、凶猛、长臂、方肩闻名于世。

在司各特笔下,罗伊是传说中的古老人种在当代的投射,时代之外的生物——血统造成的返祖,一长串基因突变的末尾,皮克特人或妖精。

毫不奇怪,罗布·罗伊以自己名字命名山洞,他和他的长臂藏身于此,躲避当时的法律制裁。

*

1893年,民俗学家戴维·麦克里奇提出,仙子进入神话前真实存在过。两个世纪间,这个被遗忘的种族"成了不真实、不可能的存在"。[52]像皮克特人一样,仙子不是什么灵异物种,而是实实在在的人,他们的身份、文化被历史剥夺、吞噬。关于仙女的故事和"绝对虚幻的生物"是对他们祖先和部落的错误记忆,之后又被写入小说。这个观点并不新鲜,九十年前,詹姆斯·克里里在他流传颇广的诗歌《高地之行》里便写过。只不过,麦克里奇借助来自司各特的线索,让克里里的理论更可信。

他的主要论点基于仙子和皮克特人据说都住在或曾经住在地下——挖一个洞,以草皮覆之,便是他们的居所。众所周知,仙境往往在地下,在洞穴里。向下,向下,深入另一个地方,影子王国。在凯斯内斯,皮克特人房屋残迹被称作"wags",源于凯尔特语,意思是"小洞穴"。皮克特人房屋的另一个凯尔特名称,麦克里奇将之翻译成"地下房屋"。然而,相比这些石头房子,我在湖区的传统小屋更像洞穴,一半在古道下面。

麦克里奇特别提到,无论英语还是凯尔特语,"洞穴"一词都不单指天然形成的洞穴。洞穴可以是人造的,正如我们会读到,人们以为的天然洞穴,可能是早已废弃的住宅,不是地质作用,而是人造出来的。

地下迷宫般的仙境之所以非同寻常,不是仙子所为,而是后来人的杰作。我们属于哪个群体?仙子,还是把仙子推入阴影的后来人?我们倘若深入地下,会记起什么?

我一直以为,"仙子"(fay)之于神奇生物,之于仙境之民相当于"怪人"(fey)之于超自然,之于将死。后来才读到 fay 是发音意外,是拼写变体。仙子(fairy)源自 fae,fata,是命运、神谕的意思。

仙子确实超自然,非凡,能预见,或许也是将死的,困在收复丧失领土的永恒战斗中。

我读到一条推文,让我想起很久以前颇熟悉的知识:

铁能杀死仙子。在后来的传说中铁又变成了银。因此，在神话中，银可以击退女巫、术士、狼人。

如今我在想仙子是不是得了血色素沉着症？铁能杀死仙子是不是为了纪念血色素沉着症在岛上的悠久历史？是不是为了纪念早在传说出现之前便携带突变基因的人？是不是为了纪念坟墓里的巴利纳哈蒂女人、青铜时代的拉斯林酋长和他的族人？纪念所有沉入地下，只存在于神话中的有遗传基因的人？

*

司各特发表小说《罗布·罗伊》前十五年，多萝西·华兹华斯将罗布·罗伊的长臂传说带到了格拉斯米尔。1803年，她和哥哥在苏格兰游历期间听了许多关于罗布·罗伊的传说，她把这些故事记在日记里。她写到，1803年8月27日，在他们住的小旅馆里，老板、老板娘聊罗布·罗伊聊到热泪盈眶，说他"是个好人"，他们讲了许多故事：

> 他是个有名的剑客，胳膊比一般人长，擅长用剑。为说明他胳膊到底多长，他们说道，他不必弯腰就能把格子袜系在膝盖下面。他们还讲了几个他单打独斗的故事，讲得轻松诙谐，以证明他有多厉害。

多萝西觉得这些是类型故事，她将罗伊与罗宾汉进行对照。但是，她对长臂说法坚信不疑。这些描述成了她哥哥诗的旁白，"又长又有力的手臂，叹为观止"。[53]

或许,司各特所谓"长臂罗布"就来自多萝西的日记或威廉的诗。又或许,长臂传说已成共识。司各特也是从声称记得罗布的人那里听来的,因为罗布一直活着,活在他的长臂荣耀里。

凯特·戴维斯在2018年出版的关于高地手工和编织的书《西高地之路》中专门用一章讨论了罗布·罗伊的长臂。她写到:"罗布的长臂从未真正属于他本人。"[54] 她写到,那双胳膊是"象征性的装置,翻译中丢失的比喻,传承了数世纪的误解"。戴维斯写道,长臂并非源于罗布的基因,而来自一则笑话。"长臂"在凯尔特语中是"小偷"的俗称,却按字面意思翻译成了英文。她认为,之所以将错就错流传下来是有缘由的:"我们希望我们的高地传奇更伟大、勇敢、强壮,甚至近乎怪诞。"在"胳膊比任何人都长"的夸张描述中,戴维斯看到的是不可能,是不同文化间的误解。而我则在想,说的是你吗?

*

2018年,我在哈沃登旅居写作,哈沃登村属于弗林特郡,紧邻柴郡。

在图书馆,我们可以申请特别许可,进入格拉德斯通庄园树林。在地图上,树林被标记为"越橘林"。这树林丝毫不像唐恩①那么柔软,长满苔藓,有斑驳的林子。在唐

---

① 唐恩,英国地名,位于海威科姆镇。

恩,每逢春天,越橘花在风信子、木葵、酢浆草、木紫罗兰间绽放。第一次去"越橘林",我走的是公共步行道,穿过古堡边宽阔、起伏的绿地。你还要经过哈沃登村中心锯齿形门楼的红色大门。门楼十分魔幻,特别是只开一条缝时,露出一线绿地、蓝天。

那是个明媚午后,早上下了一阵雪夹冰雹。我很想进城堡看看。城堡周围是一圈矮墙,矮墙后面是一簇簇茂密的雪莲,间杂熠熠闪光的报春花。然而,墙上装着带刺的铁丝网,插着写有"私人""视频监控"的牌子。墙上有门,门上了锁。从低处绿地望去,敦实的塔和独立的拱门在蓝天映衬下仿佛另一个季节、另一个时空。我觉得那是不能僭越的仙境,但我发现有处墙坍塌了,明显有人进去过,我动了闯进去的念头。我想到了口袋里的特别许可,想到了"越橘林",想到了做驻地作家的责任,我又回到了原路。

我离开绿地,深入需要持证进入的区域,才发觉自己做了个错误的决定。阳光照不进那里。庄园小径,淤泥深及小腿,阴暗、躁动。我顺着小径走上一座石桥,桥下水流湍急、浑浊,过了桥便是一片公园开阔地,沿着边缘走,一棵棵树零零散散地立着。路左边是片松林,簌簌作响。一只秃鹰若隐若现盘旋在林子上空。

再往前是阻挡牲畜进入的牛栏。你知道该往哪儿走,有的路上会挂"私人领地,禁止入内"的牌子,有的会挂

"持证进入"的牌子。我沿着"持证进入"走，愈发深入树林，远离村庄。小径不知在何处折返，旁边是石头墙，墙另一边是公园。灯光朦胧，地平线隐约透出21世纪工业气息：冒烟的塔楼，亮着灯的房舍。林子却仿佛另一个时空，笼罩在诡异的黑暗里。开始下冰雹了，很小。路上泥太深了，我迈出一步，臀部仿佛要脱臼了。继续往前走太痛苦，但原路返回说不定更远。我感觉很糟，预感不好，仿佛随时要摔倒，跌进树间的死水潭。

特别是最后一段路，让我生出"克雷斯韦尔峭壁"之感。经过一段斜坡，树林戛然而止，面前是漆黑的水塘，两个轮胎如死尸般漂浮在上面。小径沿庄园石墙向前延伸，左边是个斜坡，仿佛古代土垒，又仿佛是面古老的哈哈镜，再往前便是丘陵起伏的田野。斜坡上长着树，树根裸露在小径上。小径蜿蜒，为更高大、古老的树让出地方。斜坡底部积满水，不知是小溪，还是排水沟。

我走得很痛苦。我担心是不是在泥泞中转错了弯，顺着这条路恐怕根本回不去，只能越走越错，直到陷进泥里动弹不得。我左脚不听使唤，更容易摔倒了。但让我有"克雷斯韦尔峭壁"之感的还不是这些，而是这一排粗糙的树，水沟，泥泞以及彼时光影。

*

那之后好几周我都会避开林子，尤其林中央、村边、公共步道尽头、林子里的死水潭、厚重的淤泥、石墙、水沟间那树根裸露的小径，还有废弃的磨坊。正是在这条路上，我的"克雷斯韦尔峭壁"感最强烈。我甚至能听见它，仿佛犯罪剧的背景音乐。

甚至在公园那边，在古堡边宽广、开阔的丘陵地，我也能听到。公园小径与树林平行，小河流过那废弃的磨坊。那不祥之声传遍树林和泥泞山谷，仿佛一群乌鸦、寒鸦。哪怕是晴天，暖暖的阳光照在脸上，只要看向那片树林，涌上心头的依然是"克雷斯韦尔峭壁"之感。

*

在图书馆，我上网搜"克雷斯韦尔峭壁"。我不止一次查阅相关资料，上次查大概是几年前了，当时还没多少资料。如今，游客中心有了官方网站，能查到大量图片，有卫星图，有艺术家对冰河时代的想象与重构。其中一张图片里，一头长毛猛犸象走在峡谷中，景色与现在别无二致。我说"别无二致"是因为，滚动鼠标浏览图片那一刻，我方才明白，我的恐惧是具象的，在挥之不去的记忆里，树木葱茏的峡谷里淌着水，一条条沙土小路，要么环绕着它，要么从中穿过。

有一张图片，将一张当代照片与一对维多利亚时代夫妇的照片叠加在一起，致敬考古工作。还有几张小径的图片。那些洞口的图片，大多表现的是夏季，阳光明媚，丝毫不吓人。有张图片里是覆盖着厚厚积雪的峡谷,像《纳尼亚传奇》中的场景。

游客中心网站图片说明上写着"冰河时代猎人之家"。杜伦大学网页上介绍,这些洞穴是"英国旧石器时代晚期考古首要资源,是英格兰北部旧石器时代中期考古富矿"。那里保存着英国唯一旧石器时代晚期的洞穴艺术:

> 那是一组粗糙、不完整的壁雕,有一头鹿科动物(可能是壮年马鹿),一头牛科动物(可能是已经灭绝的野牛)、一匹马、几个三角形——常被解读为外阴,以及神秘的长条形,或许是长颈鸟,或许是高度抽象化的人类女性。

直至2003年人们才发现这组壁雕。此前,毫无证据表明英国存在洞穴艺术。据推测,壁雕距今有13000~15000年历史。

至于漂着尸骨的水塘或深坑以及它对面那深不见底的洞,我找不到一点相关信息。我读人们的游记,读导览手册,一无所获。

难道我记错了,掉进去的是动物不是人?两边真的是深不见底的洞吗?抑或是对黑暗与寒冷的记忆让我臆想出那深渊?这重要吗?

*

第一位在克雷斯韦尔峭壁挖掘的是克雷斯韦尔村一名

村民，他妻子梦见洞穴里埋着宝藏。没料想，这宝藏竟是灭绝动物的遗骸。

*

在阿尔弗雷德大帝的一部传记里（不确定是不是阿尔弗雷德在世时由舍伯恩主教阿塞尔撰写），诺丁汉被称作"Tigguocobauc"，古布立吞语①，意思是"洞穴之家""洞一般的房子""洞一般的住宅"。

据阿塞尔描述，一支丹麦军队从诺森布里亚出发，入侵麦西亚，向诺丁汉进军。诺丁汉，威尔士语是"Tigguocobauc"，但在拉丁语里则是"洞穴之家"。当年，丹麦军队在那里过冬。[55] 那一年是868年。

我想到了诺丁汉的挪威人，想到了我父亲家族的C282Y突变。或许，自那个九世纪的冬季开始，他们便携带了这种基因；或者是十世纪初，丹麦人与撒克逊人一同驻守诺丁汉；抑或是公元939年，诺森布里亚和都柏林的挪威国王奥拉夫·古斯弗林征服了诺丁汉，又成了这片土地的统治者。

*

在"洞穴之家"长大，你走的街道地下是洞穴；你去

---

① 曾经通行于大不列颠岛的一种古老语言，是被称为"布林顿人"的凯尔特人语言。后来它分裂成不同布立吞亚支语言：威尔士语、坎伯兰语、康瓦尔语以及布列塔尼亚语等。

拜访朋友，他们的地窖连着地下通道；你每天上学，先来到地下更衣室。你尽量不去想那庞大的、看不见的洞穴网络，不去想里面有什么。跑过装着栏杆的地下室入口，阴冷逼人，你不禁要想，它会不会将你吞噬，它会不会把什么东西咳进你体内？这种感觉挥之不去。你汗毛立起，冷彻心扉，你知道，这象征死亡，象征过去重现。一切太诡异了。那皮肤发毛的感觉就好比你说有人在我坟墓上踱步，光阴弯曲，光阴折叠。你已经在地下了，在地下某处，那未知的未来，不可知的未来，但同时，你又在那儿，在此时此刻。

*

我总把克雷斯韦尔峭壁之旅和学校组织的另一场旅行混淆，那是几年后的德比郡多夫谷地之旅。我在后来的一次作业里记录了那次旅行。作业是关于河流的，我选择了亚马孙河作为特别研究对象。我制作了一本小册子，以粉色绸带装订，封皮是红色纸板，用蜡笔弯弯曲曲画了几笔作为装饰，那明显是亚马孙河。后来，这本小册子总时不时出现在眼前。不知何故，我搬了一次又一次家，始终带着它。2017年12月，它又出现了，当时，我们在收拾两年半以前搬家带来的箱子。在新家，我从没把这箱子拆开。小册子里是我去多夫谷地的照片和旅行笔记，还有关于亚马孙河的特别介绍，我有些惊讶，我只记得亚马孙河了。

关于亚马孙河的介绍，我是从《国家地理》抄来的，但其中一幅豹猫的图，是我自己画的，我当时颇以为荣。老师在评语里写道，"你研究做得很好，但所有文字都是你自己的表达方式吗？"或许去多夫谷地正是为了完成这份关于河流的作业。多夫谷地比亚马孙更重要。多奇怪，我以前怎么没想到。

册子里有一页是关于"情人崖"的，当天，我们在那里午餐。我们还拍了张照片，我们在岩石边吃饭，俯瞰多弗河。我们的穿着代表1990年的时尚：软壳外套，彩色蝙蝠袖运动衫，一些人脖子上戴着指南针。背景里还有其他人，比如P老师，她望向别处。

册子里有一张多弗河上的鸭子照片，另有一首写得让人不敢恭维的诗，我命名为"岩石之诗"。我画了路线图，在只包括五本书的参考书目下贴了一根鸦的羽毛，我之所以知道是鸦，是因为我贴了标签，旁边用铅笔淡淡画了对号和星星，整本册子满是这些记号。册子里还用透明胶带贴着鸽子洞的明信片。如今，所有胶带都老化了，照片、明信片摇摇欲坠。当然，册子里没写我们当时走丢了，他们到处找我们，他们惊慌，他们愤怒，我们惹了大麻烦。

*

事情是这样的，我、D、H边走边聊，不知不觉便走在了队伍前面。队伍停下了，兴许是老师要讲解河流、岩石,兴许有人跌倒了,兴许有人停下来系鞋带。我们走到了一个洞口。我建议进去看看,我们都进去了。时间一分一秒流逝,我不知道过了多久。

我们从山洞里出来,其他人已不见踪影。我们呼喊,担心掉队,我们继续沿着路走,加快脚步,几乎要跑起来。我认路,这对我而言很容易,我不会出错。我爸爸是徒步爱好者。爸爸脚还不疼,妈妈膝盖还不疼的年月,我们三人周末常常去登山。那一年,我有了自己的登山靴,同成年人的没什么不同,由坚硬又不舒适的棕色皮子制成。鞋是在中央大街冰峰商店①买的。我清楚地记得在货架上看到它的情景,但不记得拥有这一件专业装备,我是高兴还是尴尬,只记得皮子一直那么坚硬。我一定要显得对路线更自信。我们沿着小路找到了一间茶室,茶室竟叫作"波莉小屋",既好笑又尴尬。

我们终于到了终点,但其他人并不在那儿。我们又去了停车场,依然不见人影。

*

回到学校,我们被叫进了一间棕色教室。我们在教室后面等着,我们被叫上前,我们被骂。这是P老师的教室,不是我们班教室。P老师一遍遍质问:"你们为什么离开队

---

① 冰峰商店,出售冻酸奶、冰激凌的商店,也出售衣服、水壶、袋子等周边商品。

伍，为什么？"或许她没说"离开队伍"，这不是她讲话的风格。想必她说的是："你们为什么要进洞？""为什么"这个词反复出现。她火力似乎集中在 H 身上，也许是因为 H 哭得太凶，也许是老师们的通病。我明白，作为老师，她不可能一视同仁。在多夫谷地之旅前，她便对我们每个人有了自己的判断。她大喊，为什么为什么为什么，仿佛摇动着 H 的身体。我印象最深的是她们的脸，涨红的脸。P 老师的脸又红又热，满是愤怒。H 的脸也是红的，抽泣着，是那种会被嘲笑的苦相。我也哭了吗？很有可能，别人一冲我喊，我总要哭。

尽管没人说，但我心里明白，这是我的错。我们之所以被骂，被要求作出解释，全都是因为我提议进山洞。我丝毫不记得 P 老师还说了什么，或许因为她说的是"你们为什么要跟她走？"而不是"你们为什么离开队伍？"是因为她更看好别人，不看好我，所以我忘了吗？

我对她们说过"不会被发现吗？"我说过"不要紧"吗？我不记得了，但很有可能。

我记住的唯有为什么，为什么，为什么。

*

2018 年 3 月，我给妈妈打视频电话。我想问问她关于三十年前这两次学校出游她记得些什么。她第一句话便是，多夫谷地发生的事责任全在她。她竟然跟我们在一起，我怎么会不记得？看看照片便不难想见她可能确实在场。照片里有我，说明拍照的人不是我。只有D、H和我看镜头。妈妈认识她俩，因为我们常在一起玩。莫非因为两次旅行妈妈都在场，我才把它们记混了吗？不单是因为小径、山洞和事故？

妈妈说多夫谷地那次是她的错，因为她跟我们在一起，她让我们走在前面。学校没提任何注意事项。她回忆到，人们三三两两走着，没人接到任何指令，因此，我们便一直朝前走。她不记得有什么山洞。

她还坚称自己从没去过克雷斯韦尔峭壁。她说，要是去了，不会不记得。她记得每一次旅行，她开始一一历数。我争辩道："那是因为，你根本没去景区，你留在了大巴车上，有个女孩病了。"

她摇摇头，态度坚决："我不可能忘。"我是在哈沃登记起这一切的，在可怖的嗡嗡声中，我琢磨着这声音的调子究竟有多高。

我又路过一个"私人领地，禁止入内"的牌子，钉在雪松布满裂纹的树干上。我在想那个我们回答不上来的问题，它的答案是否寓于多弗谷地之旅与克雷斯韦尔峭壁之旅的联系中？寓于多弗谷地灿烂阳光下的山洞与克雷斯韦尔峭壁可怖的山洞——那幽暗、饥馑岁月——的联系中？

脱离日常轨道是人之本性，甚至不止人类。它是自然的，兽性的，深深刻入我们肌理。它诱惑我们跨过不该跨越的线，翻过不该翻越的墙。因此，人有欲望线，因此，它叫作欲望线。高墙之内，"私人领地，禁止入内"之内，草总是更绿，花总是更艳，阳光总是更灿烂。

然而，脱离轨道是危险的。小径之外，人迹罕至之处，传说中会有狼，有仙子，有沼泽生物，有鬼火，有坑。在我的想象中，倘若不慎失足，你便会坠落至地心，再没人能找到你，10000年后也找不到。人们不等你，他们会愤怒。人们等你，他们也会愤怒。归来后，你便再也不是你。

*

我开始在我的旧课本里挖掘克雷斯韦尔峭壁之旅和多弗谷地之旅的证据。我得知道那两次旅行究竟发生了什么，为什么总萦绕不去。那残缺的记忆向我传递了什么信息？回老家后，我和爸爸从地下室搬出一盒子笔记本和练习本。然而，他们2010年搬家后，一切都乱作一团，里面有初中的笔记，高中的笔记，但没有一本是我要找的。

我一遍遍读，终于找到了一些线索，至少是关于多弗谷地的。其中一本笔记最后一篇文章写的是"情人崖"，日期是1990年6月21日。我没提旅行遭遇的困难和结果，只记录了攀爬和眺望，我称这山是"一千零五尺山"。

我们姑且称这文章为故事吧，里面丝毫没提山洞，没提走失,没提我们惹上了麻烦。故事的戏剧性全在风景里,全在叙述者的恐高里——"情人崖"是一处高地,巨大的锯齿状岩石俯瞰鸽子河,如同一块耸立的玻璃。他们登上岩石顶,与朋友会合,见到叙述者所谓"最动人的风景"。

老师在文章好几处打了钩,评价道:"好,一篇颇有思想的文章。"

我的字里行间丝毫不见隐藏或遗漏的痕迹。我把我小小的罪恶隐藏在壮丽风景之下。

*

我常想,我那脱离日常轨道的冲动,随心所欲的冲动,僭越的冲动,全都是基因使然。我归咎于我的外曾祖父约翰·亨利·派克罗夫特,他与我曾祖父乔治·赫伯特·阿特金共同创立了诺丁汉第一座卫理公会教堂。每个周日,他们从镇子一端步行数公里到另一端的教堂,乌鸦在空中盘旋,他们风雨无阻。

我归咎于我爸爸,他总是大步流星走在前面,他总是坐不住。而我妈妈,无论有没有人要求,她总做她认为正确的事。

然而,这些都是简化了的叙述,是为行为作出解释或寻找借口。我的恐惧围绕着服从与不服从这一问题,我之所以无法服从是因为这是遗传的,这不是我的错,是与生俱来的，祖传的，这么说显得很美好，这么说让我得以逃避僭越的责任。这是自我安慰，它能消除可恶的嗡嗡噪声，能消除我对跌倒的恐惧。这也是避免麻烦的一种方式。

多弗谷地之旅，那个麻烦之源的问题是，我们没有落在后面。我们偏离了路线，但只那么短短一会儿，只那么短短几米。我们出来后，望不见老师和同学浩浩荡荡的队伍，便想当然以为自己落在后面了。

其实，同学和老师还在我们后面。他们也以为我们落后了，怕我们走丢，便停下来等着。

而我们怕自己跟丢，加快了追赶脚步。

*

多弗谷地分布着两组山洞。雷纳德洞是在高高的石灰岩间形成的一个拱形。雷纳德是十七世纪的一个大盗，据说他要么住在洞里，要么在洞里藏了东西。这个名字与遍布全球的狐人、狐精传说有千丝万缕的联系。2014 年，几名游客在雷纳德洞旁边一个叫"雷纳德厨房"的小洞里发现了四枚罗马和铁器时代晚期的硬币，顺着这个线索又发现了一批同时期的硬币。其中，三枚罗马硬币可以追溯至罗马人入侵不列颠群岛之前，人们不禁要问，它们是如何到了这洞里？它们属于谁？它们代表什么？来自不同文明的硬币汇集一处，这还是第一例。[56]

那些硬币在洞里待了多久？它们等待被发现。无数游客爬上爬下，对硬币的来历和交易一无所知。

相比之下，其余山洞更容易进，比如两个相邻的叫"鸽子洞"的洞穴，内壁如内耳般光滑。我九岁时，已经屡次跌倒，跌怕了，不愿冒险。我引着我朋友进去的肯定是这种洞。

13000年前，鸽子洞是猎人的临时庇护所，如克雷斯韦尔的山洞一样。4500年前，新石器时代的部落把它们用作坟墓。当年，他们在周围种地，人死后，要么埋进洞里，要么埋进人造石板墓里。也许，正是这些人建造了鸽子洞村附近的"牛环"石阵，村名便来自这些洞名。

我翻看我关于河流的作业寻找线索。在参考书目与羽毛前面，贴着一张标注"多弗谷地"的明信片，上面有洞穴图片，明信片上没写洞名，我在旁边标注了"鸽子洞"。

现在看起来有些挑衅意味。我有意让老师在洞穴图片旁打钩，那正是我引朋友进去的洞穴，是让我们走散的洞穴，是一切麻烦的源头。

*

我旅居写作的最后一周，M来图书馆看我，开车带我们到附近林子里的一处城堡。我之所以听说过那城堡，是因为它是个谜。没人知道为什么有人在峡谷不上不下的地方造了一座城堡。

基因

我们凭栏而立,雪花横飞。她说我们好像站在临冬城城垛上的史塔克姐妹①。我说,我也有个名单,上面是冤枉过我的医生。这是个玩笑,又不是玩笑。

城堡之下有一条河,一块岩石,河是长满水草的河,正是河乌鸟喜欢的那种。我们看见旋木雀在枝头跳跃,但怎么找也找不见河乌鸟。我们沿着河继续走,突然进入一条狭窄的砂石路,两边是峭壁,"克雷斯韦尔峭壁感"低沉的嗡嗡声又出现了。

我尝试解释,解释我为什么写它,解释为什么想到深邃时空的眩晕感与想到基因的感觉相仿,与俯视深不可测的空间的感觉相仿。此人将"克雷斯韦尔峭壁感"缩写为CCF②。

后来,我们在树林里沿着城堡慢慢散步,我们开车回图书馆,喝茶聊天,我解释CCF如何与本体感觉相关联,解释在空间与时间中迷失自我的感觉,但我总是解释不好,好像那意义不断从我身边滑走,我从它身边滑走。

---

① 临冬城的史塔克家族是美国作家乔治·马丁的长篇历史奇幻小说系列《冰与火之歌》中虚构的显赫家族,是小说中北境之地的总领主。领主次女艾莉娅·史塔克在父亲被以叛国罪处刑后,一路逃离。艾莉娅每晚默念自己憎恨并要消灭的人的名字,渐渐形成一份暗杀名单。

② "克雷斯韦尔峭壁感"英文为Creswell Crags Feeling,英文首字母是"CCF"。

*

我外祖父尼科尔·斯特朗·缪尔五岁时腿部出现了骨髓炎。当时，抗生素还未问世，只能把坏骨头刮掉，如此这般，他的胫骨越发脆弱。他一摔倒，腿便骨折，而他又总摔倒。他踢足球，他本不该踢球，但实在热爱这项运动。然而，一旦动作不当，接触不当，腿便会骨折。每骨折一次，腿便更弱，更难彻底恢复。他的腿一次次骨折。

尼科尔总往医院跑，成了医院名人。尼科尔是万能的O型血，一旦医院有人需要输血，他们便给他打电话，抽他的血。他脆弱的身体还在挽救别人。

他十八岁那年又骨折了，医生建议截肢。他父亲同意了，但他不同意。他泡在热水里，浸透了石膏。他保住了腿，但情况很糟糕。腿部出现了窦道，从皮肤贯穿到受损的骨头。活脱脱是个人肉地陷。伤口不时流出骨头碎片和其他东西，仿佛在身体上考古，地底的东西暴露于光天化日之下。他腿上留下了永远无法愈合的伤口，不断感染。

1939年，战争爆发了，尼科尔通过了测试，应征入伍。尽管他带着敞开的、显眼的伤口，部队仍然觉得他可以赴海外执行任务。他前往切斯特菲尔德接受训练，他无法穿着沉重的军靴走路。他去看军医，军医让他穿训练鞋。即便如此，也好不了多少。他腿部状况十分糟糕，疼痛难忍。他又去找医生，医生指控他装病。军事法庭开庭前，另一位医生检查了他渗血的腿部，判断他不适合服役，他才终于回到了家，住进了医院。他腿稍好后，当了一名救护车司机。

这便是伴随妈妈长大的传奇故事，也是妈妈身在其中的传奇故事。受伤成了活着的标记。跌倒不可避免。我们过去的伤口浮出肌肤，抑或肌肤裂开，露出空洞，什么伤口也藏不住。这便是我家族史的一面，由骨折串起的家族史，不单单是我，是一代又一代人，我们跌倒，受伤，疼痛，我们继续活着。

尼科尔终其一生在医院进进出出。他六十岁那年，我妈妈在卡莱尔一家医院放射科工作，他工作时摔断了腿，是那条好腿。他告诉救护车司机，不要去邓弗里斯，去卡莱尔的坎伯兰医院，这样，妈妈便能照料他。这次跌倒改变了他们的生活。他获得了行业补偿，同时，也不必再做那些不断伤害他身体的工作了。

我记得他的残肢光滑油亮，好像胶木珠宝。这是记忆中的记忆，是模糊的，甚至可能是错乱的。他去世时我太小了，只记得零星片段和我对他的爱。

他是不是哪怕没得骨髓炎也特别容易骨折，就像我一样？他是不是一不小心便会摔倒？我不得而知。

我不确定是不是慷慨献血让他身体健康，他献血的同时也控制了血色素沉着症。无论如何，他活到让我认识他。

倘若他没有因为那条坏腿进医院，他的生活会是怎样？倘若去医院没有成为他生活一部分，他会怎样？会更好，还是更坏？

我可以想见我妈妈的人生故事，可以想见它可能会如何终结。妈妈九岁时，生了一场大病。她腹部剧痛，体温飙升，出现了幻觉，觉得屋子里有什么在动，她终日呕吐不休，神志不清。最终，一位医生朋友——尼科尔的球友，建议带妈妈去医院。医生认为她得了肺炎。然而，按照肺炎治疗没能让妈妈好起来，她躺在医院里，感到疼痛，不解，恐惧。

那一周，尼科尔开车载着医生朋友、另一位在医院工作的朋友和我们本地的药剂师去看"南方女王"比赛。比赛结束，他们发现医生朋友不见了。原来，他在看台上见到了熟人，也是个医生，他找他聊天去了。他讲自己遇到了棘手病例，有个朋友家的小女孩，怎么也治不好。

当晚，看台遇见的医生来为妈妈诊治。妈妈阑尾上有一处巨大脓肿。他们在她体内放置了引流管，给她服用了抗生素。她必须坐直，借助重力作用，让脓水从肚子的空洞里流出来。她住了六个月院，慢慢康复了，六个月后，她出院回家，阑尾被切除了。

倘若没遇见那位医生，倘若医生朋友没跳到另一个看台，倘若没有那个爱交朋友的尼科尔，我妈妈恐怕在1952年便夭折了。

基因

我外祖父的骨折史、受伤史,他和医生朋友对足球的热爱救了我妈妈一命,给妈妈一个未来。她得以继续活着,传递家族史,传递深埋在她细胞里的一切。

*

我祖父的肩膀和膝盖常常脱臼,他抵住汽车引擎盖让它们复位。直到我确诊,我才知道这段历史。爸爸从来没想到要跟我讲。我回想起阿特金爷爷奇怪的体态和他严重的静脉曲张。他是个不容易相处的人,爱他也不是容易的事。

得知他也总是骨折,我对他生出另一番感情。他和他妹妹格温妮丝都是马凡氏体征。多重证据表明他们患有结缔组织疾病,然而他们皮肤之下,还有些什么呢?

阿特金爷爷去世时,我还是少女。当时,父亲提到爷爷时不时发烧,意识错乱。他觉得,那是因为爷爷在战争期间感染了疟疾。到了二十世纪90年代,爸爸会问,他是不是患抑郁症,只不过被疟疾掩盖了?而我现在则会想,他情绪不稳定、脾气暴躁会不会跟铁过载有关?我想到了他晒得黝黑的皮肤,血色素沉着症典型的古铜色皮肤,我想,这也是你吗?

*

1998年2月5日星期四,正是我年少多病的年月,我在日记里写:

静止的蓝色:与无法治愈的疾病共存

周一晚上,我睡了十三个半小时。我梦见威尔福德山的墓园悄然爬进了我们的花园。花园院墙变作一堵短墙,渐渐与那坡度不大的斜坡融为一体,斜坡上是一排排高低各异、白雪覆盖的墓碑。

这个梦在我脑海里挥之不去,一排排墓地和墓地主人就在我们脚下,一点点爬向我们。墓地缓缓向山下移动,仿佛墓地主人在搬着它们走。他们如此接近地面。我们以为他们走了,事实上他们仍然同我们住在一起。他们与我们共生,俯视我们,动摇我们。

这个梦出现的几年前,我的四位家人在威尔福德山墓地火化。我爸爸的爸爸,我爸爸的两个叔叔,我爸爸的妈妈。

虽然我的亲人们没有尸骨埋身于此,但这却是他们身体抵达的最后一个地方。在梦里,正是他们,搬起坟墓,步步逼近。他们是来传递信息的,但我听不见。我不明白他们究竟要告诉我什么。我无法将坟墓的洞,将他们的现身以及我的病拼凑在一起,至少清醒时不能。

*

2018 年的夏天格外炎热,水库干涸,现出了一处古代村落,它的历史暴露于日光下。古代水道、建筑遗迹如漂白剂留下的痕迹,蜿蜒在草丛里。沿着哈德良长城[①],罗

---

① 公元 122 年,罗马帝国君主哈德良为防御北部皮克特人进攻,在今英国北部修建的由石头和泥土构成的横断大不列颠岛的防御工事。

马房屋的石板轮廓依稀可辨;高索普庄园的"幽灵花园"穿越时光,呈现出暗淡的黄棕色。顿河水位下降,被遗忘了数世纪的皮克特雕刻浮出水面。一时间,互联网上充斥着这些新闻,这些突然出现的历史。

一直以来,这些历史的回响始终伴随我们,只不过我们看不见。它们不是鬼魂,就如你我不是鬼魂。它们与我们共生,是人类过往的遗迹:它们坚固,它们伸手可触;它们是石头,是草,是土。

*

深入地下也是深入历史。你逐层深入,如同信息图表,如同童话。

你踏入人类早期的生活和住所,想象:自己返祖、退化成祖先的样子。

在冰冷的山洞里——随便哪处山洞——想象:你感到,你的祖先钻进你骨头里。在你洞穴般的身体里,你的骨头变形、重组。

倘若你走得够远,你恰好来到你基因突变的时刻,第一个时刻,第二个时刻——两个时刻,一瞬间,一个新物种诞生了。你见证你之所以为你的那个瞬间。是上天的旨意,是命中注定,是崭新的,又是古老的。

慢 性 病

醒来如同复活。每天清晨,你结束游离,重返相同的躯体。那震惊每日都是崭新的。入睡是挣扎,结束睡眠同样是挣扎。这是长期的,你每天都得挣扎着让自己活过来。

没人帮得了你。有时,身体不肯放你走,困你在其中。你能感觉到一切,听到一切。透过眼睑,你看见走廊上的光。你挤在一块块肌肉中间。有时,你挣脱束缚,从某条缝隙中挤出去,你梦见游泳,梦见飞翔,不受疼痛困扰。有些清晨,你得把自己从深邃、不堪想象之地拉回来,穿过岩浆,穿过地壳,穿过沉积的岁月,穿过祖先的遗骸,穿过你房子的地基、地板、地毯,穿过楼下的天花板,你房间的地面、变形的木地板、陈旧的地毯,穿过塞满紧身衣、袜子的盒子,穿过被你睡了一夜压出人形的床垫。你得强迫身体动起来,你完成早上的一系列动作,你通过它们接纳重力,抚慰重力,那亦敌亦友的重力。你动动脚趾,转动脚踝,你活动小腿肌肉,直到足够安全,你方坐起,喝几口水。你的部分大脑开始活动,你一如既往地盘算着走去卫生间要耗费多少精力,你是否有足够的力量站起来。

慢性病

*

慢性（chronic）来自希腊语"*khronikos*"（时间、与时间相关的）和"*khronos*"（时）。从十五世纪起，人们用它指持续很长时间的疾病。"chronic"的字面意思"与时间相关"早就被"长期""慢性"等其他意思吞噬了。有些意思一直都在，有些意思来来去去，其中，最坏的"房客"便是"害虫"。

*

慢性病是属于时间的病。它不单持续时间长，它还改变时间，吞噬时间。它把你带入时间里，改变了你与时间的关系。慢性病是时间的终点。你所熟悉的时间湮没进慢性时间，你所熟悉的生活湮没进慢性生活。

在慢性生活里有形形色色的时间：钟表上的时间，体感时间，日历和大大小小齿轮计量的时间，掠过身体的时间，身体漂浮其中，如水的时间，平行的时间，垂直的时间，慢性时间。

*

住在格拉斯米尔的第一年，我躺在屋檐下的阁楼里，高速喷气式飞机、直升机轰鸣着飞越山谷，我感受到了德·昆西描绘的时间：重复的，有弹性的，折叠的，无穷的，将相距遥远的时间和空间捏合在一起，将连在一起的时间和空间硬生生扯开。仿佛是一本重写过的书①,思想、图像、感觉……一层覆盖一层,然而没有哪一层彻底消失。57

慢性时间把一切变成"重写本"。它揭示了时间的本质是折叠的,是任意的。时间是体感的:它不是线性的,不是渐进的,不是从一个时刻到另一个时刻,而是同时出现在所有时刻。时间是摞在一起的,是乱作一团的。时间仿佛石膏,自下而上地磨损。

一天晚上,我躺在屋檐下的床上,我发誓,我感觉到了我躺过的每一张床和未来要躺的每一张床。

*

2020年春天,世界静止了,安静了。我难以想象,格拉斯米尔会那么静。空中不再有飞机,地面也没几辆车。人类之声沉寂,自然之声便涌现出来。

每天晚上,W和我都会去公地散步。我们在晚餐后、工作前出门。从三月到仲夏,我们的散步时间越来越长。我们总是顺时针方向走,看看鸭塘里的青蛙和苍鹭,沿着林荫小路慢慢往上爬。路过金属长凳,我们从来不碰。沿着柏油路抵达杂草丛生的水塘,我们觉得那水塘是苍鹭的栖息地。在潮湿季节,总能看见苍鹭,它们或在芦苇中徘徊,或藏在垂下的枝条里,或藏在杜鹃花丛里。

---

① 抹去旧内容,另写新内容的羊皮纸、石板等。

我们爬上湖对面的峭壁,抵达一片泥泞之地,里面满是嶙峋的山石,仿佛一头头沉睡的怪兽,在茂密的树林里有上百条曲曲折折的小径。有时,我们会爬上其中一只"怪兽",俯瞰莱德尔湖。最后这几周,湖水逐渐向后退去。我们沿着一条小径走,像护城河一样绕着重重峭壁,从林子里绕出来,来到大路上,再次路过鸭塘,回到我们的房子。

每次散步都一样,又都不一样,像一种循环仪式,让我们分开又相聚。

倘若特别疲倦,或者天气不好,我们便只走到苍鹭池。我们从与柏油路平行的古道返回,古道在树林里若隐若现。从前,它也曾是交通要道,直到人们辟出另一条道路。春天,一场意外的干旱使两处水塘干涸成了树叶坑。阴雨绵绵的二月,顺着树枝疯长的野草,如今也枯萎了,仿佛是虫蛀过的灰绿色花边帘子。我称这条路为"秋之径",因为它终年覆盖着枯叶和山毛榉枝条。斗转星移,一棵棵树抽出新绿,我们不得不把身子压得越来越低,穿越这树丛。

散步时,我们并不孤独。我们与"邻居"相遇,远远同它们打招呼。有时,我们刚出家门便遇见鹿,它们在空宅子的花园里现身。我们从鸭塘往上爬,抵达长椅。有时,我们在返程路上遇见鹿,它们要么在蕨丛睡觉,要么在空地吃草。鸭塘后面是形状古怪的山谷,也有一条小径可以登顶,是条废弃的道路。山谷和鸭塘都是十九世纪 80 年代末形成的，当时，人们在这里造豪宅，砍伐树木建造房子和围墙。后来，这片荒地成了沼泽、草地和小树林，是鹿完美的藏身之地。一个雨夜，我们看见一头狍子站在山谷处一棵大树旁，我们曾见过一只仓鸮在那树间捕猎。我们看着狍子直至天黑，它的脸是白色的，如一轮满月。狍子也望着我们，并不逃走。

我们还看见一群红松鼠或从路的一边跳到另一边，或沿墙奔跑，或在花园树木间，在小径野树间你追我赶。我们散步的路线亦是一只黄褐色猫头鹰捕食的路线，我们绝对无意天天这般打扰它。有时，它坐在树枝上冲我们眨眼；有时，它与我们保持三棵树的距离。我们看见一群赫德威克羊，它们逃离田野，来此吃草，宣示主权。历史上，这片土地曾经属于它们。羊好奇地望着我们，确定我们不是冲它们而来，方才放松下来。我们看见各色的鸟，我们用应用程序辨识它们的鸣叫，在脑海里形成节奏；我们看见绝不会认错的鸟：好斗的松鸦，吵闹的鸲鹆，还有布谷、布谷叫的大杜鹃。

倘若计算好出门时间，一旦离开大路，我们便一个人也碰不见了，没有大门或栅栏作路障，也没有病毒传播者。我们很少碰见人，只有动物。你坐在公地上，聆听鸟鸣，想象两百年前，湖畔大抵也是这般。

人被确诊患慢性病后，往往会经历一系列情绪变化。我第一次听到这种说法便觉得它很像悲痛治疗。人们说，为逝去的生活感到悲痛十分正常,我们也曾健健康康,我们也曾在健康世界里创造价值。

人们说,我们会经历五个阶段:否认、愤怒、讨价还价、抑郁、接受。人们把这五个阶段绘制成一张图表,曲线起起伏伏,颇为随意。

然而,诊疗室里所有人都活在痛苦里,活在被慢性病困扰的身体里。我们早就过了所谓的五个阶段,我们早就忘了"接受"之前的情绪,我们甚至不确定究竟有没有经历过由健康到生病的转折。

我什么时候是健康的?五个阶段是从哪一刻开始的?在我每天承受疼痛之前吗?那是什么时候,八岁,九岁?在我因为疼痛、受伤、疲劳得不能每天参加活动之前吗?那是什么时候,十岁,十一岁?在我确定我确实病了,不是受伤,不是脾性古怪之前吗?那是什么时候?十六岁?那时,我当然愤怒,不只愤怒,我恐惧、抑郁、焦虑,我困惑,然而又有所期待。在我意识到我无法像正常人一样工作之前?倘若想工作,我必须得另辟蹊径。那是什么时候?二十四岁,二十五岁?还是在我承认我做不了全职工作之前?那时我三十五岁,从事全职学术工作刚满一年,我被确诊慢性病。人们说,为逝去的健康悲伤很正常,然而,我健康过吗?我悲伤,我痛苦,我因我上了那么多年学,却无法胜任我的工作而悲伤。是我十八个月那年吗?那时,我第一次骨折,我身体的轨迹便从此改变。是我内八足第一次触地，跌跌撞撞地走进这个世界那年吗？还是第一次喝牛奶，浑身出现过敏反应之前？还是我的突变基因发育成人形的那一刻？

我难道不是一生都在悲伤吗？为始终笼罩在我比例失调身体上的标准比例而悲伤。如此这般，让我悲伤的不是身体而是谎言：那般期待，坚信这副皮囊不是我的，在这个身体里的一切经历都不是真的。

*

慢性病很像伍尔夫在《论生病》里描述的状态，慢下来，几乎停止，病人"像枯枝顺流而下，像败叶在草坪上，无牵无挂，或许，那么多年来第一次，他得以抬眼看看，得以四处望望"。[58]

还有空中的慢动作：

> 云聚云散，投下阴影，一簇簇云由北向南，如同轮船，如同马车，阳光如帘，倾泻而下，太阳时隐时现，不停做着蓝与金的光影实验，云一块一块垒成堡垒，又一下散去。这无穷无尽的重复。

> 时间裂成碎片，裂成毫无牵连的一段段。时间一遍又一遍穿过身体。时间让我们等待，一个小时又一个小时，我们竖着耳朵，仿佛在等着楼梯上响起脚步声。

时间是慢性的。

慢性病

*

慢性即重复。每天醒来,像前一天一样感觉不好,甚至更糟糕,那般重复,那般枯燥。不舒服的部位不尽相同,但总是不舒服。不同里又有相同。你得运动,你得到户外去,你得按时吃药。感觉不好的日子,等着好转;感觉不错的日子,又要想:这能维持多久呢?咬紧牙关,屏息凝气,等一切结束,数毯子上的线头,数窗外的鸟,或者看完一整盒录影带,再次尝试入睡,保持睡眠状态。一遍遍重复,又有差异。努力维系白天的活动,努力维系夜晚的活动。

*

身体陷入时间无穷无尽的循环里。身体看见时间被抹去,被改写。抱恙的身体看见层层叠叠的时间同时出现。

正如哈丽雅特·马蒂诺①在《病房里的生活》中所写,时间深邃、复杂。

病房里的岁月,"历史仿佛现实生活;生活仿佛历史一般复杂,仿佛猜想一般抽象"。

倘若你病了,所有房间都是病房,病人一旦跨过门槛,健康人的房间便也成了病房。他们病恹恹呼出一口气便能

---

① 哈丽雅特·马蒂诺,英国社会学家,被公认为第一位女性社会学家。她从社会学、整体论、女性主义等角度出发,出版了很多作品。

将时间冻结。所有时间都成了病房里的时间。所有时间，痛苦的时间，痛苦的时间碎片，"时间由一系列痛苦拼凑而成，它离开，它被消灭"。[59]

在日复一日的病痛中，时间失效了，因此：

> 向我们敞开的不只是一个人的由生到死，而是一代又一代的人类传承，没有过去，未来也仿佛一眼便能望穿，那人类命运的起起伏伏。[60]

在病房里，病人张开嘴，出现的不是语言，而是过去和未来，交杂成一团，如同拼字游戏"哗"一下地从盒子里倒出来。

*

我们没有一种语言，没有一种叙事可以描述长期、无休止的情况。每个人终将抵达终点，但路程的长度决定使用的术语。

慢性病是一份全职工作，是一场团体行动，是一种生活方式。它无休无止，它挥之不去，它不堪忍受。

*

2020年，由四月转入五月，日照时间不断延长，我们出门愈发晚，我们依据鹿的出没时间调整散步的时间。

有时候，我们不走小径，而走石头路，我们走下老采石场，沿着河走到格拉斯米尔湖岸，我们穿越长满苔藓的树林，风信子在昏暗的光线下发光。我们驻足寻找房屋的遗迹，我们知道，这里曾经是棚户区，居住着修建瑟尔米尔到曼彻斯特沟渠的工人。

1886年1月，每一种报纸都刊登着同一条消息：

> 为修建瑟尔米尔水利工程，人们开始在湖区建厂，在白色青苔格拉斯米尔，一座座小屋如雨后春笋般建起，工人一批一批涌入。

我们看到过小屋的照片，它们建在光秃秃的峭壁边，一副朴素又实用的模样，贝克河成了棚户区的天然界限。一条崎岖小路通向山中小湖，在照片上，小湖是看不到的，公地隐约可见。如今，站在同一个位置却很难辨认哪是哪儿了。树木越来越茂盛，仿佛是完全不同的地方。

我们站在长满苔藓的岩石上，想象那些小屋，想象那片寸草不生的棚户区。我们沿着贝克河，看残墙，看破碎的盆盆罐罐和玻璃瓶，那是生活的痕迹，劳动者生活的痕迹。

1890年，人们推测共有450名修建水渠的工人生活在格拉斯米尔。[61]

一些人或许住在公地棚户区。如今的公地，风铃草在弯垂的松枝下摇摆，鹿在山毛榉和桦树间穿行，松鼠在高高的橡树枝间跳来跳去，橡树从岩石缝里长出芽来，仿佛它们一直在那里。但是，并非如此，这既是一片古老的林子，又是一片崭新的林子，几个世纪前，树木被砍伐一空，又在几代人闲置与荒废中一棵一棵长了出来。这林子既天然，又不天然。

你望着公地，想象它一直以来都是蛮荒之地，然而并非如此，它是边缘地带，是工业荒地。

1802年，它曾是交通要道，是牧场，它有用。多萝西·华兹华斯写道，"一群群马沿着小路奔向公地"，[62]她不得不走另一条路。她将之描述为"为一切美丽的艺术造物、自然造物而建，树林、山谷，童话般的山谷，童话般的小湖，模型一样的小山，阿尔卑斯山上的阿尔卑斯山"。[63]但是，那是有人居住的仙境，不是空空如也的世界，亦不是私人领地。多萝西接着写道："在森林里，小约翰·道森扛着一根巨大的棍子从我们身边经过。"

人们在那里工作、睡觉、散步、露营、乞讨、放马、接受罚款；人们失足掉进采石场，不幸身亡；人们遭遇采石场爆破，瞎了双眼；一个年轻姑娘曾经在一个男人腿上捅了一刀；人们在那里觅食，采摘。公地居民为权利而斗，地主们则为了自己的利益和规划，不断扩张地盘。

如今，这一切都烟消云散了，眼前只是童话般的荒野，但倘若你仔细看，便会发现它是童话般的废墟。

1829年，德·昆西将之描述为沼泽之地，是"空气里的幻影""鬼魂的沉默"。[64]

你穿越那片土地，也许你会不经意踏入谁的临时住所、借居之地。

慢性病

*

莎拉·曼古索①所描绘的时间是延续不断、同时存在的。她写道:"我从未像如今这样明白,线性时间是对真实时间,对所有时间,对永恒存在的概括。"

她认为,她对慢性病的焦虑源于定格的一个个瞬间,源于无法把生活看作是动态的。⁶⁵

*

这些日子里,我们走到哪儿都能发现过往生活的"宝藏",仿佛大地把它们顶了出来,专门展示给我们看:一只柠檬汁瓶子,瓷器碎片,退过火的厚玻璃,釉面陶瓷。有条小径布满了碎片,马赛克一样。

二月的洪水和数周的干旱揭开了过去的垃圾场。19世纪90年代,人们把垃圾倾倒在我们每日造访的小湖里,直到它作为华兹华斯的遗迹被保护起来,湖边插满警示牌。垃圾被深埋,被掩盖。当地政府承诺清理垃圾,保护风景,振兴旅游。沼泽也成了旅游目的地。然而,公地垃圾问题从来没有消失。

1957年,《兰开夏晚报》报道:"公地上满是人们丢弃的烂卷心菜、床褥、床垫、地毯、破家具、旧婴儿车。"

2020年,我们边散步边回想这一切,想曾经住在这里

---

① 莎拉·曼古索,美国作家、诗人。

的先人，曾经踏足这片土地的人。是谁丢了一只姜汁汽水瓶子？它被压在圆木下，如一只闪闪发光的绿眼睛，过往不断翻涌上来，我们没办法不注意。

*

时间在重复中流逝。在慢性生活里，时间是一遍遍重复的，枯燥、乏味。线性时间不再有意义，不再有实质内容。在我们眼里，它根本就是低级谎言。时间是一圈圈缠绕的绷带，重复的动作被粘在一起。它无法被展平成年表或遵从年表顺序一类的东西。时间是一个分格药盒，格子上分别标注一周七天，你不断填满再吃掉。就在我写作、思考的此时此刻，我意识到，我在用"按时间顺序"一词表达它根本不具有的意义——时间是前进的，它不断向前。一个时刻结束，另一个时刻开始，以此类推。这是个彻头彻尾的谎言，但正因这谎言，我们方能前行。慢性生活掩盖了时间的流逝。

*

与疾病共存意味着与不确定性共存，意味着与颠覆共存。唯一确定的是颠覆终将到来。所有计划都得围绕意外制定。一切皆在循环往复。

2020年5月，我绕着公地蓝铃花海散步，在一些瞬间，这些情绪突然涌上心头：或停下脚步喘口气，或观鸟，或将关节复位，或休息，或聆听鹿的窸窸窣窣，它无形的警觉常常将我激怒。我和 W 谈到风险,谈到病人、残疾人必须始终牢记,要考虑风险,要有应急计划。

在这之前,我从没这么彻彻底底意识到,有人从未受疾病困扰,他们对疾病之枯燥、重复一无所知。他们不知道,与疾病共存,你与时间的关系便改变了。

我回想,作为少年的我,对于计划赶不上变化作何感想。每次骨折,每次韧带断裂,我绝望地大哭,我觉得我完了,六周、八周、十二周……生活按下了暂停键。我待在家里,哪儿也去不了,几个月过去了;我接受检查,仍然一无所获,半年过去了;我求医问药,却不断误诊,半辈子过去了。我记起来了,每当正常生活被打乱,哪怕只有几周,我也觉得一切都完了。我对仍然有这心态的人深表同情。

我记起来了,当我终于明白我为何遭受这一切是怎样的心情。无数医生说我不过是臆想,但事实并非如此。我不必装作一切正常,我终于可以学着与颠覆、与变化、与重复共存。

*

"慢性"一词出现于 1829 年,形容"长期持续的状态"。

我的存在状态便是长期持续。我早上、中午、晚上都感到筋疲力尽。

当别人问"你还好吗?",你不该反问"什么是正常",你不该说,"我在漆黑的林子里漫步,漫步在你酣睡的兄弟姐妹间;我翻越荒芜的高原沼泽,我早已死去的兄弟姐妹的鬼魂散发着芬芳的香气;我在阴沉的天空下漫步,穿越我还未出生的兄弟姐妹的梦境和呢喃。"[67] 你知道,这让你充满死亡气息,这让你显得不像人类。

"慢性"是在一个又一个医生、一个又一个护士面前反复讲自己的故事。你越讲越好,或者越讲越差。你听腻了自己的声音。你漏掉细节,你无法判断哪些情况重要,哪些情况不重要。你会不会详细描述害你摔坏脚趾的那个凳子?那凳子是从慈善商店买的,你把它放在厨房里,这样,你做饭时便不必站着了。然而,这个凳子是几年前买的,那时你还不知道你为什么无法久站。你现在搬了家,凳子放不下了,于是你把它搁在了客厅里。你会不会讲,凳子是橘色的,是廉价的染色松木做成的?你会不会说,你现在很讨厌那凳子。它害你骨折,你更讨厌它了。每讲一遍,你都要稍稍改变措辞,你是你自己的编辑,抑或你会原封不动地讲。你的讲述取代了记忆,要是你讲错了,也就将错就错,你记得的唯有你的讲述而不是事件本身。谁又能保证自己的记忆毫无偏差呢?你听上去就像你自己的复制品,全然不值得信任。倘若你讲得太流畅,像是排练过,那是危险的。倘若你乐在其中或者毫不情愿,听起来便颇不可信。倘若你的讲述像是经过排练,那么同样不可信。

倘若你讲得磕磕绊绊，那么听起来便像在说谎。倘若你善于表达，那么你说你痛，肯定是在撒谎。似乎人人都知道病人讲起话来是什么样，病人看上去是什么样。似乎人人都知道疼痛不会讲话，倘若你没有词不达意，那么听起来便像在说谎。每次讲述你都会临场发挥，加入些内容，这些内容越积累越多，成了故事的一部分。你开始编辑自己的故事，感觉就像一根长矛，把自己钉在床上，哦不，像标枪。对了，就是标枪。你得克制，别用太多比喻。这样，你便会显得太聪明，深思熟虑，太可疑了，仿佛疾病是你想出来的，是你说出来的，人人都知道那是什么意思。

*

2018年2月，我在一份健康指南上读到所谓医学上无法解释的功能性症状。对于这种情况，倘若一味追求确诊反而会"引发慢性病"。

引发慢性病——仿佛是可供选择的生活方式，仿佛它能让人上瘾，仿佛人人都趋之若鹜。

2021年对残疾人、慢性病患者格外残酷，然而就在此刻，英国广播公司推出了关于"装病"的纪录片。片子取材于一个臭名昭著的 Reddit（红迪网）[①] 账号，指控慢性

[①] Reddit 是综合性新闻站点，一个去中心化的在线社区，目前是美国第五大知名网站。

病患者欺诈。它的主要内容是，人们靠彰显自己患慢性病盈利。我们不禁要问，"利"在何处？

第二年，所谓"装病"论成了舆论主流。报纸上随处可见关于装病的文章；一位小说家写了一系列以年轻慢性病患者为主人公的惊悚小说。报纸文章大写特写患慢性病的"继发性获益"。人们叫我们邪教徒，指责我们宣讲慢性病，推广慢性病。

然而，利益在哪里呢？我们控诉。我们做了几十年职业病人，没人给过我们一分一毫。

*

你每次受伤入院，都要解释自己患有埃勒斯-当洛斯综合征。埃——勒——斯，你一字一顿。你努力用最凝练的语言解释，你期待他们听进去，期待他们不要觉得被冒犯，期待他们懂得这几个字的分量。你会说，"像是过度活动？"半提问半解释，而不是直截了当地说，"你至少听说过关节过度活动吧？"——这才是你的真心话。你更不会说，"你不会从来没听说过，从来没读到过吧？在你从医生涯中，你不会从没见过一个因为过度活动受伤的人吧？"

你养精蓄锐，不把精力耗费在毫无意义的愤怒上。你若生气了，要么你的伤害是精神上的，要么你不过是想开成瘾性药物。如果身体状况允许，一定要拒绝成瘾性药物。如果不允许，也要表现出不情愿的样子。你可以说："好吧,如果你觉得这是最好的方法。"无论如何,一定不要显得迫切,无论是对药、对治疗还是对旁人的关注。也不要显得如释重负,有时,如释重负也是迫切的表现。不要总是笑,笑代表你并不痛苦。也不要表现得太痛苦,那不够真实。不要表达得太清晰,否则他们会觉得你是那种女人:太聪明,总爱添油加醋。也不要太含糊,不要翻来倒去,不要结结巴巴,也不要不知所云。他们会觉得你醉了,你太亢奋。别忘了回答他们的提问。不要反驳,不要显得比他们懂得多,那会拉开距离,现在还不是时候。他们难道会听你的建议?他们难道会相信你的话?

*

"慢性"意味着不是"急性"。"急性"剧烈、严重,但持续时间短,一瞬间陷入危机。急性(acute)源于"*acutus*",意思是"锋利、尖锐",或者比喻地说是"刺耳、穿透、狡猾"。急性是有限的,可治愈的,与时间无关。它会结束。它锋利,冲上顶峰,然后下降。

*

1998年2月9日,星期一,我写道:

> 我希望,我但愿,我祈求我好起来——越来越好——我不要从冰冷、黏滑的金字塔上滑下来,不要跌入看不见的陷阱和峡谷。倘若我后退,我大概率要跌落。

毕竟我如此擅长跌落。

*

我手里那本哈丽雅特·马蒂诺的《病房里的生活》是博文视点出版社①2003年出版的学术版。前言作者将马蒂诺置于十九世纪"病残文化"范畴。"一系列社会、历史力量使得病残主义获得了文化地位。"编辑玛丽亚·弗劳利将马蒂诺同伊丽莎白·勃朗宁②、查尔斯·达尔文、阿尔弗雷德·丁尼生③和罗伯特·史蒂文森④归作一类,他们代表了发起"自诩为病残者"运动的数百人。"自诩"是我加上的。

编辑或许还可以提一下马蒂诺对自己疾病的描述,当然,她的话不可信。毕竟,她是病残文化、"病残邪教"的一员。她走进哪个房间,哪个房间便会变作病房。她在推广慢性病,她相信自己。关于马蒂诺的病究竟是心理上还是生理上的讨论在她生前、身后从未中断,医学"煤气灯"

---

① 博文视点出版社,1985年创办,总部位于加拿大,专注于人文学科的独立学术出版商。

② 伊丽莎白·勃朗宁,被称为勃朗宁夫人,英国维多利亚时期诗人。

③ 阿尔弗雷德·丁尼生,英国维多利亚时期诗人,获得"桂冠诗人"称号。

④ 罗伯特·史蒂文森,英国苏格兰小说家、诗人、游记作家,英国文学新浪漫主义代表人物之一。

效应①持续了足足两个世纪。

这，也是慢性的。

*

索尼娅·胡贝尔描述时间"油滑、猥琐、滑腻"，抓不住，也留不下。⁶⁸ 时间从你握紧的指间流逝。时间停滞、放大。胡贝尔写道："疼痛将时间击碎成马赛克一般。"她还写道："凑近看，每一刻都如瓷片闪闪发光。""时间结缔组织间的空隙，让人生出敬畏，被炸成碎片的自我，出现在模糊的阴影里。"

不知道是不是因为我的结缔组织与旁人不同，才更能感受时间结缔组织的不同。它貌似完整，有方向性，其实不过是聚在一起的一个个瞬间，绑成一捆的一个个物体。

*

"可爱"（cute）是聪明，是漂亮，是"急性的"（acute）的一部分，倘若疾病走了，你便聪明，便漂亮。倘若不走，便全然是另一回事了。

*

当正常生活难以维系，连一周时间也很漫长，人们便会说"过一天是一天"。他们的意思是一天又一天，一天连

---

① 一种心理操纵形式，让受害人逐渐开始怀疑自己、质疑自己记忆力、感知力和判断力，结果是受害者发生认知失调等变化。

一天，而不是同时过这么多天——然而这才是慢性生活。同样的一天，一遍遍过，毫无进展，毫无变化，没感到前进，是电影《土拨鼠之日》①的肉体恐怖版。

*

1997年11月3日，我启用了新日记本。我之所以记得，是因为我在内页右边写上了我的名字和日期。本子封面是埃舍尔②的画，就是"水与天空"系列，一排排鱼变成了天鹅。内页另一面写着"我的碎片"，在下面我用另一种颜色的墨水抄了一句诗"别因我美丽、优雅而爱我"。③在本子末页，我抄下"我的爱就像一枝火红的玫瑰"，我颇有先见之明地写上了作者名字：罗伯特·彭斯④。与"别因我美丽、优雅而爱我"用了同一种颜色墨水。下一页抄着《未选择的路》⑤中的两节。在它背面，有一段没有注明日期的话：

---

① 奇幻电影，讲述气象播报员菲尔在执行任务时偶遇暴风雪，困在一天，无法前进，开启了他的重复人生。

② 埃舍尔，荷兰版画家。

③ 英国牧歌诗人约翰·威尔比的诗《别因我优雅、美丽而爱我》。

④ 罗伯特·彭斯，苏格兰诗人，在英国诗歌史上占有重要地位。他复活并丰富了苏格兰民歌，他的诗歌富有音乐性，可以歌唱。《友谊地久天长》便是彭斯所作。

⑤ 美国诗人罗伯特·弗罗斯特的诗歌，表现现实生活中人们处在十字路口无法抉择的心情。

慢性病

我翻看过去的日记，大多数内容是那么贴切，那么讽刺。倘若我当时能像现在一样清醒地剖析，我便不会羞愧、痛苦、颇感荒废。我不能写太长。上周三，我在厨房摔倒了，膝盖脱臼，右桡骨骨折。至少，我想大抵如此，我记不清了。"仿佛是一瞬间发生的事"，等我好了，我会写更多，但我现在胳膊很疼，我写不了。

*

无穷无尽地延展，一天又一天，周而复始，层层叠叠……这便是最坏的慢性病吗？它是水平的，还是竖直的？一遍遍吃药，忍受疼痛。我厌倦了吃药，厌倦了记着要吃药，它如同一根长长的线，缠绕在一天又一天上。有时，我醒来便会想，这一天又来了吗？是的，它又来了，一直如此。

*

英语课上，J夫人说，将"sssss"想象成一条奔流向前的河，你便能弄懂重复和持续的区别。

那时，我上六年级，不久前，我骨折了。我仍然清晰地记得那间教室，环绕墙摆放的低矮书架上摆满了旧课本。我仍能感受到J老师从身后走过的气流。我仿佛可以回到彼时彼刻，课桌下，我打着石膏的腿别扭地伸着，我右胳膊绑着吊带。我觉得，倘若现在伸出脚，还能踢到课桌的金属腿。

*

1998年1月21日,我在日记里回顾过去的六个月:

> 时间悄悄溜走,我什么也没学……我太疲倦了,日子就那么模模糊糊地过去,我几乎感知不到它。那些我稍稍思考过的东西显露出来,如同浓雾里的地标建筑。

然而,依然有些时刻,如此清晰可辨,触手可及。这便是慢性生活里的时间。流逝的时间,模模糊糊的时间,小岛一般的时间。

*

我一直在用"慢性"这个词,但其实我想表达的是终生,是内在,是我的一部分,与我不可分割的一部分。我的意思是,它常常又是急性的,不是历时的——从时间脱离,慢性的永恒。我的意思是,它不是有限的,而是持续,持续,持续。

我的意思是基因里带着的,来自我身体的每一个部位。

*

每天夜里,我躺在床上,放松肌肉,摆正四肢和关节,将身体从疼痛中解放出来,从清醒的束缚中解放出来。你已经颇擅长这套动作了,但每一次,每天夜里你仍然要从头学起。你希望自己或沉入睡眠,或飘入梦中,直至早晨。

让我什么都不必想，直到天明，让我熬过今晚，让我忘记一切。

*

那时，两种新药让我出现了帕金森症状。我们开车去诺丁汉，在 M6 公路上行驶了一半。如今，我每次路过纳茨福德便会想到当年的场景：我们停车，我下车时觉得特别不舒服。通往立交桥的台阶从我身边滚滚而去，我想抬脚上去，台阶越来越高；我想起，我在父母家厨房费劲儿地把水举到嘴边。我结结巴巴给老家医生打电话，请他们远程评估我的身体状况。"不不不，还还，没好好。"我去镇上临时医疗中心就诊，我结结巴巴，颤颤巍巍。医生发现了问题，提出了方案。"你得吃抗胆碱剂，但我这里没有。"我又去了女王医疗中心急诊，那场景太熟悉，我童年、少年时期不知去了多少次。多令人怀念！如今，我三十三岁了，又坐回急诊室的塑料椅子。我结结巴巴、颤颤巍巍，走完分诊程序。分诊护士转向 W 问："她以前说话这样吗？"

我们又开车回北边，因为为我看病的三位年轻医生觉得药物不会造成这些症状。我再三解释，我的家庭医生、临时中心的医生都觉得是药物问题，他们也提出了解决方案。我看着他们凑在一张圆桌上相互商量，视我如无物，他们上网搜索多潘立酮的不良反应。他们一无所获，满脸困惑，我看着他们一致认为没有治疗方法，看着他们打发我走。

在另一家医院，我向分诊护士解释之前就诊的情况。

这次，我来对了地方。凌晨，他们给我注射了针剂，颤抖立刻消失了。

医生说，"很好。药起作用的概率只有百分之五十。"

你永远无法知道等待你的是什么，重复还是被打断的重复？

*

你得做运动啊，你要到户外去，你得按时吃药。到户外去，做运动。

*

我七八岁时，忘记了如何辨认时间，我羞愧难当，不敢告诉任何人。

*

我父母送给我一只腕表作为转学礼物。他们在表盘背面刻上我的名字和日期。

我一戴上它手腕便发痒，更糟糕的是，我看着它，全然不知道是几点。

仿佛我学到的关于钟表、关于时间的一切知识都从脑子里抹掉了。我开始了艰难的自学。我顺时针一个数字一个数字地数，1、2、3……3和4，4和一个……

我忘记了钟表上的时间，抑或是，钟表时间忘记了我。

*

放学后，我和我最好的朋友常常玩一种游戏。与其说是游戏，不如说是训练。我们训练自己在不看表的情况下感知时间。我们练习感知时间在身体里、在环境下的流动。我们任它流动——直到我们准备好，然后猛地扑上去，把它按倒在地。我们清楚时间多难以捉摸，多狡猾。

我们停止游戏，我们丢盔弃甲。我们转而猜时间，我们练习准确地感知时间。我们年复一年地练习，直到像钟表一样准确。我们通过环境里一切细微变化判断时间，这些变化是凭钟表掌握时间的人永远无法注意到的。

我们像水流一般在钟表时间里进进出出。有时我们全然迷失在时间里，有时我们能精确辨认一分一秒。

我们探索时间的复杂性，探索它的多重面孔。

我们激烈游戏，在游戏世界，万事万物按照全然不同的规律运行。游戏中，我们度过广袤的、延展的梦之时间，要么数小时一瞬间便过去，要么一瞬间延展成数小时。我们起锚，航向另一个世界。我们浮出时间，仿佛过了一生，仿佛过去了几十年。

我们也同钟表时间游戏，我们把手伸进时间之流，取出一个瞬间。

如今，我早已疏于练习，但仍然做得到。大多数时候，我在梦的时间里徜徉，在此时此刻里徜徉，但倘若我想，我需要，我便能集中精力，调动我的一切技能，感知钟表的转动。

*

1841年，马蒂诺写到了慢性病的中间状态——伴随一生的疾病——她写到了身体与持续疼痛和短暂疼痛的诡异关系。

2013年，胡贝尔发表文章《疾病语法中的一天》。她写道："我不好，但也没有彻底毁掉。有时，我望着你不被疼痛困扰的柔软身体，我不记得了，我向前进，每天都是一次赌博。"

这便是慢性病。它持续不止一生，而是许多生。我们是同一个疼痛的身体，在镜子里映出无穷影像，连续的，或者竟是恒久的？

*

我度量一次次开药、验血、接受静脉切开术间的时间。

我接受血色素沉着症治疗的第一年，一个月做一次静脉切开，一次放五百多毫升血。第一个月，我一坐直便感到头晕目眩。我怕直立行走，从一个教室到另一个教室的路上，我从人行道上摔了下来。课间，我回到租住的房间，

慢性病

想尽量睡会儿,却感到一只戒灵①沿着墙穿过,它的死亡之臂从晾衣竿上指向我。第二个月,我放血的同时注射同剂量的盐水。血从一只胳膊流出,盐水从另一只胳膊流入,仿佛是一种循环,身体的循环。

抽血后第一周,是死一般的日子,时间缓慢,近乎终止。我终日躺在沙发上,挣扎着抬高脚,挣扎着起来喝水,肌肉痉挛痛得我不住地淌眼泪,我还得注意,千万不能抬头。月复一月,有时候,恢复时间短了一些,不过损失一两天。但有时,我放血第二天还好,第三天、第四天,那般痛苦又缠上我。有时,它缠着我不放,直到又要验血,又要放血,我每走一步都筋疲力尽。每天晚上,我气喘吁吁地走下可怖的楼梯,费力来到床边。每次走进病房,在我熟悉的角落里的床上躺下,我便立刻开始计算,这次它要夺走我多少日子,它什么时候来?

*

重复模糊了一切。倘若我现在还记得哪件事,要么是因为我把它写了下来,要么是因为它在黑暗中,在折叠时间中再次造访。写作是对抗慢性病的咒语。写作将时间定

---

① 英国作家托尔金所著小说《魔戒》中的生物,是魔君索隆最忠实、可怕的仆从。他们原本是九位强大而智慧的人类国王、武士、巫师等。在第二纪元,索隆赠送给他们九枚属于人类的力量之戒,从此他们便屈从于索隆的控制,并在死亡后变成恐怖的幽魂。

格,将即将化作尘埃的它们捉住。时间变成下一个瞬间,下一个,再下一个,它们没什么分别。

*

2014年10月15日星期三,我在伦敦大学学院医院确诊后写道:

> 你好,身体。我的老朋友,老伙伴,老对手,凌晨的祸根,施虐者,残破的容器,劣质的船,不合身的裤子,一切的一切,我之所以为我的一切。我的细胞(血球?通道?),我的峡谷,我的平地。我不合比例的身体部位,我的身体失调,我的突变基因。
>
> 这个身体——你好身体——一切突然有了意义,无上荣光,闻所未闻的意义。我长方形的手掌。我修长、瘦骨嶙峋的手腕,需要不断咔嗒咔嗒复位的手腕。我扭曲的骨架,这般痛苦。
>
> 一位马凡氏综合征患者走进酒吧……脸怎么那么长?
>
> 我回顾,我通过我身体感知到的一切,我重新思考。
>
> 三十四年一无所知。
>
> 三十四年承受的各种莫名痛苦。
>
> 独自一人在黑暗里挣扎。
>
> G教授说,人们不该因为不知道而受苦。

我想说,"你救了我一命",我记得我说,"我受到了启发"。

隐匿的万物浮现出来。

一直以来都隐约知道,但从不确定,一直以来隐约感到,但从不承认——空空如也的房间,窗外隐约浮现一张面孔。

你好,比常人长10.5厘米的胳膊。你好,意义,你好,透过痛苦传递出的意义。

G教授问我问题,许多许多问题,关于身体,关于病史。他问到每一个关节,每一处问题。然后他开始为我测量。胳膊平举,身体紧贴墙壁,从一个指尖量到另一个指尖。"11厘米,"他说,"这不可能吧。"他再次测量,"10.5厘米,少了0.5厘米,但还是太长了。"我们该用的词是不成比例,不是"猿臂",更不是罗布·罗伊的后代。

接下来,他弯曲、检查我的关节。髋部、肩膀、肘部、腕部,过度活动。一边膝盖——应该不是右膝盖——过度活动。扁平足。

你好,诡异、可怕的变异。你好,身体。我们忽视彼此太久了。

我写道:

> 我将获得帮助,帮助我与你对话,不再喊叫,不再崩溃,不再骨折。我们会一起变好——我们会好好相处。至少现在,我们知道了自己是谁,知道了自己是什么物种。

*

在关于慢性病的书里,我读到一篇文章,题目是《慢性病的普遍性》,书里写:

> 什么才算"病"?为什么不使用学术性不那么强的词汇呢?"干扰""问题",或者是更简单的"状况"。我们如何理解慢性病?急性、可治愈的反义词?"长期持续"这个短语不是能更好表达其中的时间维度吗?那无穷尽的治疗和痛苦。[69]

医生,我的时间感被打乱,我仿佛定住了,时间失灵了。

它不断失灵,长期失灵,这是个问题。

因失灵而痛苦,而持续痛苦是个问题。

文章作者没有找到这些问题的答案。

*

艾伦·塞缪尔[①]认为,患病的失调效应会产生时间旅行的效果。与所谓现实——社会普遍接受的时间和空

---

① 艾伦·塞缪尔,美国威斯康辛大学麦迪逊分校副教授,"残疾研究倡议"创始人。

间——脱节,我们在时间里前进、后退,我们不受线性时间制约,不受"时间之箭"制约:

> 所谓"残障时间"便是时间旅行。残疾和疾病将我们从线性时间、发展时间中抽离,将我们从正常生活的一个个阶段抽离,将我们丢进虫洞——加速向前、向后、急停、急起、枯燥地暂停、突然地终止。一些人年纪轻轻便要承受老年人才有的身体残损;一些人,无论年龄,别人都要把他们当孩子对待。为恢复线性顺序,人们用医学术语描述疾病——慢性、发展期、末期、复发。然而,被寄予"残障时间"身体的我们清楚,时间从来不是线性的。对于那些生活在正常时间庇护下的人表现出的冷静的坦率,我们无声地愤怒,或许,我们也没那么逆来顺受吧。[70]

*

1997年11月6日星期二,我写道:

> 我所记得的便是仿佛做了一场梦——模糊的片段,游离的感觉。我独自在家——爸爸和妈妈去新开业的健身房参加活动了。我在厨房餐桌上复习生物。我拿着贯叶连翘去喝水。我伴着艾拉·菲茨杰拉德的音乐穿过厨房,肯定是扭了一下,我摔倒了。我摔在放烤面包机的台子旁边,摔在果酱柜旁边,摔在黑漆漆的秤旁边。我穿着粉色短袖针织衫,"步枪"牌牛

仔裤，我涂着绿色指甲油，针织衫下面是白色T恤衫。我刚刚在冰箱里扫荡一番，从这一天开始，我一直在解决我的进食问题。我摔倒了，好疼。我大概是护住了膝盖，我记得把手从膝盖上移开，右髌骨偏右。"糟了！"我感到、看到牛仔裤底下的膝盖变形了，我的腿不再是我的腿，仿佛加了特效。那不是真的，我不再是我。我将它复位，我失败了。我觉得我必须站起来，别无他法。我必须坚强，我得站起来，我站起来了，我得打911，我得给邻居打电话（后来，我发现他们在"赫拉克勒斯"，幸好不需要他们）。然而，我一站起来，膝盖便复位了。我靠着台子休息，我卡在餐厅和工作台之间。我鼓起勇气去够电话，它那么近，但对我来说又那么远。我拿到了电话，然而我突然意识到，倘若我想让邻居来救我，我还要开门，不如现在便去把门打开。我又移动到门边，我的皮肤火烧火燎。菲茨杰拉德的音乐还在响，我大哭，与其说因为疼，不如说因为沮丧，因为愤怒。一切都毁了。

傍晚六点三十分，我们已经到医院了。从医院回家则是凌晨一点十三分。那一天太漫长，一切都毁了，然而生活还要继续，生活必须继续，这便是可悲之处。[71]

慢性病

*

所谓"同步性"便是,你在写一篇关于慢性病的文章,想喝杯咖啡休息一下,发现旁边坐着的人竟患有慢性疲劳综合征(CFS)和体位性心动过速综合征(POTS)。当然,起初你并不知情,你们都斜靠在椅子上,尽量抬高腿,你和他相互道歉才发现,你们保持这坐姿是因为同样的原因。

时间又来到 2018 年 2 月,你在旅居写作的图书馆。你开始明白,书写生病的经历便是书写时间的经历。

你走出阅览室,你想去厕所,想买杯咖啡,想在火炉边取暖。你想睡一会儿。你无法控制走廊上的灯,晚上,你把自己关在卧室,用遮光帘挡住所有门缝、窗缝,你习惯带着遮光帘旅行。每天一大早,保洁员便来到走廊,拖着吸尘器叮叮当当地穿过你的梦,你感到,你才刚进入梦乡。你睡醒后更难坐起来。早上,你觉得不舒服,头部缺血,感觉跟平常不一样。但其实,平常就是这样,你不舒服,这便是平常。

你端着咖啡到公共阅览室,来到火炉边沙发旁,你斜躺在沙发上,脚翘在方形脚凳上。你把头放低,脚抬高,避免血液淤积,你又不想引人注意。你已经深谙此道,你的坐姿或许让人唏嘘,但不会有人勒令你把脚拿下来,或者盯着你看。其实,最好的姿势是躺在地上,把脚跷在椅子上，但这样便太引人注目，你得一遍遍解释。此外，在那里，你无法用酒精缓解痛苦，有时你需要喝一杯。

另一个沙发上坐着与你姿势相同的人，你们俩的沙发呈直角摆放。你同他交谈，发现他的情况与你的相仿。这自主神经紊乱式的瘫坐。

这般与人交谈的感觉真好，不必坐直，不必道歉。你们出现同样症状，遭受同样创伤，惺惺相惜。

你们聊慢性病，聊误诊、误解，聊不自信，聊慢性病的周期性，聊不断回到原点，聊"暴发""恢复"的高峰、低谷，你们聊永远无法适应，或不能很好适应越来越小的活动半径，从家到房间到床。你说，要学着接受种种束缚，种种期待。我记得有人说可以通过做梦缓解沮丧，但你得真正进入梦境，感受梦境，把它当真，借助梦境旅行。

他说，接下来你便会遇到问题，为了不那么痛苦，我们得跟现实做哪些妥协？

我说，我觉得这一点很重要，我会在书里提到。

为了不那么痛苦，我们得跟现实做哪些妥协？

*

我读书的最后一年，大多数时间要么在睡觉，要么在失眠。夜晚，我或失眠或断断续续做梦。白天，我在不合时宜时睡着，比如在酒吧。

慢性病

1998年2月5日星期四,我写威尔福德山墓园悄然爬进我家花园的那个梦,那白雪覆盖的墓碑、草坪,我写道:

> 那晚最后一个梦里,我房间满是花花绿绿的漂亮衣服。它们搭在椅子上,挂在窗户、窗帘杆上,铺在床上,堆在地上。而我必须丢掉其中一些衣服,我绝望地整理、试穿。
>
> 当晚,我睡了十三个半小时(或者十四个半?)

死亡向我袭来,我已经没时间体味我想象出的美丽人生,我不得不放弃未来。

*

1998年2月6日星期五,我写:

> 我感觉像在梦游——我筋疲力尽,昨晚那一系列诡异的梦,历历在目,挥之不去。其中一个梦里,我像尼基塔①一样被迫成了间谍或政府特工,我和C轮流驾驶四轮摩托,驶过水坑一样的小湖,穿过茂密的丛林,上山下山,我们称之为"植物园",但它不过是个热带沼泽。最后一个梦的背景是"后侏罗纪公园",但我记不清我们居住的未来世界到底是电影小说,还是梦里的我们觉得它是真的。但我记得梦见了脾气暴

---

① 由美国导演丹尼·加农执导的电视剧。尼基塔因犯重罪被判死刑,一个秘密间谍机构将她救出并训练成间谍和杀手。

躁的彩色迅猛龙，它们会说话，我梦见了废弃的房子，我梦见边看电影《侏罗纪公园》边与一对蓝色迅猛龙喝茶。它们在阁楼上发现了我，它们说，迅猛龙总是成双成对，它们还以为屋子里没人了，后来，大概又来了一对红色迅猛龙和一对绿色迅猛龙。我梦见有人要袭击我们，我们从后院逃跑，身边还有儿童。我先帮儿童翻越铁栅栏，这时，我又在屋子旁边发现了一辆卡车，反对势力的卡车。这表明，这是一场有计划的袭击，是大自然对人类的反抗。"敌人"释放动物——恐龙——作为武器，想让我们以为我们的存在与地球生态系统格格不入。我们不停开车，开车，竟然来到一座陌生大都市，那恐惧依然没有消散。白天，这些影像挥之不去，甚至盖过了威尔福德山墓园之梦。

*

那是我旅居写作的最后一天，早上六点五十五分，我被保洁员吵醒，接着又沉入梦乡。在梦里，暴风雨摧毁了由南边出格拉斯米尔的路。眼睁睁地望着道路裂开，人人目瞪口呆。"戴斯蒙德"风暴迅速席卷环绕瑟尔米尔水库的道路，这是从北边出格拉斯米尔的唯一道路。W早早出发了，他还不知道道路已被冲坏。我开着车在他之后出发，这一切发生在我出发以后。路上车很多，没有车停下，我们穿过低木湾，经过安布塞德，它如冰山一般融化了，我们疯狂开车，沥青路面越裂越大，形成了一个个沥青小岛。我在湖边某处弃车而逃，跑进了水边一家咖啡馆，眼见水淹了法式门，没过阳台。在梦里，那湖是温德米尔，而那间咖啡馆，我后来想起来，无论装修还是地势都像德文郡索尔科姆的一家水边咖啡馆，我儿时去过的咖啡馆。有人透过法式门看到一匹马在水里挣扎。我想打开门看看，屋主大喊着制止了我。水一旦进来，我们都会变成那匹马。我记得我开车途中看见马了，它们在涨满水的湖里游着，想要寻找陆地。我得救它们，但当我终于挤出人群，有匹马已经完全被淹没了：那是一匹白马，鬃毛飘荡在水面，仿佛河里的芦苇。我问道，"它淹死了吗？我们还不能救它吗？"人们说，"它快淹死了，它动不了，它控制不了自己了。"我脱了衣服跳进水里，我想赶它上岸，我怎能见死不救？然而就在此刻，它突然变成一只长着长长棕色毛的小马，它厚厚的毛全湿了，它瑟瑟发抖。直到我醒了，我还在拍打它，帮它暖身子。

这是梦里的场景。然而，这是我在图书馆旅居时做的梦，因此，它也属于图书馆。从某种意义上讲，它还是属于洞穴的。它属于肋骨上刻着的马头，这是在英国发现的第一件旧石器时代艺术品。我到过的克雷斯韦尔峭壁便是从这根肋骨上凿出来的。我自己这个有蹄类动物，不是斑马，不是独角兽，而是落水的小马，坚忍、坚持、自力更生——古老血统的最新一环。

*

所谓慢性病便是在不同时期回到同一个地方，你以为你去到一切地方，然而，你哪儿也没去。多年后，你回到同一间诊室接受不同治疗。几十年过去了，还是那个候诊室。所谓慢性病便是超声医师引导着向你过度生长的足部神经注射，突然发现你们见过面，一年前，在同一家医院不同诊室，她对你的甲状腺进行活检。你因见到同一个人感到恐惧，又因接受不同治疗感到释然。你大笑着对超声医师和医生讲一年前的检查多恐怖，针头在颈动脉进进出出，年轻医生非常紧张，他怎样也无法取得足够的组织。你告诉他们，你靠数丑陋天花板上的斑点保持冷静，保持呼吸。你知道情况糟糕，但你仍然得呼吸，这更糟了。

你没有告诉他们的是，你突然又意识到，这是你2014年做胸腔超声检查的那间屋子。检查发现你肋骨软骨可能有炎症，但同时也发现了肋骨骨折。那次超声检查打开了一条门缝，窥见可能通向确诊的走廊。说来奇怪，这期间你再也没到过这房间，尽管每年都要做肝部超声检查。当医生把探头压进你皮肤以获取更清晰的图像时，你想到的是你的肋骨，它们多柔软。现在你又可以穿胸衣了，你忘了它们终日灼疼是什么感觉，你坏掉的那根肋骨颤了一下，它在共情，它在回忆。

慢性病

所谓慢性病便是祈求别太快回到这间屋子,但你知道,你终究是逃不掉的。

*

1997年3月6日星期四,我在日记里画了一幅画,画上有四个带箭头的圆圈,排成花瓣形状,在它旁边空白处,我写我对这个世界的看法:

圆圈,你知道的

百万个圆圈

密密麻麻交织在一起

有时你甚至无法确定到底是不是圆圈,然而它们就是。

维　持

五月初的一个傍晚，我去湖里游泳，简直妙不可言。下水前，我感到悲伤、挫败，湖则一如既往地托住了我。在粼粼波光里，我看到自己倒影在湖面上的样子，我飞越群山，在蓝天翱翔，天空亦倒映在湖里。身体在天与湖间呼吸，身体击碎了湖面，将水与天通连。我的身体只是千千万万生物中的一个。身体是可以渗透的，身体里的水溢出，湖里的水便再将它补足，这渗透性便是生命。

然而，它不能将我治愈。

一如既往，水流轻柔揉按我的肌肉、关节，没有了重力，血液不再在我头部和腿部淤积。我得以轻松地运动，不感到疼痛地运动。我在运动中感到愉悦。

然而，它不能将疼痛消除，游泳时不能，不游泳时更不能。

*

伊莱·克莱尔[①]在《辉煌的不完美》中描述了治疗的模糊性，"治疗难以把握"，"治疗拯救生命又操弄生命；治

---

① 伊莱·克莱尔，美国作家、教育家、活动人士。

疗置一些生命于另一些生命之上;治疗盈利;治疗为暴力辩护","治疗根植于对正常与不正常、自然与非自然的理解。"[72]

他写道,"治疗需要伤害",而伤害只局限于个体。

他写道,"对治疗的信念不仅将我们与过去记忆中的自己联系在一起,还与希望将来成为的自己联系在一起。"

治疗取决于消除不正常,消除病残,消除缺陷,恢复健康,恢复完整,恢复自然。

治疗要么是幻想,要么是威胁,这取决于你与过去和未来的关系。

*

每次从水里出来,我都仿佛经历了一次进化,然而,经过了这次进化,我与环境更格格不入。我跟 E 聊起过这种感觉。E 一年四季游泳,热爱那刺骨的冷。E 说,"膝盖这个器官充分说明人体设计是不合理的,它不服务于任何目的。"

每次出水,我都感觉到沉甸甸的重力,我不确定我还能不能站直,能不能把一个关节移动到另一个关节之上。我站着,那向下压的痛又一次袭来。疼痛深入髋部、足部、脚踝、肩膀。这才对,毕竟这是我的身体。

*

我与格拉斯米尔的关系便是我与水的关系。正如威廉·华兹华斯在《指南》里写的，"我为湖泊着迷，它仿佛小瑞士，一处拥有冰山、草地、清冽湖水的理想之地。"

来格拉斯米尔的第一年，我感觉自己仿佛要被雨水溶掉了。我的身体被雨水和它冲刷下来的一切填满了。我的身体是可渗透的，薄薄皮肤之下，是流动的物质，它在更大的循环中运动。这一切，我以前并不明白。这是个奇特的瞬间，在这里，我顿悟了，这便是生活，这便是我们日复一日的存在。

住进阁楼卧室的第一个月，我踏入了伊斯代尔湖泥炭般的棕色水里，我与湖达成了协议。我好久没在自然界的水里游泳了。为了来到这里，我冒险，我放弃，我改变了让我恐惧、让我不舒服的一切，我觉得我一定会得到些什么。

我觉得格拉斯米尔正在治愈我，我彻彻底底相信了这个我甚至没说出口的谎言。

我忽视了身体的喃喃低语。那是我在北方度过的第一个春天，搬到格拉斯米尔阁楼前一个月，我和大学同学在兰代尔派克山徒步。这是我多年来第一次徒步，我以为我会在爬山时晕倒或呕吐。我不得不走走停停，稍作休息。我的膝盖肿得像熟透的柿子。然而我为自己的表现感到惊喜，为自己来到的这片风景感到惊喜。我觉得自己好起来了，格拉斯米尔让我好起来了。

维持

我觉得，如果坚持走路、坚持游泳我会越来越好，越来越强壮。格拉斯米尔是我的理疗师。有人向我推荐瑜伽课，我觉得这简直是世界上最好的课，多年后，我重拾瑜伽，我感觉不错。

冬天午后，我结束在博物馆或是在家的工作后，便到榕木小径散步，我绕着格拉斯米尔湖和莱德尔湖一圈圈地走，之后再回到火炉边做我的博士研究。夏天，我与朋友一起散步到黄昏，我游泳，我大笑。

格拉斯米尔是我的良药。我相信它，我充满信心，充满爱。当它逐渐失效，我以为我只是需要更多：更多树，更多湖，更多山。我不理解，它怎么会失效？在这树、这水、这山的怀抱中我的病怎么愈发加重？这么多年过去了，我拖着病体坚持工作的这些年过去了，我依然热爱这最初的散步线路，热爱这失去效力的药。

*

克莱尔认为，治愈之根源在于复原，治愈是让时光倒流。"它根植于原始的存在状态，它依赖于一种信念，即过去存在的优于现在存在的。"[73]

几年前，我与一位气候生物学家合作一项关于气候变化的诗歌项目。科学家说，你永远不能真正恢复一处栖息地，只能建造一个不同的栖息地。当时，她在讲沼泽地恢复。她说："不是说新的更好或差，只是不同而已。"或者说，根据我的记录，她就是这么说的。一处栖息地被破坏，一系列昆虫要么死去，要么四散。一旦栖息地恢复，又引来新的一批昆虫，不同的昆虫，不更好，不更差。但永远不是原来的。她对我说:"你不可能让时光倒流。"

"治愈"的前提是曾经一切都毫无问题,身体是好的,温和的,怀着激情和礼貌执行一切命令。我从未有过这样的时光,我的身体从来不是这样。

假使身体是地球，我们便是它炽热的核心，哦不，是土壤中的菌丝网——有什么可以恢复的呢？

治愈的思想体系是将身体作为一座花园，作为一处小农场，作为风景优美的公园，"经营"：给身体除草，施肥，杀虫。希望身体产量高，希望身体样貌齐整。身体是市政草坪，修剪成整齐的一条一条；身体是花坛，郁金香按规划排成错综复杂的图案绽放。

然而，身体从来不是花园，除非是伊甸园，那万物开始的地方。我们第一个家，唯一一个家。我们被逐出的地方。当然，我并不相信这个起源故事。

如今，有人谈论野蛮体魄，但其根本也是要恢复健康——在扎篱笆、除草中失掉的健康。你认为野蛮能拯救你，你认为自然的本质是善良、公平的。

大自然才不在乎你野蛮的身体是不是完整。倘若让它帮你重新野蛮，它会把你塞进泥土里。

维持

*

维持期是治疗血色素沉着症的一个阶段，此时，你体内的铁降至安全水平。对于健康而言，这是理想水平。医生希望你维持这个水平。医生希望你好好维持，仿佛你是一个体育场，一处共享建筑。

适可而止很重要，一切皆如此。

衡量体内沉淀的铁以及循环中的铁的指标有很多，但对血色素沉着症而言，最重要的是血清铁蛋白水平和转铁蛋白饱和度。

铁蛋白是一种蛋白质，它将铁储存在人体组织并根据需要释放，血液中也有少量铁蛋白，作为传输工具，将铁运送到各个器官。铁与蛋白质结合，通过血液输送到目的器官。血清铁蛋白测试中测量的便是这部分作为运输工具的铁蛋白。

如果体内铁含量增加，血清铁蛋白水平会升高，但是，炎症也会引起血清铁蛋白升高。因此，血清铁蛋白不是诊断血色素沉着症的唯一指标。然而，一旦确诊，它便成为衡量体内铁含量的理想指标。

血清铁是衡量体内铁含量的另一个指标。血清铁是血液中铁蛋白携带的铁和转铁蛋白携带的铁的总和。转铁蛋白是另一种携带铁的蛋白质。总铁结合力衡量这些蛋白质可以输送多少铁。转铁蛋白饱和度是血清铁水平除以总铁结合力，它衡量与携带蛋白质结合的铁的量。

绝大多数人的转铁蛋白饱和度在30%左右。而我则高达90%，这意味着，我体内所有载体都被占用了。我身体所有的"快递员"都忙着，他们签订的是"零工时合同"①。

2018年，英国对维持治疗的定义仍存在分歧，但不断推出新的诊断和治疗指南以实现标准化诊疗。新标准最大的变化是将血液中铁蛋白水平和转铁蛋白饱和度同时作为衡量标准。在所谓维持阶段，二者的数值都应当低于50：每升铁蛋白铁含量低于50微克；转铁蛋白浓度在50%以下。

其实，这两个指标都不理想。它展现的只是冰山一角，血色素沉着症患者永远无法窥见它的全貌。有些患者有条件做一种特殊核磁共振，可以看到各个器官的铁含量，而大多数人没有这个条件，他们无法得知血色素沉着症造成了多大伤害，是不是可逆，如果铁含量下降，损伤是不是可以恢复。

"维持阶段"正如字面意思：不能好转，只能保持稳定，我们力争把好的留下，维持，仅此而已。

---

① 雇员根据雇主需要随叫随到，工作量、工作内容和时间均不固定，没有任何保障的雇佣协议。雇员按临时工时数领取薪酬，没有工作就没有工钱。

维持

*

我在陆地上移动身体,仿佛拖着一具尸体,我自己的尸体。它太重了,它把我拽下山,拽下台阶,拽倒在地。有时候,我得用手把腿抬起来;有时候,我得请我伴侣和朋友在后面推我,帮我负担一些重量。我仿佛有两个身体,其中一个要么受重力影响格外大,要么装满了石头;另一个则格外轻,它要拖着那个重的,这让我筋疲力尽,让我绊倒,让我摔跤。

重力是我的敌人。

水是我敌人的敌人,水是我最亲密的盟友。

*

有时,我一瘸一拐跋涉到湖边,我说"跋涉",仿佛那段路无比漫长。其实,对正常人而言,从我家到湖的距离很短,可能连散步都算不上。但是,倘若你每走一步,脚、髋便一阵剧痛,倘若你哪怕只背毛巾和水杯,肩和背都觉得有千斤重,那么,短短几米就是一场马拉松。有时候,我的腿倒是没那么疼,但仿佛背着一个星球。倘若不是住得近,我根本不会去湖边,这便是近的好处。

走到湖边纵然痛苦,但水对我有益。它用它更温和、更包容的质地托举着我。从长远看,我通过游泳活动关节,保持关节润滑,防止肌无力。有人认为控制埃勒斯-当洛斯综合征的秘诀在于保持肌肉强健,它可以替代韧带固定关节，然而，不同人的肌肉是不同的，对外力的反应也不同。我唯一确定的是我在水里感觉更好。

我步入水中，双腿适应了水，我疼痛的肋骨准备好了，肩膀已经充分放松，此时，我或潜入水中或浮于水面，我从皮肤滑脱出来，进入另一个身体，它们看似一样，但感觉完全不同。水里的身体更敏捷，更自洽，更值得信赖，它信任环境，它自信。

*

自然疗法在于分散注意力。若说它有效，那是因为它让你脱离了自己，脱离了陷于其中的思维恶性循环，它让你看到你以外更大、更丰富的环境。它让你脱离自己，再将你安置回去，你便完全两样了。

自然疗法是一种应对机制，是一种自我安慰的方法，无论认知行为疗法还是神经心理学家都教授这种方法，它相当于列出你透过窗子看到的一切，相当于数数，或者金字塔冥想呼吸法[①]。它是一种管理、舒缓的工具。

自然疗法旨在分散注意力，是一种"漂绿"疗法，辨析彩虹的所有颜色，极光的所有颜色，日落及日出的所有颜色。

---

① 一种静坐冥想，通过构造一个金字塔形状的能量场来提高灵性意识和精神力量。

*

坎布里亚诗人凯特·戴维斯①形容游泳是均衡器。她患小儿麻痹症,小儿麻痹症对她造成了永久的伤害。诗集《忘记如何走路的女孩》写的便是这段经历。

她在推特上写:

> 待在开阔水域里的感觉太好了。我腿脚不好,跌跌绊绊,有时候还要摔一跤。但是,在水里,你不会跌倒,我的身体问题消失了,我与其他人平等了。[74]

在水里,你不会跌倒——这不正是我与水的关系,不正是我在水里、在水外的感受吗?

我游泳游得很快,比我同伴都快。

我纵然享受速度,然而内化了的"健全中心主义"②让我更享受这状态:在水里,我超过了比我健康、强壮、敏捷的朋友。在陆地,我总因为落后,因为动作慢向朋友道歉。其实,是我自己的"健全中心主义"让我不住想道歉,让我因自己笨拙和痛苦尴尬,因我会停下来想该往哪儿迈脚、怎么迈脚尴尬,为我内翻的脚踝尴尬。我知道

---

① 凯特·戴维斯,英国诗人,出生于坎布里亚,2013年获得北方作家奖。
② 一种歧视,表现为偏好健全人,对有身心障碍人士持有偏见或忽视这群人需要。

"健全中心主义"伤害了我,伤害了所有人,但是,在水里遨游,在水里超越的感觉太好了。

*

罗杰·迪金①在《涝灾》里写:"当你进入水中,会发生类似'变形'的改变。你离开陆地,穿透镜子般的水面,进入一个崭新世界。在那里,主要目标是生存,不是野心,不是欲望。"[75]

然而,这不是我的主要目标。对于那些不必为生存挣扎的人而言,游泳或许能让他们意识到生存才是首要的。而患病的身体无时无刻不在为生存挣扎,我的便是那患病的身体,我始终处于生存模式。

游泳关乎风险,关乎何时面对风险。

我游泳为的是避免风险,不是面对风险。

莎拉·杰奎特·雷②认为:"冒险运动最核心的吸引力在于个人挑战。个体——通常是男性,挑战大自然,他活下来了。"[76] 这印证了,自然写作中的绝对主角是凯瑟琳·杰米所谓"狂喜的孤独男性""勇敢地前进。"[77]

杰米说:"直到近几十年,我们有了食物供应系统,有

---

① 罗杰·迪金,英国作家,纪录片导演。艺术、文化、环保组织"共同基础"创始人。
② 莎拉·杰奎特·雷,美国环境人文主义学者,在加利福尼亚洪堡州立大学教授环境研究。

了发动机、疫苗、抗生素，方得以与荒蛮的自然和平相处，那曾经会置我们于死地的荒蛮之地，成了我们的乐园。"杰米所谓狂喜、孤独的男性还必得"聪明、健康、极有教养"[78]。雷称之为"野蛮身体之理想型"。[79] 斯泰西·阿莱莫①说："高能、健康的人是环境写作、环境思想的主流，是大部分环境写作的中心。"[80]

长期受疼痛折磨的人与风险的关系是不同的。疼痛不是运动或拼搏的副产品，而是不离不弃的伙伴。你所希望的是缩短与疼痛相处的时间，而不是激发疼痛。

长期受疲劳折磨的人与拼搏的关系是不同的。疲劳不是运动和拼搏的副产品，而是不离不弃的伙伴。你所希望的是尽可能别太疲劳，而不是制造疲劳。

雷问道："如果接近自然意味着身体冒险，那么对于残疾的身体，什么样的环境伦理是可行的？"[81]

倘若户外意味着生存，意味着风险，那么连正常生活都要冒险的人则被边缘化，被抹去了。

倘若你健康、有韧性、健全，那么"危及生命"便只是一场冒险，而不是不惜一切代价要避开的危机和坏事。但倘若你不游泳便整日发抖，尽管不至于肋骨骨折，但也要痛苦数周，倘若你早上起来常常动弹不得，那便不会把

---

① 斯泰西·阿莱莫，美国俄勒冈大学教授，研究环境学、新材料、文学、文化。

直面风险当作冒险。倘若你身体不是无时无刻不疼,倘若你不是在客厅走走便要骨折,在超市装袋便要脱臼,那么在运动中达到身体极限便是有益处的。

雷认为,"残疾身体在理想荒野的唯一角色是作为一种无形的、潜在的威胁——是象征而不是实际存在。"[82] 那个身体——在泳者游过幻想之河弯后——被弃之。

*

我必须格外小心。

我选择在没有受伤风险的地方入水、出水。我不会因脚趾骨折战栗,不会因哪怕更严重的伤战栗。毕竟,我知道那是什么感觉,我知道它的短期影响、长期影响。我骨折过,我在房间里走走便会骨折,时不时骨折。我深知计划被打乱的沮丧。我习惯了因为骨折调整步态、力量,我习惯了那持续不断的嗡嗡声。

对我而言,挑战不是游泳,而是游泳以外的一切。风险不在游泳,而在游泳以外的一切。

我感受不到冷水冲击,也许是我身体"恒温器"失灵了,也许是我自主神经失调掩盖了它。我无法感到兴奋,无法感到多巴胺涌动,我无法感到强烈的冲动。我的感觉恰恰相反,肌肉痉挛前,我感到运动停止后的麻木,是寒冷中的昏沉。当我在刺骨的水里游泳,我所有骨折过的骨头都开始撕心裂肺地歌唱,仿佛它们是崭新的。刺骨的冷让时光倒流,拨开皮肤下的老茧。它将我撕开,这不是治愈,至少对我的身体而言不是。

*

自然疗法反对医学治疗。

自然疗法拥抱健康。

自然疗法主张恢复健康的方法是:多到户外去;以及在自然中更加活跃。

倘若你仍然生病,那是因为你缺乏治愈的决心,你还没有真正接纳自然疗法,要么你仍在服用那些"有害的"药物,你还不肯切断与这"有害的"现代世界的联系。

自然疗法看起来严肃又悲伤。

自然疗法主张丢掉药片、膏药、瓶瓶罐罐和注射器,因为鸟儿会治愈一切。

自然疗法希望你对朋友宣称:"我唯一在服用的药便是自然疗法。"

自然疗法忘记了自己有多残酷。

*

倘若我的身体是不自然的,是需要修正的,那么无论"自然"还是"疗法"都颇有恶意。

让我生病的是基因,是我本性的一部分,它刻在我体内,是我每一个细胞的中心,是我内部风景的一部分,那么,企图将它们去除的"疗法"何以"自然"?

哪怕可以去除（事实上不能），"疗法"依然是我的敌人。"疗法"企图将我消除，将我拆解，以"治愈"的名义，以"完整"的名义，以"健康"的名义，还以"自然、正常、健康"的名义。

"疗法"的阴暗面是根除，"疗法"便是要去除不同，要抹掉不同。"疗法"让我们这样的人不再是"我们"。

*

凯特·戴维斯是一位居住在高地的设计师、作家，她中风后开始游泳。她的残疾与我不同，而她的文字仿佛是我写出来的，我确实写过这样的句子："在水里，我的身体被承托着。"而她说，"在水里，身体得以轻松活动。"[83] 在陆上则是截然不同的感觉，仿佛两种生物。

她十分清楚游泳的作用和局限。游泳增强肌肉力量，对她有益。无论对身体问题还是精神问题，游泳都有治疗效果。然而，游泳不能让时间倒流，不能让她恢复从前模样，当然，从她的文字中便可看出，她对此并无奢望。

*

我游泳是因为热爱。因为身体在水里变得轻盈，可以毫不费力地移动。我在水里多自在，在陆上便多不自在。在陆地，我总是跌跌撞撞，失去平衡，我得好好斟酌怎么迈步，往哪儿迈步。在水里，我感到轻松，轻松而美妙。

我游泳是因为我偶然发现了一种对我颇有效的止痛药，

同时副作用也不大。吃了它,我便能走到湖边,便能下水游泳。

我游泳是因为在各式各样的运动中,游泳最不疼。我游泳是因为运动有益,运动有益于我的一切,我感觉颇好。在湖里,我才是我,这是在任何介质里都不能比拟的。

我游泳是因为我感到,在水下,我和身体终于同心协力了,它温顺极了,我们仿佛一对佳人。

我游泳是因为我爱水。无论何时,我都更希望待在水里。

我游泳是因为在水里,我突破了身体的桎梏,变成更大、更蛮荒的自然的一部分。我同湖里的生灵一起游泳。夏季,燕子从头顶掠过,豆娘、蜻蜓在耳边嗡嗡环绕。我上岸擦干身体,一群小鸭子便聚集在脚下。湖周围树林里满是叽叽喳喳的鸟——啄木鸟、鹟鸰、长尾山雀。灰色鹟鸰从一块岩石飞到另一块岩石,它们嫩黄色的腹部反射在镜子一样的湖面熠熠发光。冬季,弓着背的苍鹭、戴雪白兜帽的黑头鸥歇在岸边,守望着我。

游泳时,我们是一体的,我与湖,我与万物。

但是,湖治愈不了我,水治愈不了我。

游泳也治愈不了我。我凭什么要求它治愈我?要求水修复对它而言无关紧要的人类身体,难道不是奢求吗?

游泳只不过是维持手段,尽可能维持平衡,仅此而已。

*

我是在诺丁汉诺埃尔街浴场学会游泳的。浴场 1929 年开放，2010 年关闭。当时，附近建起一座新休闲中心，浴场便有些多余了。如今，半座浴场成了诺丁汉攀岩中心。我得知，浅水区被改造成了攀岩墙，名字就叫作"浅水区"。

我还记得我的游泳老师。她既善良又坚韧，她教我把头浸在水里克服恐惧。每天下课后，她都要求我把脸埋在水里。当时，我还十分厌恶这件事。我厌恶那感觉，但依然努力驱散恐惧，不辜负老师对我、对自己的教学方法那笃定的信任，不辜负她的决心，但也仅限于努力了。我假装这方法有效，但恐惧不增不减，直到多年以后一切才有了起色。

那位游泳老师，我记得她的长相、发型、举止，但忘了她的名字——我不得不向父母求助。爸爸回忆，她就像没骨头似的——倘若你与她握手，便能感觉到那皮肉下空无一物。这听起来像侮辱，但我们明白爸爸是什么意思，那位老师身体构造也与常人不同，她是我们中的一员。妈妈说："波莉也没骨头"，这是明摆着的。父母争辩了两句：爸爸说老师比我更无骨，妈妈则不那么确定，这是场无解的争辩。我的灵魂跳脱出来，远远听着争辩。我们争论的是我到底多不正常，对照来看，我四岁时教我游泳的老师也不正常，超出了正常人体结构极限。关于她是不是"无骨"，我不记得了，我只记得我多喜爱她。我们讨论，她是不是也因为身体结构异常才去游泳呢？我们谁都不比谁好。

妈妈希望我在水里也能自信，她则未曾做到这一点。在她童年生活的地方，索尔威湾浑浊的水环绕着沼泽和杂草丛生的小岛，小孩子一不小心便会溺水，那不是学游泳的理想海域。

直到二十多岁遇见爸爸，妈妈才在斯内顿的维多利亚浴场学会了游泳。夏天，爸爸和妈妈会到诺丁汉帆船俱乐部玩，一位比父母年长的开帆船的女士教会了妈妈游泳。冬天，帆船俱乐部不开放，爸爸妈妈便去浴场游泳，每周一次，游完泳，他们总要吃顿炸鱼和薯条。

我们家不少人都是成年了才会游泳。梅·阿特金——爸爸的奶奶，六十多岁才会游泳。她突然想学游泳，她做到了。她常常带着爸爸和他的姐妹们去阿诺德的游泳馆，一路穿过诺丁汉的洞穴之家去学游泳。

*

2018年，我第一次进入维持阶段。解毒后的稳定状态，使我终于能解析身体迫切想传递给我的信号。我以为，我永远无法弄清楚占我生活主流的疲劳和疼痛，永远无法追根溯源，而现在，我得以将症状一一分开，分别找到原因。如今，我知道大脑空白是因为缺乏维生素 B2，感到睡不够是因为大脑迟缓。我能分辨关节轻微损伤引起的疼痛和关节周围铁沉积引起的疼痛。更重要的是,我能将这些信号转化为可以传递的信息,再将信息转化为行动。我知道我该采取什么措施,让我好过一些,让我们好过一些。

到了夏天,铁又在我体内积聚,影响也随之而来。

血象不正常前两周,我出现了一些症状。我髋部开始疼,那是一种颇特殊的痛感——关节深处和周围隐隐作痛。晚上,倘若我翻身压到了,便会痛醒。此刻,我才意识到,过去几个月,疼痛原来消失了,抑或是淡化成了嗡嗡的背景音。髋部疼醒第一晚,我还以为是游泳造成的。当时,高温袭来,我几乎天天去湖里游泳。好几个月没下过雨,不少湖出现了蓝绿藻。格拉斯米尔湖水还没检测出水质问题,但它比其他湖更小,水温更高,岌岌可危。蓝绿藻中毒的症状之一便是关节痛,我担忧,髋部疼痛是不是在提醒我环境灾难已经降临。

我比其他人更早感知变化,仿佛"矿井里的金丝雀"[①]。我既然能感知一切,当然也能感知环境灾难。

*

其实,蓝绿藻不是藻。它只不过长得像藻,其实是细菌,是原核生物,即没有细胞核的单细胞生物。直至20世

[①] 人们曾经把金丝雀放在矿井里检测一氧化碳。金丝雀体积小、呼吸频率快,新陈代谢快,少量一氧化碳便能对它造成影响。

纪70年代，人们才发现不该把它归为藻类，将它的名字改为蓝菌或蓝绿菌。蓝绿菌是一种古老、数量众多的细菌。关于它们到底是什么、如何分类的争论还在继续。

蓝绿菌在一定条件下繁衍生长速度惊人，抑制了其他生物生长。它遮蔽阳光，导致鱼类缺氧窒息。

我少年时便在学校学到了关于蓝绿菌的知识。我一遍遍画富营养化循环图。用箭头表示矿物质、营养如何渗入水体，藻在水面疯狂生长，遮住了阳光。我画游动的鱼、垂死的鱼。

我深受富营养化这一概念困扰，甚至写了首歌。我同鱼产生共情，觉得自己肯定是一条鱼。那本该让我茁壮成长的环境令我窒息。当时，我正要把我写的歌制作成一张专辑，然而，我在厨房摔倒了，膝盖脱臼，手肘骨折。我从没录完那张专辑。我病得太厉害，耽误的事太多。

*

疼痛一日重似一日。我意识到，灾难不在水里，在体内。毒素来自体内，而非外部环境。让我痛的不是泛滥的蓝绿菌，而是身体里慢慢积聚、扩散的铁。

我体内世界在生锈，那山谷、那湖泊的毒性愈来愈强。上午，我醒醒睡睡；晚上，我不断惊醒。广告和肥皂剧都能让我流泪。我感到沮丧，感到与世隔绝。时间从身边溜走，我与它仿佛隔着厚厚一层膜，我总错过约定时间。我终日感到不舒服，比平日更不舒服。我仿佛从身体跳脱出来，我和身体间只连着一条细细的线，移动身体，仿佛操纵木偶。望着敲击键盘的手指，倘若不是接触键盘的压力，倘若不是直抵掌心的刺痛，恐怕我根本感觉不到自己的手。我吃不下饭，一进食便要头晕、发困。我皮肤又干又痒，满是小口。晚上，脚也开始痒，我从脚后跟扯下一块块脚皮。

我的髋部愈来愈疼，疼痛蔓延至盆骨、下背部。做血检那日，我已经疼得坐不下，站不直了。我还以为我吃错了止疼药，然而并没有。背部以下一阵一阵跳痛，直到大腿。我无比感伤，我失去了动力。

疼痛如细菌，不停复制，抑制了一切感觉，充斥我整个身体。疼痛犹如厚厚的窗帘，遮住了阳光。我体内没了阳光，生物日渐枯萎，这枯萎的生物让疼痛更加肆意生长。

血检结果出来后，我竟异常兴奋，近似喜悦。我眼里又一次充满泪水，我终于知道了！我终于知道这些痛苦感觉是从哪里来的。

*

那让我生病的也造就了我。我不是说我被疾病、病态造就，也不是说病残影响了我对世界的体验，我想说，病症是构成我基因的产物。

倘若不是生病，那么，我将完全是另一个人，我们的不同是最根本、最核心的，是分子层面的。

治愈会把我抹去，取而代之的是改进后的版本，"她"的编码毫无谬误，但她不是我，或许她会是自然疗法的信徒吧。

*

我游泳时，树上有只啄木鸟，和着我划水节奏，"笃笃"地啄着树干。春天，我时常见到它。夏天，一对啄木鸟伴着我从家走到湖边。我从水里望向正在看书的W，一群旋木雀绕着他飞，我放声大笑，我在湖里看得见那些鸟，W则看不见。

然而，我们曾在BBC纪录片《赏春》里见到啄木鸟吃旋木雀雏鸟，那啄木鸟就像我们在格拉斯米尔见到的。这便是自然。

看到啄木鸟我很高兴，它的斑点、红色闪亮的羽毛仿佛公主。然而，它竟是个杀手。旋木雀会生更多雏鸟，它们也许会活下来，也许不会，这便是自然。这便是你想要的吗？你想如何活着？这种治愈是你应得的吗？

*

华兹华斯说："让大自然成为你的老师"，然而，别让它做你唯一依赖的医疗体系。[84]

*

2018年6月，我体内的铁水平悄悄升高之时，我听了努斯克玛塔的一场演讲,她谈加拿大波利山矿对克内尔湖的污染。克内尔湖是世界上最深峡湾,是虹鳟、红鲑、红点鲑、灰熊、秃鹰的栖息地。

2014年8月,波利山尾矿池泄漏,向下游河流、湖泊、森林排出2500万立方米含有砷、汞、铜、铅、镍等有毒物质的废水。

努斯克玛塔是努哈尔克族和苏斯瓦族混血,是哈特沙尔原住民,他们的领地包括克内尔湖以及她家乡的特克塞尔克、威廉姆斯湖。

泄漏发生正是鲑鱼洄游之时,它们的家园被破坏了。努斯克玛塔在一次采访中说:"人们流泪,人们谈论,仿佛有谁去世了。我们举办了一个仪式,祭奠这巨大损失,这便是我们全部族人的感受。"[85]

努斯克玛塔的演讲距离泄漏已经四年了。四年间人们毫无作为,既不弥补损失,也不设法防止类似灾害发生。努斯克玛塔成了水的保护者。她同倡导采矿责任原住民妇女组织一道发起"为水声张"运动,为克内尔湖争取权益。[86]

努斯克玛塔说,湖仿佛家里的一员,是他们的老祖母。对于她的族人而言,克内尔湖不是死气沉沉的一潭水,而是鲜活的生命,是族人。不仅如此,整个分水岭都是活的。

维持

*

蓝菌古老,种类多。人们发现过距今二十亿年的蓝菌化石。截至 2013 年,人们发现了 2698 种形态功能各异的蓝菌,还有许多尚未被发现。

有些蓝菌有毒,对人类和动物构成危险。它们会对我们的神经系统、肝脏和细胞功能造成伤害。研究发现,接触蓝菌产生的神经毒素与肌萎缩侧索硬化症、阿尔茨海默病和帕金森相关。有毒的蓝菌不仅导致鱼类死亡,还造成大批鸭子、鹿、蜜蜂、乌龟、牛等动物死亡——住在湖里的、湖边的,饮用湖水的,吃湖水里生物的都难逃其影响。在那里,人人都有被蓝菌毒死的宠物狗。

2020 年 5 月到 6 月,博茨瓦纳 300 头大象因摄入蓝菌毒素死亡。[87] 2021 年一项研究显示,随着气候变化加剧,蓝菌对濒临灭绝的大型动物威胁越来越大,研究称其是"未来灾难的预警信号"。[88]

然而,仅仅视蓝菌为毒是错误的。

蓝菌很特殊,它既能治愈,也能杀害。蓝菌可以抗炎、抗微生物、抗病毒、抗细菌,可以抑制癌细胞。[89] 它可以调节人类免疫系统。一些蓝菌品种,比如螺旋藻,千年来一直是人类饮食的一部分。一些人视蓝菌为解决燃料危机和粮食危机的一种方案。[90]

蓝菌是唯一产生氧气的原核生物。它们像植物一样进行光合作用,从阳光中汲取能量。一些理论还认为蓝菌制造了地球氧气层,被称为"大氧化事件"或"地球生锈"。它发生在二十三亿年前,蓝菌将年轻太阳那微弱的光转化为能量,释放的氧气同海洋中的铁,同大气和岩石里的铁结合,沉积下来的氧化铁让地球变红。倘若没有蓝菌,生物便不会进化成人类;倘若没有蓝菌,我便不会在这里思考它,书写它,你也不会读到它。它创造了我们得以呼吸的环境,一如它破坏了鱼类得以呼吸的环境。

蓝菌不仅在水里,它无处不在。它在海浪动势中飘散到空中,仿佛《安徒生童话》里的小美人鱼。它们是旅行者,像浮游生物一样环游世界,然后落回水里。它们寄居于北极熊皮毛里,将之染成绿色。

早在人类诞生之前,它们便存在;在人类灭绝以后它们将依然存在。

*

与蓝绿藻一样,"血色素沉着症"这一名称也源自误解。1889 年,德国病理学家弗里德里希·丹尼尔·冯·雷克林豪森发现了肝脏、血液中的沉积铁与疾病的关系,然而,他认为,致病的是一种色素,它污染了受影响组织。他称之为血液颜色病——血色素沉着症。直至 1935 年,人们才发现它是种遗传病。你必须知道你眼前的是什么,你必须提出正确的问题。

维持

*

努斯克玛塔呼吁承认克内尔湖的人格性也反映在承认水体权利不容剥夺的法律中,例如,2017年,新西兰蒂阿瓦图普阿的旺阿努伊河,印度的恒河、亚穆纳河获得法人地位;2021年加拿大魁北克省喜鹊河获得法人地位。所有这些成就都是原住民抗议工业破坏的结果。

2014年,新西兰将由瑞瓦拉国家公园列为法人实体。它是世界上第一个获得与人类相同法律权利的自然实体。

我好奇,倘若我居住的这座国家公园被视为是有生命的,人们又将如何谈论它?这座国家公园的存在归功于威廉·华兹华斯和他的遗迹。然而,在华兹华斯眼里,宇宙万物皆有灵,"每一块鹅卵石……静默的岩石、流动的水和无形的空气"同人类一般鲜活。构成这景观的是"活的石头"。[91] 华兹华斯在《序曲》里写道,"我看到的是同一个生命,那便是愉悦。"[92] 如今,人们正在以"绿色疗法""自然疗法"之名开发这片土地,不知华兹华斯会作何感想。

*

谁敢说自己是真真正正、完完全全完整的?倘若一种"全能疗法"从天空、从树冠降临世间,又有谁不会被消除呢?

像克莱尔一样,我扪心自问:倘若我的病可以治,我对治疗的看法会不同吗?

我曾一遍遍说,倘若不是疲劳,想必我可以承受疼痛。果然如此吗?倘若我不再疲劳,我还会说我能承受疼痛吗?倘若我不疼痛,我可以承受脱臼?不管疼痛了,倘若不是脱臼,我可以承受膀胱问题?倘若不是肠道堵塞,我可以承受膀胱问题?在一连串问题里,我慢慢将自己肢解,一个关节,一个关节,直到不再有"我",直到一无所剩。

*

自然疗法是古老神灵,比人类存在时间还要久。它出现于医学诞生以前,因此,它对医学深恶痛绝。从前,自然疗法是一切,我们竭尽所能讨好它。它觉得,是医学篡夺了它的权力。

*

格拉斯米尔有几口古老圣井。圣井,井水清甜,被掩埋,被废弃,被遗忘。"神圣""健康"两个词来自同一个词根,意思是完整、无损。神圣的井是矍铄的井,完整的井,健康的井。神圣关乎快乐,关乎好运,关乎健康。神圣的井是好运的井,因为健康是好运,完整也是好运。

最著名的那口井与村中教堂——圣奥斯瓦尔德同名。

圣奥斯瓦尔德井位于国家信托基金会的一块属地上,它被埋藏、被掩盖、被遗忘。如今,它同旁边的房子一起租出去了,那所房子也叫圣奥斯瓦尔德,它夺走了井的名字。

维持

1866 年，安娜·黛博拉·理查森①听邻居库克森小姐——华兹华斯在格拉斯米尔所剩无几的朋友——讲到了那口井。库克森小姐回忆，教区职员说"圣奥斯瓦尔德井里的水别提多美妙"。安娜关于井的记录已经是"三手资料"了，她写道："据说，井水有治愈能量。"然而，1866年，那口井已淹没在历史中，淹没在广袤的田野里。

乔治·米德尔顿②在 1918 年出版的《华兹华斯教区的古井、树和足迹》里也写到了那口井：

> 上世纪（19 世纪）中叶，为平整土地，开辟几平方米牧场，人们拆除了井周围粗粝的砖墙，把井填平，还种上了草。[93]

一些旧版地图上标记了井的位置，然而，现在什么也看不到了。早在圣奥斯瓦尔德生活的时代之前，井便存在，几世纪以来，它一直是乡村生活的重中之重，然而它竟遭掩埋，竟被拆除，这不是太奇怪了吗？

*

1844 年，格拉斯米尔开了一家水疗中心，日益蓬勃的旅游和传说中能治病的圣奥斯瓦尔德井水蕴藏勃勃商机。

---

① 安娜·黛博拉·理查森，英国废奴主义者、和平倡导者、诗人、作家。
② 乔治·米德尔顿，美国剧作家、导演、制片人。

1844年5月,《威斯特摩兰公报》上刊登一则题为"水疗"的广告:

> 在威斯特摩兰格拉斯米尔浪漫的山谷里,一座"水疗聚居地"蓬勃发展,这里提供纯粹格拉芬伯格疗法,病人可以开展健康的娱乐活动,包括湖上划船、体操等。环绕水疗中心的美丽山脉、清新空气和水,让强大的水疗法更为有效。

9月,《肯德尔信使报》刊文称:负责水疗中心的佩斯利博士与中心分道扬镳,似乎是带着该中心拒绝偿还的债务逃跑了。这时,水疗中心甚至还未开张。同一篇文章保证,中心将尽快聘请一位一流的通晓格拉芬伯格疗法的医生。同时,"中心建设即将完成","这里拥有全欧洲最好的浴场"。

然而,治疗似乎从未开始。文章写道:"需要住宿的病人可向菲利普中尉申请。"但是,冷水治疗什么时候开始尚无法确定。

文章里提到的菲利普中尉曾于1844年8月在《威斯特摩兰公报》发表公告,"凡是关于格拉斯米尔冷水设施的索赔要求"需提交他处理。

遥想当年,绝望的病人来到格拉斯米尔,只见到建了一半的房子和空无一人的水疗中心,唯有格拉斯米尔湖在冷风里粼粼闪光。

维持

*

十九世纪初,一位名叫文森茨·普里斯尼茨的农民发明了水疗法。他住在奥地利西里西亚的格拉芬伯格小镇,也就是现在捷克共和国的耶塞尼克。1822 年,只有 22 岁的普里斯尼茨将父亲的房子改建成了水疗中心,人们纷纷造访格拉芬伯格。他的水疗法包括泡冷水、淋冷水浴、湿敷等,需要消耗大量水。当地医生以欺诈罪将他告上法庭,然而法庭最终作出对他有利的判决。1838 年,他获得了营业执照,十九世纪 40 年代,他已享誉世界。

其实,自古以来,各国人发明了各式各样的水疗法。然而,普里斯尼茨疗法仍然迅速成为十九世纪健康风潮。科学博物馆网站上描述普里斯尼茨是"大字不识的奥地利农民",似乎这让他的成功显得更瞩目。[94]

无论十九世纪,还是二十世纪,普里斯尼茨故事的主题都是"战胜":战胜贫困,战胜文盲,战胜父亲是盲人的命运,战胜伤害,战胜出身。一些故事讲他在处理自己受伤的肋骨抑或是手指时"发现"了水疗法。当时他遇见一头野鹿,促成了一场医疗奇遇,他的信徒查尔斯·希弗德克博士记录道:

> 普里斯尼茨利用为父亲放牛的机会观察身边的野生动物。一头美丽的雄鹿格外吸引他注意。每天清晨,它都要到农场附近饮泉水,在泉水形成的水塘里沐浴。

有一回,他好几天见不到雄鹿,雄鹿再次出现时大概病了,一瘸一拐痛苦地走到泉边。他发现,它喝水比平日更多,泡澡比平日更久,一连几日都是如此。后来,雄鹿的病态竟完全消失,它敏捷、活泼,一如往昔。[95]

传说中,雄鹿靠泡冷水被治愈了,自然疗法的精髓可以从这里提炼出来。

*

1945年隆冬"彭斯之夜"①,《威斯特摩兰公报》刊登了几则广告,均以"水疗"为题,包括格拉斯米尔的圣奥斯瓦尔德和另一家竞争机构鲍内斯。

关于圣奥斯瓦尔德,广告称,位于格拉斯米尔美丽山谷的水疗中心已经投入运营。新主管是医学博士利奥波德·斯塔姆斯,他声称曾担任利奇菲尔德伯爵的私人医生,此外,普里斯尼茨在格拉芬伯格为伯爵治病期间,向他传授了水疗法。广告只字未提菲利普中尉,只有斯塔姆斯。[96]

此外,格拉斯米尔水疗中心创始人、佩斯利博士则在鲍内斯为人治病。他还为"经济能力有限的人""穷人"减免治疗费。佩斯利自豪地宣布:"三年来,他没有开出过一粒药。"唯一的治疗手段是冷水,冷水能治愈一切疾病。

---

① 苏格兰一项民族活动。每年1月25日举行,纪念苏格兰诗人罗伯特·彭斯。

维持

*

1845年8月,《卡莱尔爱国者》杂志也刊登了"格拉斯米尔美丽山谷水疗中心"的广告,除了斯塔姆斯的介绍,还刊登了一位名叫约翰·约翰斯通的退伍士兵写给他的感谢信。约翰斯通说,斯塔姆斯在格拉斯米尔治好了他的病。

信上的日期是1845年7月26日,斯塔姆斯几乎被奉为上帝。约翰斯通称他是"一切善的伟大创造者"。他说治疗让他恢复了健康,他写这封信是"希望将这一段经历广而告之"。

他还记录了斯塔姆斯治愈的另外三个病例,一看便是为了做广告:"一位深受尊敬的格拉斯米尔牧师"的严重咽痛被治愈了;一位不具名的"可怕脑膜炎"患者,接受治疗二十四小时后便能走路了;还有一位濒死患者,接受治疗八天后竟能自己走出中心大门。

约翰斯通真实存在,还是为了营销编造出来的?倘若确有其人,"艰苦的军旅生活和恶劣的热带环境"能将他摧残至此,水疗竟然成了救命稻草?他真的病了吗?他真的被治愈了吗?

他的故事仿佛就是为斯塔姆斯量身打造的。约翰斯通说,来格拉斯米尔之前,他尝试了放血疗法,放了太多血,"生命之泉枯竭了"。显而易见,他接下来便要说唯有健康的水才能让他生命之泉复涌。

他治愈了,"没吃一粒药"。直至今日,一切自然疗法,无论放血疗法还是水疗,都需要摒弃罪恶的医药和相关的所有。

约翰斯通拿到的方子是"纯净的空气,迷人的风景"。

他在感谢信或者说广告的结尾写道:"我体内重新燃起活力,让我永生难忘的格拉斯米尔,这是座真正的'欢乐谷'。"[97]

*

伊丽莎白·巴特里克[①]记载,这座名为圣奥斯瓦尔德的房子建于 1851 年,过去曾是一个谷仓,旁边的圣奥斯瓦尔德井据说具有治愈功能。水疗中心由约翰·菲利普中尉和切斯特的托马斯·赫尔普斯共有,然而,水疗中心不太兴旺。[98]

不太兴旺——仿佛水疗中心自身就病了,其死亡方式一如它的治愈方式,解药亦是毒药。

*

普里斯尼茨死于 1851 年,享年 52 岁。他可能死于猩红热,他终究没能将自己治愈。

然而,这并未让他的疗法失色,一如施菲德雷克所写:"对于可以治愈的疾病而言,纯净水确实堪称灵丹妙药。"[99]

---

① 伊丽莎白·巴特里克,英国作家,她深爱湖区,1979 年,其著作《湖岸夏季》出版。

当然，这句话同时也说明，并非所有疾病都能被治愈。

普里斯尼茨一生的成就、名声皆围绕这一观念——只需要纯洁、干净的水便能治愈一切疾病。身体能够自然地恢复健康状态，只需要借助一种物质帮助去除体内令人作呕的"东西"，不过他并不相信有一种普遍的自然疗法。

*

格拉斯米尔水疗中心紧邻克尔巴罗①，据华兹华斯女婿爱德华·奎里南说，那里住着仙子，一位历史上鲜有记录的叫作凯尔的国王就埋在某处，然而谁也没能找到他的坟墓。或许凯尔是仙子国王，他的坟墓在另一个世界：在格拉斯米尔，又不在格拉斯米尔，有确切位置，但你必得先跨越此界与彼界。

又或许凯尔根本不是国王的名字而是那口井。"凯尔德"是春天或是井的方言，源自古挪威语。或许葬在那里的是语言，被历史尘埃淹没，一种曾经蓬勃的文化被封在了地底。

格拉斯米尔之所以舒适、宜居是因为它神圣，它完整，它蓬勃。我重返格拉斯米尔之前便悟到，神圣近乎怪异，而舒适不舒适不过是一张旋转卡片的正反面，格拉斯米尔充满了舒适，也充满了不舒适，我们浸泡于二者之中。

---

① 克尔巴罗位于英格兰坎布里亚郡的小村庄，紧邻格拉斯米尔湖。

＊

约翰·菲利普中尉的军旅生涯始自英国皇家海军"无畏"号。这艘船因威廉·透纳①的画作《战舰无畏号》而不朽。1838年,它在特拉法加(Trafalgar)海战中发挥重要作用,两年后,"无畏"号被拖到了它最后一个泊位,等待拆解。

1875年,菲利普讣告里列出了他的各种经历,足迹遍及英吉利海峡、波罗的海、里斯本、圣赫勒拿岛、好望角、北美洲、西印度群岛。最后,他担任"路西法"号和"美杜莎"号指挥官。菲利普的指挥官生涯结束于1844年,水疗中心广告刊登几个月后。1860年,菲利普正式退休。我推测,水疗中心大概是他的退休计划吧。他经营陆上生活,靠的依然是水,这未尝不是一种"回到过去"。

＊

1850年2月,这座名为圣奥斯瓦尔德的住宅和建筑内的全部物品挂牌拍卖。

1847年12月,《卡莱尔爱国者》杂志刊登文章讽刺水疗中心关闭以及斯塔姆斯的退场:"这位渊博的医生发现,冬天,格拉斯米尔刺骨的冷风、霜冻和大雪已经足够寒冷,根本不必实施'冷水疗法'了。"

---

① 威廉·透纳,英国浪漫主义风景画家、水彩画家、版画家。他的作品对后期印象派绘画发展有相当大的影响力。

维持

1855年,哈丽雅特·马蒂诺撰写湖区指南,带领读者由红岸路经过圣奥斯瓦尔德,她写道:"水疗中心勉强维持了一段时间,然而,威斯特摩兰的冬季对病人而言毕竟太漫长了。"[100]

是的,哈丽雅特。这里的冬季太漫长、太冷。你知道,我也知道。然而,我们依然留在这里,依然认为这是我们的应许之地。

如今,水疗的定义里写着,它已不是正规医疗手段。

我搜到的水疗定义还附有简短解释:"一种辅助疗法,特别是针对自然疗法、康复治疗、物理疗法的辅助疗法,水疗包括用水缓解疼痛等。"

我也尝试过水疗;那是在医生辅助下,在温暖水池里进行舒缓运动,与格拉芬伯格和格拉斯米尔的冷水疗法已是两样了。

然而,可以说那些冬泳爱好者,那些痴迷于在冰水、冷水里游泳的人是在自我实施冷水疗法吗?水疗法已经进化成游泳疗法了吗?

*

第一次搬到格拉斯米尔,我感到获得了非同寻常的精力,搬家前后几个月,我正经历大出血。直至了解了血色素沉着症,才明白那精力原来正是因为"大出血"。

离开伦敦前,我去看医生,医生让我做检查,因为我已经几年没有过月经了。我记不清到底几年了,三年?四年?甚至更久?

我搬家后,仿佛发生了一些变化。当时,我还住在兰卡斯特南边那座十七世纪丝绸工人宿舍里。我没搬到格拉斯米尔的唯一原因是没找到合适的房子。然而,我生活在湖边的样子像海市蜃楼一般出现在眼前,那段经历久久挥之不去,我仿佛第一次拥有了我所处空间的主权。我还没看到房间内部,便认定就是它了。房子是砂岩造的,闻起来仿佛一处宜人的洞穴。那是家的味道,是熟悉的味道,在其中,我可以安全独居。从那里到学校,只消走短短一段路,路边散布村舍、维多利亚式别墅,奶牛在田野漫步,墓园里坐落着敦实的教堂,冬天,教堂灯火通明,仿佛一张圣诞卡片。这房子完完全全是属于我的。

从东伦敦到加尔盖特,我的生活和生活模式全变了,然而,多年过去后我才明白变化的意义。我曾说,读博仿佛一根钩针,深入我生活的肌理,改变了一切方向。我不再拖着病体乘地铁或公交去上班或上课,而是窝在我的小小地盘一连数小时地读书、写作,弹我花 6 英镑买来的旧钢琴——我买那钢琴是为了奖励自己勇敢。我还会在小路上来来回回散步。我开车去镇上,每周去一次格拉斯米尔,我们当年的读诗活动还剩最后一个月。下午,我沐浴着夕阳,沿运河纤道散步。

这些同我从没有月经到每两、三周大出血一次有关系吗？或许，我将永远不得而知。如今，我所知道的是，多年来我以为的山与水的疗愈原来竟是放血疗法。

我从没这样大量出血。从开始工作到晨间休息，我常常流血。我站在小屋里同访客交谈，感到一阵阵温热从体内涌出，我在想，还要多久别人便会发现我在出血？

那时，我觉得出血很糟，仿佛五脏六腑都要出来了，仿佛一下子流光了前五年的血，我感到自己都要随之流走了。然而，除此以外，我感觉比过去几年更好了。我脚趾不再痛风，走起路来更敏捷，更轻快，那种小腿陷进地里的拖沓感消失了。放血疗法，放血魔法。

倘若我那时便知道铁沉淀，我就不会急着止血了。然而，我并不知道，我出手止血了。八个月后，我仿佛在用腿骨残骸走路，我痛苦不堪。我不理解，格拉斯米尔本该是我问题的答案啊，该做的我都做了，我沐浴在大自然中，我吸入金色的阳光，吐出腐烂的气体，我洗冷水浴，我同树交流，同岩石交流，同叽叽喳喳的动物交流。我把自己交给大自然，它怎么不肯赐予我健康？

*

我本以为确诊后，生活会轻松些。我以为说出正确的话会像施魔法一样解开一切秘密。有时，确实有些作用，然而，维持太不容易。医生之间不沟通，医生与你也不沟通，一切努力付之东流。倘若一项检查结果丢失了，便需要烦冗的行政手续，甚至一拖就是几个月，麻烦仿佛一夜之间长成直通天上的魔豆①。

人们会为知道要发生什么、为什么发生而高兴，会为知道却无能为力而沮丧。

我尽量每个月都做血检。我的家庭医生会发来信息：铁水平高，建议实施静脉切开术。我给医院打电话预约手术，然而每次都会遇到新问题。医院不能单凭我一句话就为我实施静脉切开手术，他们的系统上看不到我的血检结果。

然而，我也在按照指令做事啊！我知道系统不够完善，系统里信息太多。但我也快信息超载了。

最终，他们给了我解决方案，给了我新指令。我不再去家庭医生那里采血而是直接在医院采血，采血频率也由每月一次变成每三个月一次。我也不再去邻镇医院，而是去肯德尔的小医院，如今，这家小医院也能实施静脉切开术了。以前我每月开车五分钟去血检，如今我每三个月开车一小时去血检。医生们满意了，他们能看到我血检结果了。问题是，我看不到了，我不能像以前一样密切监控自己的铁水平。归根结底，问题出在医院间系统不通用，医

---

① 魔豆比喻来自童话《杰克与魔豆》，杰克用一头奶牛换了一颗魔豆，魔豆长出了巨大的藤蔓，直通天上的"巨人王国"。

生又不能相信我提供的数据。倘若我能自己决定治疗方案,一切该多容易。我和医院都能省些时间,少些痛苦。

*

2022年夏天,温德米尔湖成了国际焦点。航拍照片显示,毒藻絮絮漫漫铺满整个湖面,如同大理石纹纸上的墨汁,绿色叠绿色。新闻报道称,温德米尔濒临死亡。湖水不再安全。英格兰最大的湖竟然濒临死亡。

公园管理人员不想吓退游客,发布新闻公报称毒藻得到了控制,他们正在调查。所谓湖濒临死亡是夸大其词。公报称,海藻年年暴发,不过是自然现象。

环保人士称,温德米尔湖遭到污染,导致污染的包括化粪池泄漏、污水溢出等问题。年复一年,污染愈发严重。如今到了关键时刻,将有大批鱼类死亡,灾难近在眼前。温德米尔湖濒临死亡,倘若不采取行动,便会迅速恶化。

公园管理人员说,他们已经行动起来了,他们在收集证据,制定长期策略,寻找合作伙伴,进行湖水取样。他们致力于改善水质。然而,公报补充道,问题的关键是没人知道真正的问题出在哪里。

*

每年蓝藻初次暴发,人们仅凭它外观无法确定它究竟是有害还是无害。你得当它是有害的,不要在湖里游泳,不要让宠物靠近湖。然而,谁知道什么时候管理人员监测水质，谁知道什么时候能获得准确信息？游客依然纷至沓来，带着桨板，带着皮划艇，享受水的疗愈。游客比水更重要，至少旅游局是这么看的。

对于克内尔湖，我始终无法释怀。即便2022年，矿业公司每天依然可以向湖内排放5.2万立方米矿业废水。矿业可谓新能源产业的动力系统。不列颠哥伦比亚省源源不断将金、铜输送至光伏电池、电动汽车企业。绿色能源竟然建立在肮脏的矿业之上。

"自然"和"治愈"是虚假二元的两极，这种二元论既破坏我们身体，又破坏自然。我们将万物分类，一片湖服务于我们自然的健康状态，另一片湖则是绿色、清洁未来的牺牲品。然而，我们看不到其中的荒唐。我们还以为无论身体还是我们的星球都朝着更健康的方向迈出一大步，我们以此为荣。我们榨干自然最后一滴甘露，为了人类的治愈。

*

锈，泛滥如同蓝菌。富含铁的地心也在生锈，地球让月球生锈。

2022年夏季，我的铁水平已经维持正常九个月了——二十五年来摆脱铁中毒状态最久的一次。我几乎忘了嘴里有金属味是什么感觉，我几乎忘了那深入髋骨的痛。

一些损伤已经无法逆转，这些损伤引发了新问题。但是，也有一些影响已然停止。我大脑犹如一片芦苇地，小小的生命开始繁衍。䴗在我头骨里安家，麻䴗在我骨盆里筑巢。曾经，那漆黑一片的大脑，如今透出了阳光，闪出了鱼尾，鳟鱼在我皮肤上跳跃，我在豆娘光晕里做梦，小青蛙蹦蹦跳跳聚集在脚边。

我又开始流血了，大量地、痛苦地流血。每个月，我都为这大出血荒废一周，不过，我再也不用一年抽500毫升血了。我把它想象为"狼人时间"，一次逃不掉的变身，让一个月余下生活可以忍受。维持阶段，至少，由我掌控。

在那未确诊的至暗时刻，我觉得我的身体是摇摇欲坠的生态系统。我犹如一条鱼，在自己皮肤下奄奄一息，无力改变我们共同的命运。如今，我身体只是不稳定的生态系统，我们一起适应，一起寻找新平衡。一些永远失去了，一些又被寻回。我是湖，我是炭；我是鸭子，我是水獭。

我身体各个部分是平等的。一如鸭子和鸭子身上的螨虫，一如蓝菌。我必须得知道伤害从哪里来，要如何控制。我要倾听那既成的伤害，我要避免那无谓的伤害。

*

"治愈"是美好小说的内容，哪怕是以自传的形式出现。以治愈为结尾的叙事仿佛向下滚动屏幕，出现"结尾"二字——治愈俯身，轻吻身体，病痛便烟消云散。这不是生命的结尾而是痛苦的结尾，是其中一个故事的结尾。没人想经历系列恐怖电影，病痛不断去了又回，仿佛是你以为已经出国的前任，抑或你以为已经杀死的怪兽。每次照镜子，每次关上灯，它便现出身形。你把它扔向太空，然而，续集又来了。

卡普尔在后记里写道，《生病》一书不是她计划中的样子。她本来要写的是《她卖掉的书》，以胜利结尾，以治愈结尾："她身体好多了，她做到了……你也行。"然而她写成的是另一种意义的"奇迹之书"，故事以自己的模式发展，超越了"美丽的叙事弧线"和"性格发展"。这次写作经历让她明白："只要活着，疾病便始终伴随你。"[101] 对于一些读者而言，认为疾病始终在是消极的，然而对卡普尔而言它则拥有变革、超越的力量。"正在进行"说的不是治愈，而是延续以及其中蕴藏的真正的美，它说的是奇迹的力量。

*

"地球生锈"是一场巨大的灭绝，一场气候灾难，然而却孕育了我们熟知的那些生命。它究竟是末日还是变革，取决你的立场。倘若你站在当时存在在地球上的厌氧生命一边，那么你会倾向于使用另一种名称——氧气灾难、氧气危机。然而，若不是这场"危机"，湖里便不会有鱼，更不会有人游泳。我不知道我该如何看待它，特别是想到自己正在生锈的身体,想到那缓缓侵蚀湖面的绿,想到我们人类以进步为名造成的环境危机和伤害。

2018年,努斯克玛塔说,"未来的希望蕴藏在主动行动中,我们不要受制于灾害,关键在于我们如何应对,在于我们采取什么行动,我们如何动员,如何领导,如何分享。"[102]

我们是这个世界的匆匆过客,无法理解它,无法掌控它。倘若我们无视它生的权利,那么我们会不自觉地杀死它,我们将一面赞叹世界之奇美,一面将它杀死,也将我们的未来杀死。

*

花些时间同自然相处吧,同鸭子一起游泳,赤脚走在大地上。

放下对金钱的执念,只吃自己采集的食物。不依赖机械交通。不上网,不用洗衣机。用当地盛产的岩石砸碎手机,在一个满月之夜,将它埋在橡树下。点燃祭祀之篝火,绕着它转三圈,逆时针。真诚祈愿万物皆好。自然自有运行之道。

节　奏

我爱这房子，因为可以很快逃离它，逃离城市设施，逃离人行道，来到树林，俯瞰一片湖，看苍鹭在池塘里踱步。只消走几步便能从沥青路走进树林。我躺在柔软、毛茸茸的苔藓上，苔藓埋到脚踝，跌倒了也不会太痛。我无时无刻不感到离湖很近，哪怕不能到湖边的日子，我依然能感受它的气息。

我爱这房子，两边都有门，无论什么季节，我都能立刻走进阳光里。我爱它宽大的楼梯，坚固的栏杆。楼上楼下都有卫生间。每个房间都不过几步宽。从家到湖，只要十分钟。从家到山间树林，只要五分钟。哪怕天气不好，我也尽量出门，到山林里散步；哪怕脚趾受伤，胸部感染，我也到山林里散步。自然近在咫尺，每当动弹不得躺在沙发上，我都感到倘若伸出我那异常长的胳膊，便能触碰到池塘边上那棵树，触碰到猫头鹰停驻的那棵树。

我向来不以距离衡量我的运动成果，心率决定我的速度，我根据身体状况，调整速度与心率比。毫无意外，我总带着或大或小的伤。对我而言，富有成果的运动是遇见停在篱笆上的戴菊莺，是遇见一对狍在夕阳山谷里安眠，

节奏

是我和松鼠各自安静地待着,路过的徒步者没有发现我,也没有发现它。

倘若你生活在疼痛与疲劳里,做任何动作都要考虑后果。对于健康人再自然不过的事,你都要思量,再思量。

我有过不假思索便行动的时日吗?我有过没有疼痛或不想到疼痛的时日吗?

我有过不想着摔倒的时日吗?

*

"节奏"可谓慢性病的副作用、并发症,是指要密切监控因每个决定、每个行动、每个反应产生的并行宇宙。

在一个宇宙里,你得洗澡,洗头发;在一个宇宙里,你得做两个小时有意义的工作;在一个宇宙里,你得同时做这两件事。然而,你从楼梯上摔了下来,头发还湿着,为了清洁身体,你遭受了这番苦难,你摇摇晃晃,世界不再是固体,你动辄便会滑倒。你的腿或者脚踝受伤,自此生出另一个宇宙,在那里,你的一天将以急诊室告终。你思考着该选哪个急诊室,你思考着每一个选择的后果。选那家规模大、服务好的,还是小一些、便捷一些的?

你以过往经历权衡未来。有一回,那家大急诊室医生判断你供血正常后竟把你忘了。你从晚上八点等到凌晨一点,你没喝水,也没吃东西,直至医生换班,才终于发现了你。而那家小诊室,一旦发现伤情超出它能力范围,总要建议你去大诊室。小诊室近,但医生未必更和善。他们总预设受伤是你粗心大意的过错,总要问喝酒了吗?鞋子不合脚吗?

选哪家消耗能量少些,伤害少些?

这便是节奏。

有时,你选择干脆不去急诊室,这又生出一个宇宙,你的伤没那么严重,你可以在家里的床上度过夜晚,你不需要向医生解释。

即便一辈子这样生活,你依然难以作出正确判断,这次的伤需要静养,还是采取行动?要大费周章,还是静观其变?

有时,我静养;有时,我洗桑拿放松;有时,我去医院;有时,我在家,但会定好闹钟一大早便给医院打电话;有时,我置之不理,期待只要我觉得不严重,它便真的不严重。有时,我的选择是对的,有时是错的,而错的方式总有千千万万。

*

看到"节奏"(pace)一词,我总想读成和平(peace),是因为深埋于记忆里我不记得学过的拉丁语,还仅仅是阅读障碍?查了字典我方知道"节奏"(pace)是 pax 的离格[1]。

---

[1] 在语法功能上为表示某些意义的状语。出现在拉丁语、梵语等原始印欧语系语言中,但蒙古语、藏语、芬兰语中也有类似的格。

pace，peace，节奏便是"制造和平"。我在单词拼写里看到了这层意思，意思竟然蕴含在读错的音里。

"peace"替换掉了古英语"frið"，frið不仅有"和平"之意，结束混乱之意，还有宁静、幸福之意。我们曾经享有的"和平"是一种快乐，而如今，快乐不再，只有安静，只有达成协议，只有缄默。

*

一月里的一天，我试探性出了门。我用圣诞节攒的钱买了一双打折雪地靴。我尽量做好足部保暖，防止冻疮、冻麻以及随之而来的疼痛。然而，第一次穿这双鞋，我右脚踝后的皮肤便被磨破了。我那桨一般的脚——脚趾宽、脚跟窄，根本不适合穿鞋，一头合适，另一头便不合适了。所有鞋都磨脚。我的脚跟已经磨出厚厚一层茧子，然而，皮肤也没有因此更结实。

第一次穿这双靴子，我在泥泞的古道上没走几米便感觉袜子里皮肤裂开了。第二天，我再次尝试穿它走路。我已经连续两天穿没洗过的衣服了，这般状态，我总是这样出门，疲劳把我往下拽，往后拖，而寒冬仿佛绑在我背后的石头。

我往脚跟上贴了膏药，换上了更好的袜子。我走得远了一些，我髋部开始疼，膝盖和脚踝仿佛在瑟瑟冷风里冻裂了。这便是节奏，主动选择一种痛苦，避免另一种痛苦。

但这并不是认知行为疗法所谓的"节奏"。在认知行为学课堂上,你要把一周活动填在表格里,用不同颜色标记,信号灯一般:绿色代表耗能少,不易引发疼痛,琥珀色代表中间状态,红色最差。

我从一开始便觉得这表格很难填。我如何标记我典型的一周,我的一天?我不知道何为典型。我还工作时,每一周都不一样,别人看来,这甚至不是同一个人的生活,更不要提耗能和疼痛了。同样一项活动,第二天与第一天感受全然不同,且不要说第二个月、第二年了。我的生活里没有重复。

他们要你避免红色活动,增加绿色活动,他们要你慢下来,要你调整自己的节奏。

人们说,要和平。

与你的迟缓和平相处。

多年来,我彻头彻尾地反对这句口号。它的意思是放慢你本就迟缓的生活?放缓便是治愈?这不仅可笑,而且可恶。

我说:如果我半途而废,我可能永远完不成这件事。我说:我得以维系的唯一方法是,无论如何也要坚持下去。我说:在古代,所谓"绿色"这个概念根本不存在,只有蓝色。我想说的是,我不知道什么是绿色活动,在慢性病人世界里,绿色活动根本不存在,或许该称它为"独角兽活动"。我关于这一切的思考都无法在表格里找到合适位置。

节奏

*

无论做什么运动,我都会肌肉痉挛,有时候痉挛格外严重。我往肌肉上涂抹镁油,有时有效,有时没有丝毫作用。

严重的时候,痉挛和抽筋用力撕扯我的脊椎、颈椎,我甚至无法站立超过56秒钟,这种状态常常持续数周,直至我连脖子都直不起来了。第56秒,愈演愈烈的疼痛如同星球爆炸,我轰然迷失。我失去了语言,失去了理智。

万事万物化作痛苦之沼泽。我淹没其中,我陷得太深,根本无法呼救。

我精确地知道是56秒,倘若你每次站起来都要经历这般痛苦,你也能做到。

一年春天,我侧躺在沙发上,一躺便是数周。只有那样躺着,我才舒服些。疼痛让我大脑一片空白,哭都哭不出来,我不敢抽泣,眼泪不住淌在沙发垫子上。

只要几秒钟,我便能走到厕所,便能倒一杯水。

睡觉时,我用手撑着头倒数。

我出现肌肉痉挛时正在一家机构做全职教员,我觉得,那家机构巴不得全体员工都是钢铁之躯。员工生病没有应急机制,不提供任何方便。我从未那样害怕生病,我敢肯定,他们不会包容我的缺陷。我双手托着下巴讲课,只有这种姿势我才能坚持50分钟，我感到，我必须坚持讲完50分钟，否则后果难以想象。

为了上那50分钟课，我得先倒两趟公交车，再坐轨道车，再坐一趟公交车才能抵达校园。一路上，我用手托着下巴，深呼吸强忍疼痛。那疼痛仿佛湍急的河流，我得牢牢抓住我那细细的绳索以免被水流卷走。

为了上那50分钟课，接下来三周我只能侧身躺在家里。终日坐卧在沙发上，泪水沾湿靠垫。

为什么那个时期痉挛格外严重？我一直在超负荷工作。我上课的两个教室位于校园两端，中间是座陡峭的小丘，有一次下大雪，一节课甚至被取消，因为那路太危险。渐渐地，我探索出一条不那么耗体力的路，需要穿过建筑间的重重走廊，需要一次次乘坐电梯。每部电梯上都贴着标语，建议你为了健康多走走路。然而，我找的这条路要花很长时间。我向学校申请把课安排在同一幢楼里，至少在同一层，或者课间时间长一些。学校回复说，我的要求他们做不到。

我的师傅说，同事对我评价不好，因为我工作不够努力。我点点头，一路哭着回家。每天我拖着沉重的步伐，背着厚厚的教案走过一条条走廊、一部部电梯，我的心脏怦怦地跳，关节仿佛随时要脱臼。我回到学校，挂着拐杖穿梭在不见人影的楼梯间和走廊，我被一摞摞文件和卷边儿的教科书压得喘不过气。哪怕想去图书馆借本书，都得先爬上巨大且长的楼梯。我问有没有残疾人通道,他们指向一部轮椅升降机,但你得先上一层楼。我太羞愧,太累,不愿意再多问一句了。

痉挛发作时,我蜷缩在笔记本电脑前,感觉脖子咔咔作响。那是周三午后,我在格拉斯米尔,不在格拉斯哥。我租住的公寓房里唯一的供热系统——一个老旧煤气炉坏掉了。我无法忍受一晚上躺在床上瑟瑟发抖,冷得睡不着觉,冷得动弹不得,我不敢开电热扇,生怕烧断保险丝。在冰窖一样的房子里,我无法工作,无法思考。当时,我接受静脉切开术已经三个月了,身体状态不好,索性进入了封闭模式、生存模式。头晕目眩的第一个月里,我在教室之间的小丘上摔了一跤,自此,连走路也困难。每走一步都痛苦不堪,连站直都变得危险。我穿梭于教室之间,穿梭于一个地点和另一个地点,我负担太沉重了。

我在走廊里摇摇晃晃,仿佛从一堵墙反弹到另一堵墙,一站起来便要晕倒,这种眩晕状态会一直持续下去。但我依然得接着走,我别无选择。

脖子咔咔作响的第二天,我的头和脖子疼到不堪忍受。我知道,我只能去急诊室了。我在急诊室从傍晚待到半夜。我做了核磁共振,以防静脉功能不全导致颈部血管压迫。影像显示没什么大碍,他们让我在候诊室里等,其间,医生换了班,我被忘记了。没人来找过我,直到医生再次换班。这位医生了解埃勒斯-当洛斯综合征,知道问题所在以及需要采取什么手段。

讲完课，我乘轨道车回家，我一路像在拖着脑袋。这次课后三周，我疼到动弹不得。我感到飘忽，我抬不起头来，深深陷入疼痛。我无法思考，承担交流功能的便只剩下嘴了。

我在轨道车上遇见两位男士，他们坐在我对面，试图同我交谈。我向他们道歉：我的头，太疼了，十分抱歉……其中一位男士多问了几个问题，我强忍着头痛回答他。我提到了结缔组织疾病，这时，我方才明白他为什么感兴趣，他儿子患有遗传性结缔组织疾病。然而，一直到孩子因主动脉夹层动脉瘤去世，医生才发现他患有此病。这位男士，也就是孩子的父亲，如今致力于提高人们的认识，倡导青少年接受心脏体检。我觉得他们就像护理人员，不停同我讲话以免我昏过去。

第二天，我发誓再也不让自己陷入这般境地，再也不勉强为之，再也不被动承受了。

那一天改变了我的生活，改变了我对于要求提供方便的态度。我再也不接受别人说"我们做不到"。我再也不为旁人的利益伤害自己。

我出现肌肉痉挛，特别是颈部肌肉痉挛时，靠肌肉松弛剂加消炎药缓解，以免严重到动弹不得。有时候，一疼就是一两天，要吃几轮药，症状才消失；也有时候，我只消睡一觉或者拉伸一下，症状就不见了。在桑拿房里拉伸，往往能缓解疼痛。洗热水澡也可以，但效果有限。按摩能让我舒服点，但不能消除症状。定期按摩或许更好，但国家医疗服务体系不包含按摩，且像我这般状况如何承担得起按摩费用？

于是，我尽量避免触发痉挛。有些状况我无法控制，比如半夜半脱臼。有些我可以尽量避免，比如受寒，比如负重。我可以注意走路、睡觉姿势。为了避免伤害，我甚至改变了在这个世界的行动方式，这便是调整"节奏"。

*

所谓调整"节奏"，便是放弃陆上生活，泡在小卧室改成的浴室浴缸里。

有一次，我泡澡时发现左大腿出现了一块深红色淤青，大概有高尔夫球大小。不，更大，网球那么大。我不记得撞到过，尽管我总跌跌撞撞。

另一个冬季里的一天，我膝盖出现了一块巨大瘀青。形状如同膝盖，近乎心形，或是恐怖电影里的面具。我知道它怎么来的。前一天晚上，我在铺着薄薄地毯的走廊上跪了一会儿，大约不到一分钟。起身时，我感到疼，但毫无受伤迹象。然而，第二天，瘀青出现了，仿佛沉血或铁锈一般的棕红色，摸上去软软的，弯曲一下关节，便能感觉到软组织摩擦。即便现在，我身体依然处处出乎意料。每一天，从它深不可测的峡谷里，都会产生新的、无法想象的奇异事物。它让我失去平衡，在身体上，在精神上。我来来回回，哪儿也到不了，然而，每次原路返回都会发现全然不同的事物，这也是"节奏"。这不可怕，但也不令人愉快，它介于二者之间，它二者皆是。

*

为控制埃勒斯-当洛斯综合征，我参加了疼痛康复课，我们在练习调整节奏，我第一次明白了其中的意义。疼痛是变化的，每天、每时都在变。我同专业理疗师进行一对一的训练，我终于开始懂了。所谓节奏便是计算出 2015 年 4 月某天，我正常坐姿只能保持 1 分钟 27 秒，然后，脖子就要痛。1 分 27 秒是我的基准，在那一刻，我感受到疼痛，自此，疼痛不断加剧，我该活动一下了。

对我而言，这是崭新的知识。

调整节奏不是暂停，而是活动，是改变。

我们学习在疼痛来临之前变换姿势，这是革命性的。开始，我毫无头绪，我的常态是，疼痛要么沉沉压来，要么蓄势待发，如何及时变换姿势？慢慢地，我懂得了其中道理，调整节奏便是不要勉为其难。

勉为其难是调整节奏的反面，是疼痛轰隆隆袭来之际，只能堵上耳朵唱着歌，拒绝听见。

我曾经以为活着就得"勉为其难"，否则便一事无成。

我以另一种方式关注疼痛。

节奏

我们还学到,我们可能会犯错误。节奏不是精确科学。做一件事该多长时间,没有标准。你该坐多久,走多久,打字多久,咀嚼多久?这是一个需要不断调整的过程,你要关注的是疼痛程度,这是变革性的。

对于常年疼痛的人而言,在实操中往往无法在疼痛来临前"调整节奏"。凡有疼痛经验的人都知道,它是一个从低语到尖叫,从一只鸣蝉到一群鸣蝉的过程。当你看见第一只虫子便要开始"调整节奏",以免集聚起黑压压一片虫。

*

节奏是静下来,是休战,是摆脱身体失调,获得自由。暂时地,我们和解,我们休息,放下武器,无论是象征意义,还是字面意义。

然而,它亦是躁动,亦是喧哗,是不平静的运动,是始终记得要作出改变,坚持改变。对身体失调保持敏感,并适时改变。

*

苏珊·桑塔格在《疾病的隐喻》一书中探讨了使用战斗语言描述疾病的危险。

我和其他饱受残疾、疾病之苦的人一样,反对使用战斗语言。一个人死了,他并非放下武器,并非屈服,也并非输掉了战斗。

战斗语言让人们更难对疾病坦诚。"灵感色情"是个颇为贴切的概念。这个由斯特拉·杨创造的概念指的是将残疾人塑造成勇敢又令人同情形象。残疾人无论刷牙,还是坐公交,都堪称勇敢。桑塔格的书出版 30 年后,战斗语言竟然更普遍了。无论电视广告、公益活动,它无处不在。病人不是勇敢的战士便是倒下的士兵,倘若二者皆不是,那他要么是寄生虫,要么是假冒者。

2020 年 7 月,鲍里斯·约翰逊宣称,"我们必须与冠状病毒进行长久、艰苦的斗争"。仿佛病毒是一支入侵部队。倘若病毒真是敌人,那我们只能缴械。没有哪支部队可以击败病毒,这是人力之不可为之的事。疫情不尊重国界,不尊重军队,它更不在乎你储备了多少核武器。你无法对它实施空袭,你也俘虏不了它的士兵,你更无法改变它的意志。

然而,有时生病确实像一场漫长的战斗,不是吗?它漫长到荒谬。可笑的是,你已经不剩一兵一卒,却还要坚持。你装作取得了一场巨大胜利,哪怕知道要损兵折将也要继续投入战斗,只有这样你才有勇气面对新的一天。仿佛《巨蟒与圣杯》[①] 中亚瑟王大战黑骑士的场景,黑骑士肩膀上伤口鲜血喷涌,然而他依然不放弃进攻。

---

① 1975 年在英国上映的喜剧电影,影片灵感来自《亚瑟王传奇》,讲述亚瑟王和圆桌骑士接受上帝旨意寻找圣杯的故事。

节奏

有时,在疼痛里煎熬的身体不停呼喊,一切都不会结束!同时,它把自己切成一片一片,拿自己开令人厌倦的玩笑。有时,身体就是这般维系着。

被疼痛困扰的你渴望与身体休战,渴望与这个让你更痛的世界休战。

你呼唤的不是治愈,而是些许平静,些许快乐,以及哪怕一瞬间没有挣扎,没有伤害的时间。

*

节奏是一种策略。

"节奏",不是疼痛管理课上教授的那种,他们教人少运动,教人慢下来,教人休息。而我所谓的节奏是持续运动,是反操控,节奏是重复,是慢性的。

节奏是全身动,动是一种策略。

护士告诉我,动为的是防止血液淤积。血液沉积在富有弹性的血管里,血管在重力作用下过度拉伸。血液沉积到下半身,无法回流。毛细血管无法发挥作用,因为它靠的是弹性,是狭窄,而不是拉伸。重力在拖拽,血管过度拉伸,血往下流。然而,让身体动起来可以促进血液循环。四肢运动带动肌肉挤压毛细血管,从而促进血液流动。这是一项技巧。护士告诉我,重力是我的敌人。切忌站着不动,动起来,前后左右摇晃,原地踏步,别停下,这便是节奏。

*

大学时,我第一次读到弗兰·奥布莱恩①的《第三个警察》。我爱不释手,因为作者深谙身体是可渗透的,会渗入周遭一切,人可以成为自行车,自行车亦可以成为人。另外,作者也深谙重复。

奥布莱恩写:"地狱绕啊绕,形状上,它是环形的,本质上它是无休止的,重复的,难以忍受。"[103] 彼时,那便是我寓居于我这副皮囊的感受,是我借助医疗体系同身体谈判的感受,是我呼救的感受,我无助,我无望,我费尽周折又回到起点,或者回到一个个不同的起点。我感到自己学到了什么,其实,那什么也不是,它不起丝毫作用。没有什么是有用的。

如今,我明白了这缓缓螺旋上升的价值。一个螺旋压紧另一个螺旋,看上去仿佛是一个圈,然而它不是圈。我们旋回起点,但我们变了,此起点非彼起点,因为我们变了。

从前,我觉得自己陷入了他人的地狱。如今,我视它为迷宫。它不是陷阱,是冥想,是缓行。沿着螺旋,我们看似回到了原点,其实,我们是远离了原点。我边绕边理解了节奏。

---

① 弗兰·奥布莱恩,爱尔兰小说家、剧作家、讽刺作家。《第三个警察》写于1939—1940年间,是一部关于时间与空间、死亡与存在的黑暗喜剧小说,1967年作者去世一年后才得以出版。

节奏

*

调整节奏是一遍又一遍,是重复,是再迈步,是再折回。节奏是慢性的,或者我该说是慢性失调?它穿越时间,它动而不动,然而,它也让时间停止,将时间折叠在同一个空间,在那个空间里迂回。时间滴答,但没在前进,仿佛散步,始终要回来,不会前进,不会偏离。散步不是旅行,散步不为前进,只为动起来。

*

华兹华斯在踱步①中写作。我将引用我自己的话,这些话我在研讨会中、会议中说了无数次。华兹华斯踱步的小径,也是我每天散步的地方。他一面在公路上踱步,一面喃喃自语着诗句。

在莱德尔山,在他鼎盛时期的住所,他在花园里修了一个步道,这样,他便可以边踱步,边措辞,边思考,把思考变成诗歌。也正是这些步道,让他妹妹多萝西在坐轮椅的岁月也可以游览花园。调整节奏亦是得到,不止为了我们得到,也为别人。

*

至于德·昆西,节奏是夜夜游走于伦敦迷宫般的街道,

---

① 在英文中"节奏"同"踱步"都可以用"pace"表示。本章标题和文中提到的"节奏"就是"pace"。

游走于湖区迷宫般的街道。或者,在梦里,同时游走于二者。迷宫将伦敦与湖区连接。这便是残疾时间、残疾空间里的节奏。

*

人们说应当忽略疼痛。疼痛纵然真实,传递的却是空洞,它不过是神经系统的错误信息。慢性疼痛是神经元对着空气开火。慢性疼痛什么也不是,它不像正常人的疼痛,传递着一种信息。慢性疼痛没有待寻找、待修复的伤口。它有的不过是一个总是擦枪走火的濒临毁坏的系统。因此,慢性疼痛患者应当尝试认知行为疗法,应当知道他们的疼痛不过是空空如也的信封,空空如也的收件箱,他们应当学着忽略疼痛。每次,我都想高呼,生活是大大小小的伤口,这种切肤之痛是一种重要信息。别告诉我们要忽视,不要忽视它。

我可以清清楚楚说出我那慢性的、持续的、无法治愈的疼痛来自哪里。它来自身体差异;来自对身体亿万次微小的、不间断的攻击;来自我胸腔结缔组织的炎症;来自旧伤周围的神经损伤;来自关节、骨骼位移和韧带损伤;来自肌肉痉挛和抽筋;来自脱臼和半脱臼;来自我每次屈膝——我的膝盖骨是偏移的,每次弯腿都会磨到;它来自我身体结构问题——无论站立、坐直、抬头都格外吃力;它来自我器官以及组成器官的细胞的铁中毒。我知道,我对世界的感知不同于常人,这种不同让我对噪声、气温、光线、触摸格外敏感,然而疼痛并不来自于此。

然而,我们被告知要忽视我们的经历。我被告知造成我髋部疼的不是因为前一晚蹚水受了小伤。我的疼痛没原因,没意义。然而,我的髋部不会撒谎,我也既不会因它撒谎,也不会对它撒谎。它呼喊,我倾听,倘若我无视,那么我们都要后悔。倘若疼痛不过是一则空洞的信息,那为何还要因此调整行为呢?

我动,以免更疼;我不动,亦是以免更疼。这皆是调整节奏。唯有停下来倾听,我才能享有平和,节奏便是快乐。

*

倘若你达到所谓"接受"阶段,你同你的不同,同你的疾病,同你自己,同病中的你和解了吗?

接受也是一种节奏吗?

它来来回回,它哪里也到不了,它在一片土地上徘徊,直至走出一道道沟。

接受,如同实现和平,不是达成一致的那一刻,而是反反复复重温那一刻,是延续那一刻,重返那一刻,是一次次地实现和平。

*

持续疼痛改变了人与空间、与时间的关系。来势汹汹的疼痛将我们从当下抽离，它剥夺了我们在此处停留、活动的快乐。然而，它也能让我们对当下更敏感。我缓慢地、不出一点声音地走着，我得时不时停下。作为补偿，我听到旁人听不见的声音，看见旁人看不见的风景。我走得少，游得多；走得少，踱步多。当生活支离破碎成一个个重复的痛苦瞬间，你便只能从细微处寻找快乐。生活由琐碎构成，大都让人痛苦，不痛苦的，则是奢侈的调剂。对我而言，调剂便是同其他生灵交流，它让我感到，尽管我痛，但生活依然多样，生活依然继续。你看，草坪里那一根彩虹色的羽毛，窗边那一只绿雀。

为了不跌倒，我眼睛盯着地面走路，我得以窥见它的美，得以看到形形色色的生物——小小的蘑菇，过马路的蝾螈，嫩黄的五叶草，还有一片一片的苔藓。我停下来歇脚，我听见红松鼠在树冠里叽叽喳喳叫，它们跳跃、奔跑，火色尾巴在棕色枝干间一闪一闪。我听到篱笆后黑顶林莺雏鸟的叫声，听到麻鹬的咕噜噜声。我看到了纹理，看到了细节，岩石和石墙上长出霓虹色地衣，环状地衣则仿佛沉船里被淹没的宝藏，历经数世纪，它染上了铜绿，长出了藤壶，那新生的红色尖角仿佛艳丽的珊瑚。阳光明媚的冬日清晨，每一只小小高脚杯里都盛着一颗圆鼓鼓的露珠，如同镜面星球。苍鹭透过树叶偷看。无论什么季节，鹿总要躲在茂密的树丛里。长尾山雀一个接一个在洒满阳光的树枝上跳跃。黄褐色猫头鹰将自己隐匿在橡木中。

节奏

*

伊莱·克莱尔也写到了走路慢于常人、异于常人的回报。同我一样,他与重力的关系也是"矛盾的":他滑倒,他摇摇晃晃,他一步一个台阶缓慢地下楼。他也得调整自己的节奏,而这亦有回报:

> 陡峭的山坡上,我屁股着地、手脚并用向下滑动,那一刻,我成了四足动物,我方才注意到冰川在花岗岩上留下漩涡状的花纹,小小的橙色蝾螈在树根间爬行,腐烂的树干上长着奇异的蘑菇,摇摇欲坠的平衡感让我得以同大山亲密接触。[104]

凯瑟琳·杰米让读者关注一种别样的野性,"它更小,更黑暗,更复杂,更有趣,它不是徒步之地,而是一种力量,一种需要与之谈判的力量"。她说:"要由衷欣赏自己身体变化的野性,疾病的野性。"[105] 倘若你站在疾病之上,俯视它,倘若你漫游在疾病迷雾之外,那么欣赏它不是难事。但倘若你生活在疾病的野性里,你别无选择,只得时时刻刻盯住它谜样的生态。

倘若你缓慢地、小心翼翼地行走在这个世界,你会发现许许多多东西值得一看。不要只看到身体的野性,也要看到世界向你敞开的野性。

*

为了理解一切,我必须回去,回到我去过的地方,甚至更远，回到它扎下根来的地方。

我决定回克雷斯韦尔。然而，一想到此，我便紧张。W和我在去诺丁汉的路上绕了个道。我们穿越荒原，抵达德比郡。那是2018年万圣节，清朗、寒冷。我有预感，倘若我不赶在这周冬令时开始前回去，我便永远也回不去了。我们抵达峡谷，太阳已经沉下去了，天空变换了颜色。时间不多了，我们必须在六点前赶到诺丁汉，同侄子们玩"不给糖就捣蛋"游戏。他们同我几十年前去克雷斯韦尔旅行时一般大。当晚，我的小侄子们拎着越来越满的南瓜筐，绕着装饰蜘蛛网的房子一圈圈走，渐渐意兴阑珊。我哥哥不断催促着，他急着去朋友家参加派对。我想象着他们走在洞穴小径上，两边是历史的深渊。绝大多数时候，他们走在我们前面，我们是那些落后的人。

克雷斯韦尔那崭新、明亮的游客中心让我既备感惊讶又觉得是情理之中。我们被入口处的商店吸引了，一只毛茸茸的剑齿虎玩具让我颇感兴趣。

我们没时间细看，在咖啡厅喝了咖啡，便径直走向峡谷。景区里处处是雉鸡，它们的叫声颇有史前况味。有些零零散散的游客，一架迷你马车从我们身边经过。在粉色光影里，洞穴显得十分柔和。寒鸦或栖息在洞里，或栖息在山脊树上，或一群群波浪般哗啦啦在石头间、树丛间穿梭。鸭子在中心水塘游泳。我们拍了许多照片，我探头进栏杆看每一处洞穴，那栏杆就如同学校地下室的栏杆。"它们"为万圣节装扮一番,挂满塑料南瓜、蜡烛状的彩灯和骷髅。

洞穴正常得令人失望,至多看上去有点悲哀。我不记得当时令我恐惧的是哪个洞穴。我需要回去。我需要感到恐惧,或者至少看到那让我恐惧的究竟是什么。我终究以不宜过量活动为借口,以调整节奏为借口避开了它。但这不好,有些黑暗总是该超越的。

*

倘若走步让你痛不欲生,那么你很难再走回去。倘若我回到过去,回到一切发生的时候,我会有所发现,发现我丢弃的,错失的。我能在那看似随机的动态里看出一种模式,在运动中寻见一种意义。我觉得自己能在小径旁发现真相。我该深入黑暗,深入可疑的记忆,挖掘新东西。我应该朝向那古老洞穴壁,找到另一个故事。

或许,我会知道究竟发生了什么,为什么发生。我本可以早些确诊,谁该为这链条上每一处断裂负责?这个系统如何造就了现在的我?哪些情况下正确的其实是病人?我觉得重温这些经历是有意义的。然而,我其实已经知道了。我知道我的身体反馈,知道我如何记住了这种反馈,我依然记着它。我知道我的感受,因为,我在场。

人们说要适应慢性病生活就得学会接受,但是倘若接受是另一个把戏、另一场骗局呢?倘若它与自然疗法一样,为的是堵住我们的嘴，不让我们提问，为的是让我们蒙羞呢？

有时，我在我眼神里发现了一闪而过的"接受"，这与"认知行为疗法"式语言可谓异曲同工：倘若我们想太多，讲太多，投入太多，病就更严重。

我如今悟到的道理，其实二十年前便本能地意识到了，我必须倾听她，倾听生病的自己，否则我们的病会更加严重。

*

2019年初，克雷斯韦尔峭壁登上新闻。峭壁上发现了迄今为止英国最大规模的女巫标记。其实，肯定有人见过这些图画，想必没有多想，还以为是游客涂鸦，而不是更古老的东西。意识到它们为何物的是"不列颠地下城"①的成员。它们是符咒——抵御邪恶，困邪恶于地下，让过去成为过去。

它们是所谓辟邪标记，"辟邪"（apotropaic）源自希腊语"*apotrepein*"，意思是"走开"。那些地下之物，下去吧，别上来，别走进我们的世界。

标记中有"PM"两个字母，是"*Pace Maria*"，即佩斯·玛丽亚，是在召唤圣母玛利亚的护佑。拉丁语里"pace"

---

① 英国民间组织，专门研究地下建筑，如矿井、隧道、防卫工事等。

即"peace"(和平),蕴含英文"节奏""踱步"之意。

除此以外,还有象征捕捉、囚困邪恶的图形,诸如盒子、线条、迷宫。它们把邪恶圈进围墙里,让邪恶晕头转向,来来回回找不到逃路。

那些已死去的人为抵御更早死去的人做的标记,对此,人们究竟了解些什么,猜到些什么?它们觉得那跃跃欲试要爬出地面的是什么呢?他们的恐惧同我的恐惧一样吗?恐惧来自恍然大悟那一刻的战栗吗?

洞穴遗产协调员约翰·查尔斯沃思大为震惊,他们天天路过这些标记,竟没能发现有多重要。新闻通稿援引他的话:

> 我们居然一直眼睁睁看着这些标记!我在克雷斯韦尔工作了整整17年,如今,我在想它还藏着什么不为人知的奇迹呢?

时光荏苒,我发现我同这些洞穴有着共同之处。它敞开了它的历史,它的真相,却被无视,被认为毫无意义,甚至应当为之羞愧。如今,它成了颇了不起的遗迹。那一直明摆在眼前的,让他们震惊,让他们赞叹。唯有局外人,唯有具备不一样知识体系、认知体系的人才能看出那一笔一画传递的是一个重要故事,不是胡言乱语。洞穴也被"误诊"了这么久,对此,我毫不惊讶。

*

我还去了拉斯林岛。我想,要是能亲眼看看带有血色素沉着症基因的古尸被发掘的地方,我大概能更好地理解一切。我不知道我要找的是什么,但我知道,我必须到那里。

拉斯林岛位于距巴利卡斯尔港 10 公里的安特里姆海岸,呈"V"形,尖头直指 25 公里以东的琴泰岬半岛。它是爱尔兰岛以外有人居住的最北端岛屿。"V"形开口面向艾雷岛和吉加岛。早在石器时代,岛上就有人居住了,它们用稀有的白陶土制作斧头。岛的历史亦是一段争夺主权、避难和流血的历史。据说圣科伦巴或科姆西勒 563 年离开爱尔兰岛,在定居爱奥那岛之前便居住那里。795 年,挪威人从拉斯林岛袭击爱尔兰。1575 年,英格兰军队屠杀数百名在拉斯林避难的麦克唐纳族人。1642 年,坎贝尔族圣约者之军屠杀麦克唐纳族男人和男孩,他们将妇女赶到一座小丘,让她们眼睁睁看着这一切,这座小丘后来被称作"尖叫之丘"。如今这里以野生动物闻名,比如海鸟、金兔(拉斯林岛独有的爱尔兰兔变种)。

拉斯林岛之行,我计划了几个月。然而,等攒足了钱,时间又不多了,我只有几天时间,当时已是 10 月,是岛上的淡季,没有候鸟,也没有人。

在开往拉斯林岛的船上,我接到了房东的电话,她告诉我旅馆怎么走，问我为什么这时候登岛，她猜到大概与血色素沉着症有关。我简单讲了几句我在做的事，讲了这本书，我说我没有明确目的，只是想去到那里，想站在携带我突变基因的先人曾经站过的岩石上。她讲了他们被发现的过程，她说他们竟然把一具酋长尸体用保鲜盒装着运出了岛。他的遗体就那么蜷缩着绑在一起。她说这是耻辱。我则说其中蕴有一种美，不是吗？一种延续的美。无论生前是什么重要人物，死了便都是保鲜盒里那一堆骨头。但我似乎没能说服她。

她说她很想来拉斯林拜访我，介绍我认识一些了解挖掘情况以及同样受血色素沉着症困扰的人。然而，那毕竟是10月，她怕天不遂人愿，被风暴困在岛上。我来岛的第一个早晨，一位年轻女士为我做了早饭，她一面攻读博士学位，一面为我的房东打工。同我一同吃饭的是唯一在岛上过夜的游客，一对英国夫妇。我们聊了几句，我直截了当地讲我在做什么。他们颇惊讶地相互看看：男人也患有血色素沉着症，他们不知道这座岛同这个病有千丝万缕的联系。他们是来看海鸟的。岛上仅有三位游客，其中两位患血色素沉着症。

暴风雨即将到来，不知道渡轮是否仍然能开。英国夫妇和年轻女士都要离岛，那时将只剩我一个人。

我住的旅馆就在发现尸体的酒吧边上。也就是说，我就睡在我视为远亲的葬身之地旁边。挖掘现场已经没什么可看。它湮没在停车场下面，当年就是为了修建停车场才破坏了它。然而，我渴望感到他们近在咫尺，千百年来，他们近在咫尺。岛上居民从不锁门。一天下午，一个男人径直进来送房东给我的鸡蛋和培根。我多希望我死去的祖先、我的变异族人也这般走进来，喝一杯，聊聊他们的生活。

在岛上，我走了许多路。自从一年前脚趾骨折，我还从未走过那么多路。我的脚再也没能恢复，骨折处神经肿成了脚趾般宽的瘤。它仿佛触发疼痛的按钮，每走一步都会碰到，按得越多，疼痛就越频繁。

然而在拉斯林，我的感觉变了。也许是肾上腺素在起作用吧——来岛的兴奋消解了损坏神经释放的信号。岛上就剩我一个人的那天，我在雨中散步去了东灯塔，那是最短的穿岛路线。我期盼在岛的另一端看见海豹，期盼在途中遇见金兔，正是基因突变让金兔拥有独特的杏色皮毛和蓝色眼睛。我肯定，这让我们之间有了联系——一种基因突变同另一种基因突变，一双蓝眼睛同另一双蓝眼睛，它的杏色皮毛，我的血色素沉着症典型的棕皮肤。然而，我只看到了一群害羞的奶牛和马，唯有地上奇奇怪怪的粪便昭示金兔曾经来过。

抵达东灯塔，我发现悬崖小径太陡，风太大，我恐怕会失去平衡。我只好透过一条沟壑望向大海，我分辨着在海浪里若隐若现的究竟是岩石还是海豹。

节奏

我知道灯塔下有一处洞穴叫"布鲁斯之洞"。据说,罗伯特·布鲁斯①和他的战士曾在海蚀洞休憩,等待苏格兰的召唤,正如邓梅尔在格拉斯米尔北部高地,他沉睡着,直至我们的绝望激起他的行动。我妈妈的婶婶每每喝了几杯酒便声称与布鲁斯有血缘关系,想必安南代尔不少家庭里都有这样的一位吧!这就如同说我们的长臂遗传自罗布·罗伊,然而,于我而言,它将岛的历史同我家族历史联系起来,将空间历史同我们的历史联系起来。

1306年至1307年,布鲁斯败走达尔赖后带着300人的队伍在这里休养。只不过他住的是城堡,不是山洞。约翰·巴伯②发表于1377年的史诗《布鲁斯》记录了布鲁斯在拉斯林度过的这个冬天。沃尔特·斯科特爵士③在收录苏格兰神话、传说的《祖父的故事》一书中又引入了"蜘蛛"这一角色。在斯科特笔下,布鲁斯盯着一只蜘蛛牵一根蛛丝,想把网从洞穴一边织到另一边,它尝试了六次,失败了六次。这仿佛是布鲁斯六次夺取主权失败的隐喻。

---

① 罗伯特·布鲁斯,史称罗伯特一世,是苏格兰历史上最重要国王之一。他在位期间政治开明,司法公正,享有极高威望。他曾领导苏格兰王国击退英格兰王国的入侵,取得民族独立。

② 约翰·巴伯,苏格兰诗人,目前仍然留存的最主要著作是史诗《布鲁斯》。

③ 沃尔特·斯科特爵士,苏格兰历史小说家、诗人、剧作家、历史学家,浪漫主义代表人物之一。

第七次，蜘蛛终于将蛛丝固定住了。布鲁斯也决定再战一次，这便是班诺克本之战。据说，这也是谚语"如果一开始没成功，就再试一次"的出处。我妈妈和妈妈的妈妈总把这句话挂在嘴边。我原本以为这句话的意思是，倘若你要达到目的，实现目标必须坚持下去，斗争下去，哪怕遍体鳞伤。

站在灯塔，我眯起眼睛俯瞰，仿佛这样便可以洞悉一切，然而，我眼里只有雨，只有防波堤，只有海豹或岩石。或许，失败没关系，休息没关系，躲藏七年也没关系，你总会崛起，挥舞着燃烧的刀剑，夺回属于你的东西。努力付之一炬也没关系，你白手起家，从头再来，再建蛛网之迷宫，身体之迷宫，那便是你的成就。奇迹寓于重复。

号称布鲁斯之洞、蜘蛛之洞的不止一座。其中一个砂岩洞位于柯克帕特里克-弗莱明村，距离我母亲儿时的家不过六公里。如同诺丁汉地下的砂岩洞，它也是天然洞穴，历经一代又一代人开凿、扩大、雕琢。穴壁上有十八世纪旅行者的涂鸦，还有文物学家的题字，如今它们都已湮没在历史中。洞口边还刻着一个盾牌和一颗五角星，旁边是洞穴曾经的主人的誓言。艾玛·埃蒙加达·奥格威写道：

在此山洞，国王罗伯特·布鲁斯
躲避敌人追击。

节奏

> 我的先人为荣誉而牺牲,
> 我也要守卫我的领土。

我家人肯定知道这个洞穴,知道它的历史,知道它同传说,同国王,同那句有关决心与毅力的座右铭的关系,知道它同他们所了解的自己的关系。

拉斯林有许许多多海蚀洞,每一个洞穴都有自己的历史和神话。据说,有一处洞穴贯穿整个岛屿,是连接东、西的通道。另一处洞穴为"里尔的天鹅孩子"[①]提供庇护,直至他们死去。想进布鲁斯之洞,得找风平浪静的日子,从海那一面进入。布鲁斯之洞可谓一处绝佳藏身地。

第二天,我又去了南灯塔,人们说那里一定有海豹。我出发时,还下着雨,不久竟雨过天晴,现出两道彩虹,我慢慢走着,踱着,停下来拍照,停下来观察我不认识的海鸟。等我踏上通往南灯塔的单行道,太阳就要落山了。我脱掉外套,观看野兔,我同娇小、美丽的绵羊交谈。我路过已成为一片废墟的定居点。看规模,它大概能容下一千人,而不是一百。我好奇,他们中有多少人携带同我一样、同埋在酒吧下青铜时代人一样的变异基因?

在南灯塔,我坐在一处废墟背风处,那里长满青苔,遍地羊粪,我喝水壶里的茶。我走了不过八公里,然而我

---

① 苏格兰神话,苏格兰领主里尔的四个孩子被善妒的继母施了咒语变成了天鹅,只有在满月的夜晚,他们才能变回人形。

很久没走那么远了。我很累,但状态还好。我常常停下来歇脚,我有自己的节奏。

我向海岸走去,这才发现海豹正望着我,一对海豹从岩石滑进海里。我看了五分钟、十分钟,依然分不清远处的海豹和岩石,阳光下,它们都化作一团灰白。观赏海豹一如观星,看得越久看到的越多。

我盯着它们看了好久,看它们在水里玩耍,在水里翻来覆去。它们一定知道我是另一个物种,不是海豹。我也知道我不是它们的一员,然而,我们都享受这突如其来的晴天。

我想起确诊那一年,我在一次会议上听到的一篇论文。演讲者讨论关于"海豹人"传说的各种起源:为纪念穿海豹皮的因纽特旅者,抑或是基因紊乱、代代相传的皮肤问题,正如《向海》里的卡莉。[106] 而我凭直觉立刻想到它讲的是基因紊乱,是关于种族、文化差异的秘史。卡莉得知家族真相的同时也得知了遗忘的真相,"最古老的自己慢慢记起,内心深处无法控制的一切,来自已经被遗忘的祖先的一切。连母亲和母亲的母亲都不记得了,没人告诉她们真相"。[107]

在岛上,望着海豹,倚靠着温暖的早已死去的家人,我感到了什么?我感到我记起了最古老的自己,我感到在时间长河中,我正朝自己游去。

节奏

*

慢性病的问题层出不穷，如同无数个镜子，如同不断展开的一串纸人。

2019 年 10 月，不知何故，我的胃罢工了。

胃、内脏像心脏一样收缩：它们通过肌肉运动发挥作用。如果肌肉不再收缩，无法将食物输送到螺旋状肠道里，那么整个系统就会崩溃。

埃勒斯-当洛斯综合征患者有时会出现这种状况。它被称作胃轻瘫——胃麻痹了。早在我自己经历胃轻瘫之前，我便在患者社群里知道这个词了。

胃轻瘫闪电般袭来。我吃东西，食物没有流向我身体，而是积压在胃里。当晚，我觉得不舒服，胃异常肿胀。直到第二天吃饭，我才意识到发生了什么。我肚子越胀越大。我就像故事里那个吃了七个小孩的狼，肚子被塞满石头以示惩罚。疼痛和恶心太强烈，我躺不下，睡不着。我在房间里踱步，稍感轻松。我成了肠绞痛的婴儿，在小房子里转啊转，用身体运动带动内脏转动。

因为加入了患者社群，我知道自己出了什么问题，我寻求建议。

我吃土豆泥、红薯泥，喝奶昔。

第二个月，我可以吃一些羊奶酪和瘦肉了。

最安全的食物是土豆，如果担心，那就只吃土豆。

多年来，我胃肠动力一直不好，兴许一直没好过，但从没像现在这样彻底瘫痪。

三个月后，我的胃丝毫不见起色，我只好去看家庭医生，我无比沮丧，等着我的只有一个选项：去伦敦看胃肠科。我要做更多检查。

家庭医生证实了我的预想，地方医院无能为力。那是2020年1月。我坐在走廊上迎接新年，我太撑，太痛苦了，我竟然斗胆喝了一杯新年酒，睡觉成了一种煎熬。

迎接新年的是一次月食，我的社交媒体上全在讨论月食——狼月，血红色，这似乎不是什么好兆头。格拉斯米尔下了一夜雨，看不见月亮，无论是血色的，还是清朗的。当然，月亮就在那里，在层层密密的云背后。我有不祥的预感，但这不祥只降临在我一个人头上，而不该是整个人类。

六月初，我南下接受两次检查，这是我自三月第一周以来第一次出山谷，中间只有一次去六公里外看医生。这便是我生活的新半径。

坐火车去伦敦仿佛去月球。W陪我同去。我们必须在早上九点半到达医院，因此，需要乘坐当天第一班火车，我们五点钟就出门了。医生要求我禁食、禁药。我不知道自己该做什么，不知道自己需要什么帮助。那是W自三月份以来第一个休息日。我们背包里塞满了一天要用的东西——食物、水，这样便可以减少同他人的接触。到了伦敦，我们发现根本接触不到什么人——所有咖啡馆、商店都关了。唯有车站森宝利超市还开着，队伍蜿蜒到远处，不真实得仿佛另一个世界。

当时，乘坐交通工具还没有强制戴口罩。我们则紧张得终日戴着口罩，手插在兜里，避免碰脸，避免碰所有东西。

九月，我得再一次去伦敦接受检查。这次，开车安全多了。防疫措施纷纷取消。我听到一些话，让我难以释怀。我听到，许许多多人被宣布成了牺牲品。我对他人的信任几近瓦解。我们在父母家过夜，这样就不必开夜车也能在九点到达医院了。那是我一整年第一次见到父母。我们没拥抱，但在一张桌子上吃了饭。当时，我们还不知道病毒可以通过空气传播，不单是飞沫和接触。回想起来，隔离是我们一同度过的最安全的时光。

关于这次检查，我做了不少噩梦。检查前几周我不时被噩梦惊醒，我甚至开始害怕其他检查。不堪的过往经历让我对检查的本能厌恶更加复杂。我告诉自己，这次一定要坚定。我得要求他们给我注射强力镇静剂。我解释，我对类检测反应太大，我有过不好的经历。我向每一个步骤的操作人员要求注射镇静剂。我努力让声音保持平和、坚定但礼貌。我不哭，不求。后来，我反思，我还是应该哭着要求。

我躺在检查室里，手臂插着一根管子，我姿势别扭，仿佛一位无名圣人的尸体,做内窥镜的医生越过我身体跟助手说,不用给她,不如留给下一个病人。

我说,不,你们有什么就给我什么。然而,他们只是笑笑便继续手里的活儿了。

我喉咙持续痉挛,累得说不出话。我只想离开,我想回家。

出院记录写着:"给予轻度镇定,检查进展顺利。"

倘若你提不出正确的问题……倘若你不倾听别人的回答……

结果出来后果然正如我所料:胃轻瘫。

然而,确诊也改变不了什么。那位发现我患血色素沉着症的医生打电话给我,让我不吃一切需要用刀切的食物。她建议我用药——多潘立酮——就是它让我出现了帕金森症状,医生曾让我再也不要碰。

至于其他建议,我其实几个月前就在做了。不吃难消化的食物:纤维、脂肪。少食。多散步,让运动和重力代替肌肉收缩。我得坚持,倾听我的肠胃。

每次稍有松懈,便要遭罪。四月里的一天,我喝了一杯无麸质啤酒,痛苦地坐了整整一夜。

慢慢地,我的掌控力变强了。我发现水果和蔬菜是我的主要问题。我开始懂得欣赏不同种类土豆的质地和味道。我知道不能吃脆葡萄,再想吃也要忍住。我坚持每天散步,哪怕只有十分钟、五分钟。

倘若不慎出了错,晚上无法躺下,我便在房间里踱步,或者借着月光到外面散步,把烦恼说给猫头鹰听。

我重新学着放慢脚步,把生活掰碎,一次迈一步,一次吃一口,切忌期待太多。

*

我很早以前就明白了身体不值得信任。你命令它做一件事,它偏做另一件。比如:让它走路,脚便要黏住,髋部动弹不得;让它站,它便要倒;让它睡觉,细微的白噪声都能让它惊觉。

它总是怨声载道,它为各种各样的事哭,仿佛那是我的错,仿佛我能改天换地。

我视它为敌人。我努力,身体却不断阻挠。它不断让我失望,让我们失望。

那些年月,我迈步迈到一半突然跪下去,重重摔在人行道上,仿佛牵引我的绳子被割断了。我的膝盖反复流血,结痂,流血,结痂。

那些年月,身体部位没由来地滑脱,膝盖骨像巨石一样从山上滚下来。

我喂它,它生病。

我对它好,它伤害我。

我让它强壮,它支离破碎。

我的身体似乎同我保持着距离。

我们的联系很松散,一如身体各个关节。我仿佛影子,或拖在身后,或飘在身前,光照出了我们的距离。因此,我们的空间感是混乱的,我们总撞到墙,头撞到门框或车窗。

有时候,身体竟忘了它在做的事。它正拿着水壶却忘了抓握,它正喝水却忘了吞咽。做身体不容易,要运筹那么多动作。有时候,我觉得我的身体同我毫无关系。我仿佛它生锈船上的一名旅客,抑或是一个偷渡者。我随着我的身体环游世界。它去哪里,怎么去,我控制不了。它不因我航行,无论有没有我它都要航行。它随心所欲,而离开他,我却寸步难行,我无法独立。有时,我觉得我是身体的囚徒,也有时候我觉得身体是我的俘虏。

得不到确诊,遭遇误诊那兵荒马乱的岁月,我便是这么看待身体的。身体是野蛮的,桀骜不驯的,它任性,它固执。它仿佛电影里脱缰的马,仿佛驯服不了的恶犬,仿佛狼狗,它太野蛮。我以为倘若我够厉害,便能驯服它,我以为我能让它变好。然而,它视指令若无物,它什么也不是,它只是野蛮的自己,是自己的造物。

如今,我试着与身体一起生活,是陪伴,是共生,一如我同这世上的万物:我散步遇见的鹿、红松鼠、一群群的鸟,我说服身体同我一起走出我们的房子,我们的洞穴,晒晒太阳,看看树林。我带它看蓝天,它一定会感谢我吧。倘若我们待在家里,都要生病。我悄悄地、小心翼翼接近我身体，一如我对那湖里的苍鹭，一如我对那山谷里的鹿，它一发现我，耳朵便机警地一抖。我渴望接近我的身体，但不想吓到它。

驯服意味着摧残。然而，我几经摧残的身体从未顺从。身体以外，没有家收留它，身体以外，没有荒野让它驰骋。

古英语里，"doer"泛指野生动物，森林里的野兽，四足的，抑或是带鳍的，有生命的，有呼吸的，大口喘息着求生——冷冽空气里聚起一团白雾。

所谓鹿性便是富于技巧的脆弱，它的力量寓于它的机警，它的狡猾寓于它的谨慎。风险在荒野，在气候，在千变万化的大地，在变幻莫测的天空。所谓鹿性便是让身体消失，随心所欲让身体的颜色、形状融入万物。鹿性的理想便是生存。

这便是我要学着与之共存的荒野，无论是在其中，还是在其外。

我要轻柔地探索自己的鹿性，倘若我体内的生物停止呼吸，那么我也停止，我望着它的眼睛，当它与我是平等的，而不是敌人。

我想让它把我当成亲人，当成自己而不是他者，我不想让它惊恐，不想让它大口喘息。

在我们称之为不列颠的岛屿，西方狍断断续续生活了数十万年。冰河时代，它们被迫离开，又通过陆桥返了回来。它们遭到捕猎,几近灭绝,它们的栖息地被摧毁。它们在边缘求生,它们不断繁衍。它们总会回来,鹿性意味着延续。

与疾病共存,我要学着包容我的弱点,学着不畏惧它。我不再计较力量和韧性,我不凶猛,我不强大,我渺小,我虚弱,我易损。这不是失败,不是缺陷。我的身体是猎物,我得接受它,向它学习。

即便最温顺时,我身体里那头野鹿也不愿从树林里走出来,不愿吃喂给它的东西。它涌动的脉搏里是几代鹿的机警。它要远远地观察,它要躲起来观察。

*

确诊不是结束是开始。确诊是入门,迎接你的是身患慢性病的生活。

确诊是通往余生的门,门后是一条走廊,是许许多多扇门。你要为未来生活调整好节奏。多年以来,我视确诊为打开万物的钥匙,从来没有批判性地看待它。我从没想过确诊竟是武器,竟是工具,它被用来隔离,用来将人非人化,它是关押,是强制绝育,是造成不可挽回伤害的借口。克莱尔写过确诊那不堪的历史,"生命成了一份份档案"。确诊将身心压扁成纸张和屏幕,将生命简化以适应文件管理器和服务器。确诊"声称掌握了真相",确诊在"撒谎"。[108]

节奏

我开始以一种新视角看待被"标签化"的恐惧。我原本以为恐惧源于回避,源于不想被视为病人,我原以它源自对治疗和治愈的误解,是"健全中心主义"的体现。如今我明白了,这种恐惧不单是因为失去了"健全",还因为伴随确诊而来的种种:害怕失去身体自主,失去社会中的位置,失去可能性,失去生的权利。

*

从小到大,我一直知道自己脆弱,身体尤其脆弱。我知道我比一般人脆弱;比操场上,学校里的同龄人脆弱,甚至比家人脆弱。当然,我后来明白了,我的脆弱皆因为家族。早在我知道它的名字、它的起因、它的意义之前,它便在表达自己了:我更容易摔倒,容易受伤,容易骨折,皮肤容易皲裂,容易感染,容易得传染病,一旦得了传染病往往比别人更严重,生了病就更容易摔倒了。

自从有了自我意识,我就知道我得格外小心,我不能不把风险当回事。但之前,我知道自己脆弱——容易摔倒,容易骨折,但我绝不会用"脆弱"这个词形容自己。在社会中,"脆弱"是那些容易遭受虐待,容易被操弄的人;在爱情里,"脆弱"是形容对爱和心碎抱持开放态度的人;在自我成长里,"脆弱"是形容对失败和成长留有余地的人。

在后两重语境下,脆弱是荣光,是勇敢,是创造力。

一如艾米·波勒①所言:"人难得脆弱,脆弱的人是梦想家,是思想者,是创造者,他们是世界上的奇迹。"[109]

互联网上,关于脆弱是力量而不是弱点的名言俯拾皆是。数百张海报上都印着艾拉妮丝·莫莉塞特②1996年接受采访时说的一句话:"我发现,我越真实越脆弱,越有力量。"[110]

小枝女孩③2014年的一次采访也广为流传:"脆弱是最坚强状态。"[111]当然,你越安全,越可以坦然暴露脆弱,无论精神还是肉体。即,你在社会中位置越安全,暴露弱点的风险越小。

我主要从社会模式理解残疾,它是环境残缺的产物——环境无法满足残缺身体的需求。

无论如何,我认为脆弱性寓于个体中——寓于身体、精神,又作用于身体、精神的一股力量。当然,其他实体也可能脆弱,国家、生态系统、货币基金。我认为——我以为我认为——脆弱是内在的,寓于身体之中,无论什么样的身体。它不过是损伤,尚到不了残疾。

这暴露了我对脆弱的无知。我们不会在真空中变脆弱。

---

① 艾米·波勒,美国演员、喜剧演员。
② 艾拉妮丝·莫莉塞特,美国、加拿大创作歌手。
③ 英文为FKA twigs,塔莉亚·德布雷特·巴尼特的艺名,英国歌手,词曲作者。

节奏

疫情彻底改变了我的身体与世界的关系，我甚至忘了它之前是什么样子。

我一直都知道自己很脆弱，但这几年，我感到自己"被脆弱"，我从未如此强烈觉得自己不过是猎物。

*

2020年，我在树林小径上发现了一只鹿角。那小径便是几年前遇到的鹿指给我的，它们记住的是人类忘记的——如何穿越树林，如何同树林相处。

就在那条路，那条我在它们蹄声回响里走了上百次的路，一只鹿角躺在金灿灿的夕阳里。它仿佛是古老的骨头，仿佛是另一个世界的遗物，它仿佛是瓷器，其中一根分叉，尖角光滑如同历经几世纪冲刷，仿佛护身符历经几世纪摩挲，接下去便起了褶皱，越向根部越加深，凹下去，凸起来，聚成一个结。它的底部几乎是白色的，闪着光；另一根则是棕色，粗糙的。

这只鹿角一定是上一个秋天掉的。那么，我一定曾反反复复路过它，无论雨雪风霜。或许，它是几年前掉的，洪水、干旱让它裸露出来。如今，四月的第三周，它就躺在我面前，躺在我要落脚的地方。

这似乎是一个迹象。我仿佛看见自己向着鹿走去，它消失在白桦林里，我同它一道离开。我觉得这是一种完成。作为人，我犯了错误。我看见自己变成黄昏窗边那一张毛茸茸的脸，我从林子里走出来，看着以前的自己。我不知道换上这副新皮囊，人们能不能认出我来，或者他们会视我如怪物，如害虫，随时可以被牺牲掉。

有时候，我把鹿角举过头顶，思考着我的野性。我想到我与鹿四目相对那一闪而过的亲切感，我想到它见了我不逃走的亲切感，我想到我自己那野蛮的身体，它拒绝我的掌控，它拒绝任何兽的权威。在我们共享的那颗心里燃起的亲切感。

身体，我那野蛮的身体，让我们在共同空间里心满意足，让我们好好相处，如同亲人，让我们彼此善待，让我们跳跃，如同一体。

*

没有什么了不起的转变。我依然是我，独特的我，不确定的我，不稳定的我。然而，我觉得我同过去的生活、过去的生活方式隔了一面玻璃。我在外面，向里望，那个世界已经不再安全。

我们何以为继，当世间万物无一不在针对我们？

2022 年 9 月，蕨菜日渐枯萎，我可以毫不费力地穿越公地了。风吹动橡树叶，唰唰如海浪。黄的白桦叶，绿的橡子，红的花楸浆果散落在小径上。据说凯尔特人的一年始自夏末秋初。是开始，不是结束；是开始，不是死亡。他们的一天亦始自黄昏，始自夜晚。我们标记时间的方式全错了，前后颠倒，上下颠倒。书上说，坎布里亚的新年始自十一月。凯尔特人的一年分成两半——光明季、黑暗季，光明一半始于萨温节，黑暗一半始于贝尔丹火焰节。萨温节那天，通向仙境的大门开启，另一个世界的居民纷纷从洞穴里走出来。一些凡人将同他们一起离开，去到另一个世界；另一些凡人，触碰到了那些洞穴居民，从此他们再也回不到过去的生活。

这些传统或许是维多利亚时期古董爱好者的发明，或许是对更古老生活的错误记忆，它比凯尔特文化更早，并通过凯尔特文化流传下去。岛上，新石器时期墓穴相互连通，萨温节那天，太阳升起，墓穴充满阳光。我想到了巴利纳哈蒂女人，她的血色素沉着基因，她躺过的墓穴，她周遭建起的巨石阵，如今那构造所剩无几。我在想，什么样的阳光曾温暖她长眠的骨头，那是什么季节？

我们自黑暗开始，走进春天，走向黎明——一年的中点，一日的中点——我们迫切需要它。如今，我站在人生的中点，我站在公地，阳光从银山倾泻而下，秋分的第一个傍晚，另一个季节的第一个夜晚，夜晚从此比白天更有分量。或许吧，我需要它，我需要一个开始，正如我需要把祖先遗传给我的身体状况当作礼物而非诅咒。一种理解，或一种对理解的期许即将降临。太阳总要出来，树总要开花，总要结果。风信子从沉睡中醒来，愈加甜美。夏鸟将在五月黄昏里归来。鹿角掉了，还要长出。树林里飞着猫头鹰雏鸟，田野里跑着小羊羔。蠕虫在石墙裂缝里晒太阳，蜻蜓在空中捕食。我会活下去，熬过长夜，熬过寒冬，一如那些将基因遗传给我的先人。

我们将在黑暗的山洞里沉睡四个月。我们将在地洞、古坟沉睡七年，我们冬眠，我们石化。我们是小动物，是古国王。春天，人们将我们的遗骸装进保鲜盒带出去，带到博物馆，研究我们。或者在温暖的时节，我们苏醒，我们准备好回到地面，我们生机勃勃。

我从树林里出来，走上古道已经晚上七点了，天几乎黑了。我尽量不去害怕那即将降临的一切，我想着十一月、一月那光秃秃树林里的鹿。我想着在蕨丛中鸣叫的鹪鹩，红棕色羽毛隐匿在红棕色枝叶里，我想着冰冷池塘边守夜的苍鹭。我们会熬过去的，在最后一线光里，我看见一只小狍子站在杂草丛生的鸭池旁，一只知更鸟引着我跑下山，翻越过石墙，仿佛在说，现在是你的时间了。

*

想必这不是你期待的关于疾病故事的结尾。我的故事里没有康复，没有结局，无论悲喜。只有正在进行，只有慢性。我便是这般生活在不稳定的平衡中。

做运动，到户外去，按时吃药。到户外去，做运动，不要让病情恶化。

观看站在喂食器上的鸟,脸贴着长满橡树的青苔,让水承载你的重量。

一些晚上,你梦见在夏日海里游泳,一些晚上,你梦见飞越想象中的城市。

一些日子你觉得糟透了,一些日子你觉得尚过得去;一些日子,你一味退缩,退缩进愈发浓的黑暗里。然而,终有一线曙光。

唯有延续是永存的,生命便在这延续里孕育。

鸣 谢

我要感谢的人很多,他们在本书出版的每个阶段给予了我莫大帮助和鼓励。特别感谢我出色的经纪人卡罗·克拉克、编辑乔·丁利,他们理解我写作本书的目的,帮我呈现出了最好版本。感谢 Sceptre 出版社每一位给予我帮助、支持的人,特别是霍莉·诺克斯。感谢萨迪·罗宾逊出色的文案。感谢薇薇安·丘奇细心的校对。感谢克洛伊·柯伦斯在写作最艰难时期给予我帮助。感谢我第一批读者的宝贵建议,感谢索菲·麦金托什对"维持"部分的反馈,感谢帕特里斯·劳伦斯和艾米莉·派恩对"遗传"部分的反馈。感谢莎莉·胡班德寄给我伊莱·克莱尔的《辉煌的不完美》,感谢她一直以来的鼓励。

感谢企鹅兰登书屋 WriteNow 计划,促使我在 2018 年完成初稿并进一步研究如何写好这个故事。感谢 WriteNow 社区给予的宝贵支持。感谢比·海明在我试写的千字文章中发现了潜力并鼓励我继续写下去。

感谢格莱斯顿图书馆在 2018 年给我提供旅居写作机会,此间我完成了"基因"部分初稿。感谢莫莉·希尔到格莱斯顿图书馆看望我,开车带我去树林里那个奇异的小城堡。感谢作家协会资助我访问拉斯林岛。感谢脆弱性研究网络，感谢扎尔法·费加利博士邀请我参与讨论残疾、病毒和脆弱性。

感谢曼彻斯特城市大学地方写作中心委托我为"PLACE 2020 项目"供稿，作品后来成为本书的一部分，并以"共性"为题在网上发表，缩减版收录在凯伦·劳埃德编辑的《北方国家：景观和自然选集》。感谢兰卡斯特 Litfest 艺术节邀请我参与"独自行走"播客，相关素材也收录进了本书。2018 年，我与英国鸟类学信托基金会布莱斯·马泰共同参与的"岩浆 72：气候变化问题"项目，为本书提供了灵感。2019 年，我为《新威尔士评论》撰写文章《"为什么诗总是像散步"？——迈向生态诗学》，以此为契机我开始研究残疾和自然写作。感谢艾米丽·布卢伊特作为委托编辑支持研究工作，我在"2019 文学与环境学会"和"2020 加拿大文学、环境与文化学会"上展示了最新研究成果，感谢英格兰艺术委员会设立奖项资助。

感谢那些在本书进展不顺时，发表节选的机构。"维持"一章以"对抗自然疗法"为题刊登在"*Ache*"杂志第 3 期（2020 年 4 月）中；"慢性"一章发表在"*Sick*"杂志第 3 期（2021 年 7 月）中。

致所有身患残疾和慢性病的作家同胞：我从你们身上学到了很多，你们拯救了我一千次；世界需要你们的故事，需要以你们的方式讲述的故事。

致多年来陪伴在我身边的每一个人，恕我无法一一列举。特别感谢艾米丽·哈斯勒，感谢你陪我游泳，过去的时日有你，未来也期盼一起：愿鹁鸪永远守护你。感谢洛伊丝·罗伯茨，你表现得非常出色，感谢你牵着我的手。致艾琳·潘——我永远的长臂妹妹。感谢贾斯汀·霍尔和玛丽·艾尔·沙玛能够理解经常摔倒是什么感觉。感谢劳拉·斯科特与我一起穿越熔岩。感谢 Dead Cardinals 乐队，疫情期间让我开怀大笑。感谢我的家人，他们总在我身边，给我安慰，信任我讲述他们的故事。最后，感谢威尔坚定地支持我的一切，没有他便没有这本书。

注 释

1. William Wordsworth, 'Home at Grasmere', in *Home at Grasmere: Part First, Book First, of The Recluse*, ed. Beth Darlington (Ithaca, NY: Cornell University Press, 1977), MSB, p. 40.
2. Ibid., p. 44.
3. D. H. Lawrence, 'The Ship of Death', in *Last Poems*, ed. Richard Aldington (London: Martin Secker, 1933), pp. 60–64.
4. Dorothy Wordsworth, 8 February 1802, *The Grasmere and Alfoxden Journals*, ed. Pamela Woof (Oxford: Oxford University Press, 2002), p. 64.
5. Wordsworth, 18 March 1802, *The Grasmere and Alfoxden Journals*, p. 81.
6. Seamus Heaney, writ. and narr., *William Wordsworth Lived Here: Seamus Heaney at Dove Cottage*, dir. David Wilson (BBC, 1974).
7. Thomas De Quincey, *Confessions of an English Opium-Eater* (London: Penguin, 1971), p. 67.
8. De Quincey, *Confessions*, p. 40.
9. Yi-Fu Tuan, *Topophilia: A Study of Environmental Perception, Attitudes, and Values* (New York: Columbia University Press, 1990) (1st edn 1974).
10. Yi-Fu Tuan, 'Sense of Place: What Does it Mean to Be Human?', *American Journal of Theology & Philosophy* 18.1, January 1997, 47–58 (51).
11. Ben Lerner, *10:04* (London: Granta, 2014), p. 3.
12. Ibid., pp. 6–7.
13. Dawn L. Rothe, 'The Failure of the Spectacle: The Voices Within', *Critical Criminology* 24.2, 2016, 279–302.
14. Lerner, *10:04*, p. 14.
15. Thomas Dormandy, *The Worst of Evils: The Fight Against Pain* (New Haven, CT, and London: Yale University Press, 2006), p. 402.
16. Susan Cooper, *Seaward* (London: Puffin, 1985), pp. 11–12.
17. Ibid., p. 168.
18. Virginia Woolf, *On Being Ill* (Ashfield: Paris Press, 2002), p. 12.
19. Susan Sontag, *Illness as Metaphor* (New York: Farrar, Straus and Giroux, 1978), p. 3.
20. Woolf, *On Being Ill*, p. 3.

21. Ibid. (my italics).
22. Ibid., p. xxvii.
23. Ibid.
24. Susanna Clarke, *Jonathan Strange & Mr Norrell* (London: Bloomsbury, 2017), p. 221.
25. Ibid., p. 215.
26. Ibid., p. 199.
27. Ibid., p. 660.
28. Thomas De Quincey, 'Lake Reminiscences, from 1807–1830, By The English Opium-Eater, No.1', in *The Works of Thomas De Quincey*, ed. Grevel Lindop, et al. (London: Pickering & Chatto, 2003), II, ed. Julian North, p. 44.
29. Ibid., p. 45.
30. Ibid., p. 44.
31. De Quincey, *Confessions*, p. 43.
32. Kathleen Jamie, 'Pathologies', in *The New Nature Writing* (London: Granta, 2008).
33. Dorothy Wordsworth to Dora Wordsworth, 1838, *The Letters of William and Dorothy Wordsworth, Vol. 6: The Later Years: Part III: 1835–1839* (Second Revised Edition), ed. Ernest De Selincourt and Alan G. Hill (Oxford: Clarendon Press, 1982), p. 528.
34. Sonya Huber, 'Welcome to the Kingdom of the Sick', in *Pain Woman Takes Your Keys* (Lincoln, NE: University of Nebraska Press, 2017), pp. 18–20.
35. Letty McHugh, *Book of Hours* (Haworth: self-published, 2022), p. 38.
36. Ibid., p. 67.
37. Polly Atkin, author's notebook (2014).
38. Porochista Khakpour, *Sick: A Memoir* (New York: Harper Perennial, 2018), p. 124.
39. Rodney Grahame, 'Hypermobility: An Important But Often Neglected Area Within Rheumatology', *Nature Clinical Practice Rheumatology* 4, 2008, 522–4 (523).
40. Joanne C. Demmler, Mark D. Atkinson, Emma J. Reinhold, et al., 'Diagnosed Prevalence of Ehlers-Danlos Syndrome and Hypermobility Spectrum Disorder in Wales, UK: A National Electronic Cohort Study and Case-control Comparison', *BMJ Open* 9.11, 2019.
41. Marco Castori, 'Ehlers-Danlos Syndrome, Hypermobility Type: An Underdiagnosed Hereditary Connective Tissue Disorder With Mucocutaneous, Articular, and Systemic Manifestations', *ISRN Dermatology*, 2012.

42. Anna Deborah Richardson, *Memoir of Anna Deborah Richardson: With Extracts from Her Letters*, ed. John Wigham Richardson (Newcastle: J. M. Carr, 1877), p. 273.
43. Ibid., p. 185.
44. Bradley Wertheim, 'The Iron in Our Blood That Keeps and Kills Us', *The Atlantic*, 10 January 2013.
45. *East Midlands Today*, 17 October 2016.
46. 'Scientists Sequence First Ancient Irish Human Genomes', 28 December 2015, *Trinity Colllege Dublin*.
47. Huber, *Pain Woman Takes Your Keys*, p. 18.
48. Alice Wong, 'Disabled Oracles and the Coronavirus', Disability Visibility Project website, 18 March 2020.
49. Abby Norman, *Ask Me About My Uterus: A Quest to Make Doctors Believe in Women's Pain* (New York: Nation Books, 2018), p. 254.
50. Michele Lent Hirsch, *Invisible: How Young Women With Serious Health Issues Navigate Work, Relationships, and the Pressure to Seem Just Fine* (Boston: Beacon Press, 2018), p. 34.
51. Walter Scott, *Rob Roy* (Edinburgh: John Ballantyne & Co., 1818), Volume II, pp. 212–213.
52. David MacRitchie, *Fians, Fairies and Picts* (London: Kegan Paul, Trench, Truebner & Co., 1893), p. 4.
53. William Wordsworth, 'Rob Roy's Grave', in *The Poems of William Wordsworth: Collected Reading Texts from the Cornell Wordsworth Series*, ed. Jared Curtis (Penrith: Humanities Ebooks, 2009), I, p. 652.
54. Kate Davies, *The West Highland Way* (Kate Davies Designs, 2018), p. 68.
55. Albert S. Cook, *Asser's Life of King Alfred: Translated From the Text of Stevenson's Edition* (Boston, MA: Ginn & Co., 1906), p. 17.
56. BBC News website, 7 July 2014.
57. Thomas De Quincey, 'Suspiria De Profundis: Being a Sequel to Confessions of an English Opium-Eater', in *Works*, ed. Grevel Lindop, 15, ed. Frederick Burwick (2003), pp. 126–204, 175.
58. Woolf, *On Being Ill*, p. 37.
59. Harriet Martineau, *Life in the Sick-Room*, ed. Maria H. Frawley (Peterborough, Ont.: Broadview, 2003), p. 44.
60. Ibid., p. 91.
61. *Westmorland Gazette*, 9 August 1890. Accessed through the *British Newspaper Archive*.
62. Wordsworth, 14 June 1802, *The Grasmere and Alfoxden Journals*, p. 109.

63. Wordsworth, 2 June 1802, *The Grasmere and Alfoxden Journals*, p. 104.
64. Thomas De Quincey, 'Sketch of Professor Wilson', *The Works of Thomas De Quincey*, ed. Robert Morrison (London: Pickering & Chatto, 2000), VII.
65. Sarah Manguso, *Ongoingness: The End of a Diary* (London: Picador, 2018), pp. 74, 79.
66. Miranda Hart, Instagram post, 2 May 2020.
67. Clarke, *Jonathan Strange*, p. 631.
68. Huber, *Pain Woman Takes Yours Keys*, pp. 111–112.
69. Claudia Fonseca, Soraya Fleischer and Taniele Rui, 'The Ubiquity of Chronic Illness', *Medical Anthropology*, 35.6, 2016, 588–596.
70. Ellen Samuels, 'Six Ways of Looking at Crip Time', *Disability Studies Quarterly* 37.3, 2017.
71. Thomas Hardy, *Tess of the D'Urbervilles*. One of my A Level texts.
72. Eli Clare, *Brilliant Imperfection: Grappling With Cure* (Durham: Duke University Press, 2017), pp. 14–15.
73. Clare, *Brilliant Imperfection*, p. 15.
74. Kate Davis, Twitter comment, 23 August 2018.
75. Roger Deakin, *Waterlog: A Swimmer's Journey Through Britain* (London: Vintage, 2000), p. 3.
76. Sarah Jaquette Ray, 'Risking Bodies in the Wild: The "Corporeal Unconsious" of American Adventure Culture', in *Disability Studies and the Environmental Humanities Toward an Eco-Crip Theory*, ed. Sarah Jaquette Ray and Jay Sibara (Lincoln, NE: University of Nebraska Press, 2017), p. 29.
77. Kathleen Jamie, 'A Lone Enraptured Male', *LRB*, vol. 30, no. 5, 6 March 2008, pp. 25–27.
78. Ibid.
79. Sarah Jaquette Ray and Jay Sibara, 'Introduction', in *Disability Studies and the Environmental Humanities*, p. 2.
80. Stacy Alaimo, 'Foreword', in *Disability Studies and the Environmental Humanities*, p. ix.
81. Ray, 'Risking Bodies in the Wild', p. 29.
82. Ibid., p. 37.
83. Kate Davies, 'Swimming in Carbeth Loch', *Kate Davies Designs*, 1 July 2018.
84. Wordsworth, 'The Tables Turned', in *The Poems of William Wordsworth*, I, p. 366.
85. Carol Linnitt, 'Jacinda Mack Wants to Get Real About What That Mine Is Actually Going to Do to Your Community', *The Narwhal*, 21 June 2018.

86. Nuskmata on the Planetary Cost of Luxury, *For The Wild*, 14 June 2018; InTheField: Nuskmata (Jacinda Mack) on the Gold Rush That Never Ended, *For The Wild*, 18 May 2022.
87. Alex Fox, 'Toxic Algae Caused Mysterious Widespread Deaths of 330 Elephants in Botswana', *Smithsonian Magazine*, 23 September 2020.
88. Haijun Wang, Chi Xu, Ying Liu, et al., 'From Unusual Suspect to Serial Killer: Cyanotoxins Boosted by Climate Change May Jeopardize Megafauna', *The Innovation* 2.2, 100092, 28 May 2021.
89. Vivek K. Bajpai, Shruti Shukla, Sung-Min Kang, et al., 'Developments of Cyanobacteria for Nano-Marine Drugs: Relevance of Nanoformulations in Cancer Therapies', *Marine Drugs* 16.6, 179, June 2018; Emily Leclerc, 'Scientists Find Blue-Green Algae Chemical with Cancer Fighting Potential', *Smithsonian Magazine*, 4 March 2021.
90. R. M. M. Abed, S. Dobretsov and K. Sudesh, 'Applications of Cyanobacteria in Biotechnology', *Journal of Applied Microbiology* 106.1, January 2009, 1–12.
91. William Wordsworth, 'The Prelude' (1805), in *The Thirteen-Book Prelude by William Wordsworth, Volume I*, ed. Mark L. Reed (Ithaca, NY: Cornell University Press, 1991), p. 130; William Wordsworth, *'The Excursion', in The Excursion by William Wordsworth*, ed. Sally Bushell, James A. Butler and Michael C. Jaye (Ithaca, NY: Cornell University Press, 2007), IX, p. 276; William Wordsworth, 'To Joanna', 'Poems on the Naming of Places', in *Lyrical Ballads and Other Poems, 1797–1800 by William Wordsworth*, ed. James Butler and Karen Green (Ithaca, NY: Cornell University Press, 1992), p. 246.
92. Wordsworth, 'The Prelude' (1805), in *The Thirteen-Book Prelude*, p. 134.
93. George Middleton, *Some Old Wells, Trees, and Travel-tracks of Wordsworth's Parish* (Ambleside: St Oswald Press, 1918), p. 7.
94. The Science Museum website.
95. Charles Schieferdecker, *Vinzenz Priessnitz, or, The Wonderful Power of Water in Healing the Diseases of the Human Body* (Philadelphia: Burgess and Zieber, 1843), p. 18.
96. *Westmorland Gazette*, 25 January 1845.
97. *Carlisle Patriot*, 1 August 1845.
98. Elizabeth Battrick, *Guardian of the Lakes: A History of the National Trust in the Lake District from 1946* (Kendal: Westmorland Gazette, 1987), p. 118.
99. Schieferdecker, *Vinzenz Priessnitz*, p. 52.

100. Harriet Martineau, *A Complete Guide to the English Lakes* (Windermere, London: John Garnett; Whittaker and Co., 1855), p. 50.
101. Khakpour, *Sick*, p. 245.
102. Linnitt, 'Jacinda Mack Wants to Get Real'.
103. Flann O'Brien, *The Third Policeman* (London: HarperCollins, 1993), p. 173.
104. Clare, *Brilliant Imperfection*, p. 88.
105. Jamie, 'A Lone Enraptured Male'.
106. See work by Clair Le Couteur.
107. Cooper, *Seaward*, p. 95.
108. Clare, *Brilliant Imperfection*, pp. 114–115.
109. Brené Brown, *Dare to Lead: Brave Work, Tough Conversations, Whole Hearts* (London: Vermilion, 2018), p. 43.
110. Jon Pareles, 'At Lunch With Alanis Morissette', *New York Times*, 28 February 1996.
111. Ben Beaumont Thomas, 'FKA twigs: Weird Things Can Be Sexy', *Guardian*, 9 August 2014.